eye
守望者

——

到灯塔去

The Science of
Sherlock Holmes

E. J. WAGNER

夏洛克·福尔摩斯的科学

〔美〕E. J. 瓦格纳 著
冯优 林燕 译

From Baskerville Hall to the Valley of Fear, the Real Forensics Behind the Great Detective's Greatest Cases

南京大学出版社

图书在版编目(CIP)数据

夏洛克·福尔摩斯的科学 /（美）E.J.瓦格纳著；
冯优，林燕译. —南京：南京大学出版社，2020.10(2021.1 重印)
书名原文：The Science of Sherlock Holmes：From Baskerville Hall to the Valley of Fear, the Real Forensics Behind the Great Detective's Greatest Cases
ISBN 978-7-305-23492-7

Ⅰ.①夏… Ⅱ.①E… ②冯… ③林… Ⅲ.①侦探小说-美国-现代 Ⅳ.①I712.45

中国版本图书馆 CIP 数据核字(2020)第 109948 号

The Science of Sherlock Holmes：From Baskerville Hall to the Valley of Fear, the Real Forensics Behind the Great Detective's Greatest Cases
Copyright © 2006 by E. J. Wagner
All Rights Reserved. This translation published under license with the original publisher Turner Publishing
Simplified Chinese translation copyright © 2020 by NJUP

江苏省版权局著作权合同登记　图字：10-2018-464 号

出版发行	南京大学出版社
社　　址	南京市汉口路 22 号　邮　编 210093
出 版 人	金鑫荣

书　　名　夏洛克·福尔摩斯的科学
著　　者　[美] E. J. 瓦格纳
译　　者　冯　优　林　燕
责任编辑　顾舜若

照　　排	南京紫藤制版印务中心
印　　刷	江苏凤凰扬州鑫华印刷有限公司
开　　本	880×1230　1/32　印张 8.875　字数 168 千
版　　次	2020 年 10 月第 1 版　2021 年 1 月第 2 次印刷

ISBN　978-7-305-23492-7
定　　价　58.00 元

网　　址	http://www.njupco.com
官方微博	http://weibo.com/njupco
官方微信	njupress
销售咨询	(025)83594756

* 版权所有，侵权必究
* 凡购买南大版图书，如有印装质量问题，请与所购图书销售部门联系调换

献给比尔,我亲爱的丈夫与技术支持

目　录

前言　i

致谢　V

第一章　与死者对话　001

第二章　野兽传说与黑狗　020

第三章　药膏中的苍蝇　036

第四章　鉴毒　047

第五章　伪装与侦探　070

第六章　煤气灯下的犯罪现场　088

第七章　罪的模样　105

第八章　黑暗中的子弹　136

第九章　糟糕的脚印　151

第十章　真实的尘土　165

第十一章	魔鬼来信	178
第十二章	血中的讯息	192
第十三章	迷思、药剂和谋杀	218
	词汇	245
	参考文献	249

前　言

我第一次认识夏洛克·福尔摩斯是在20世纪50年代，在纽约布朗克斯的莫肖卢大道。当时我正饱受初中的折磨，只有极富同情心的本杰明·韦恩斯坦老师教的英文和社会科学课可以缓解我的痛苦。

韦恩斯坦先生有个可爱的习惯，天气允许的时候，他会让学生们把午餐带去公园里吃。我们会在木桩或草地上歇脚，韦恩斯坦先生大声朗读来逗我们开心，读的都是他认为我们应该要熟知的作品。我总是会参加。

他温和美好的朗读使人诚服。他不会发出滑稽的声音，也不会表演不自然的哑剧。他提供的是一个让作者与我们说话的渠道。

他会读马克·吐温和戴蒙·鲁尼恩写的故事。接近秋末的时候，天越来越冷，大多数叶子都掉落了，他打开一本深蓝色封面的新书，读道：

> 八年来,我研究了我的朋友夏洛克·福尔摩斯的破案方法,记录了七十多个案例。我粗略地翻阅一下这些案例的记录,发现许多案例是悲剧性的,也有一些是喜剧性的,其中很大一部分仅仅是离奇古怪而已,但是没有一例是平淡无奇的。这是因为,他工作与其说是为了获得酬金,还不如说是出于对他那门技艺的热爱。除了显得独特甚至近乎荒诞无稽的案情外,他对其他案情从来是不屑一顾,拒不参与任何侦查的。①

这是《斑点带子案》的开头。第二天我就去图书馆借了作品全集。

关于夏洛克·福尔摩斯故事的强烈吸引力,已经有过很多论著。我猜主要是因为这些狂野冒险故事对情感的刺激与福尔摩斯所代表的令人安心的智性把控之间的反差。当我在 2005 年写作这本书时,迷信正以其危险的怀抱引诱着文明世界,而科学却在某些方面被贬低为人类可以随意抛弃的无道德感的学科。在当时,一位兼具智慧和道德意识的文学英雄尤具吸引力。

夏洛克·福尔摩斯也许是个虚构人物,但我们从他身上学到

---

① 本书中福尔摩斯系列作品的引文均采用丁钟华等的译本,某些地方略有改动,比如采用了现在更为常用的译名"夏洛克"。参见阿·柯南道尔:《福尔摩斯探案全集(上、中、下)》,丁钟华等译,群众出版社 1981 年版。(本书脚注均为译注。)

的东西是非常真实的。他告诉我们，科学提供的不是简单的答案，而是能推导出答案的缜密的提问方法。福尔摩斯的形象代表了人类理性，并且经过了友谊这份天赋的调和。（他可能声称自己只有理性，但他在对《三个同姓人》中的反派说话时，暴露出强烈的情感内核："如果你杀了华生，就别想活着离开这间屋子。"）福尔摩斯思维敏锐、心地善良，还有艺术特质——他的小提琴拉得很好，难怪我和很多其他人都深深被他吸引。

多年来，我失心疯地买过这一经典作品的很多个版本，而且我会时不时沉迷其中，读一段，再想想我可以怎样把对福尔摩斯的嗜好与讲授犯罪史和法医学的工作相结合。我曾经做过一个栏目叫《夏洛克·福尔摩斯的科学：柯南·道尔解决的真实案件》，但那更多是关于作者而不是我们的大侦探。我一直在考虑各种想法，但因为怠惰，我很难决定如何将福尔摩斯和犯罪史结合起来。

一个寒冷的2月下午，我在等着面包做好时收到了一封电子邮件，询问我是否有兴趣写一本书，内容是以大侦探的冒险经历为出发点，讨论维多利亚时代的法医学。其中会有关于解剖学、毒理学、血液化学和其他复杂内容的章节。我马上可以想象这本书的工作量有多庞大。

这意味着我要与指纹鉴定、证据追踪、微量迹证、毒理学和一系列深奥学科的专家老朋友打交道，向他们讨要信息。还需要仔细阅读以前的验尸报告、破旧报纸和讲义。我还要说服我的丈夫,让他乐意花数周时间扫描脆弱的旧照片、为我凌乱的打字稿整理格式,以及编排可能会很长的参考文献。(可惜我很不擅长这些文书技能。)

这项工作也意味着我要花大量时间研究古老的医学巨著、尘土飞扬的审判记录,以及泛黄的信件和文件,追踪数世纪前的罪案细节,独自与几百本古籍和我们的黑色拉布拉多(名叫华生医生)一起待在工作室里。

所以,我当然是同意了。

致 谢

我在此向为本书的撰写提供知识上帮助的各位表示深深的感谢:马克·贝内克博士提供了昆虫方面的细节;罗伯特·A. 福德提供了英国司法系统和英国姓名发音的背景知识;欧内斯特·D. 哈姆无所不能的信息搜寻能力,李·杰克逊对维多利亚生活的洞见;欧文·T. 雅各布教授的法文翻译,赫尔诺特·科克教授提供了有关汉斯·格罗斯的资料;萨福克郡前验尸官西格蒙德·门赛尔为蒂绍艾斯拉尔溺水案等其他诸多案件的分析提供了必要的帮助;詹姆斯·J. 毛内先生和威廉·尼克斯提供了法律相关信息;密苏里大学堪萨斯分校的道格拉斯·斯特里普法律荣休教授安德烈·A. 蒙森斯提供了法律摄影的相关背景知识;斯蒂芬·S. 鲍尔是我在约翰·威立父子出版社的编辑,感谢他的耐心、敏锐,以及绝妙的想法;还有马西娅·塞缪尔斯精准、考虑周全的文字编辑工作与威廉·R. 瓦格纳在情绪和技术上的支持。没有他们,便不会有这本书。书中如有错误,均是我个人的疏漏。

多年来,法医界的朋友们以各种方式慷慨地帮助我了解相关知识，对此我心怀感激。他们包括杰克·巴兰坦博士、罗伯特·鲍曼、萨福克郡犯罪实验室退休主任文森特·克里斯皮诺、萨福克郡法医办公室退休主任里奥·达尔·科蒂沃博士、迈阿密-戴德县法医部首席荣休医学博士约瑟夫·戴维斯、罗伯特·戈尔登、萨福克郡前首席验尸官（现纽约市首席验尸官）查尔斯·赫什博士、杰弗里·吕贝，以及已故前萨福克郡首席验尸官悉尼·B.温伯格博士。我通过萨福克郡法医办公室认识了这些朋友，这是一个长期为我提供支持和资讯的组织。同样帮助我学习相关知识的还有法医学家们，他们包括纽约州警首席法医病理学家迈克尔·巴登博士、纽约法医办公室已故临床病理学顾问西奥多·埃伦赖希博士、荷兰法医协会法医学家芝诺·格拉茨、纽约市已故首席验尸官米尔顿·赫尔彭博士，以及英国伦敦警察厅（苏格兰场）法医实验室退休副主任彼得·D.马丁。

我也要感谢纽约州立大学石溪分校的长岛自然科学博物馆，它作为年度法医论坛的赞助方资助并促使我完成了这项工作。

第一章　与死者对话

"你现在可以把他带去太平间了。"

——夏洛克·福尔摩斯《血字的研究》

1887年,伦敦。石板路和狭窄弯曲的街道。出租马车奔向各自的目的地,轰隆隆驶过满是噪音和烟雾的酒馆。蓄须的男人们穿着斗篷,挂着饰有银色握柄的手杖。在陈列有各种珍奇物的巨大博物馆中,戴着面纱披着皮草的女人们闻起来还有低调的薰衣草香气,她们僵硬的姿态暗示着,她们期待的与其说是丈夫难得且恭敬的拥抱,不如说是与她们的紧身胸衣紧实且持久的相拥。

街上的女人因为喝了杜松子酒而脸颊泛红。无家可归者和生病的人们身上穿着他们所有的衣服,受着虱子的烦扰。他们迈着沉重的步伐,走向酒吧、廉价旅馆、救济所与河边……

这条河就是缓慢流动的泰晤士河。它渗入城市,底部泥浆强烈的搅动使得河水呈现棕褐色。河水的流动是平底船唯一的动力来源,它们载着城市迫切需要的黑煤。两侧的河岸挤满了在河里捡破烂儿的小男孩,他们找寻着一切可以捡拾的东西,木头、煤炭、硬币，然而常因为翻腾入河的污水感染上霍乱。

这座城市到处都是街头小贩、司机、马匹、小偷、扫烟囱的人和女仆，居高临下的人和卑微可怜的人。这里有优雅的公园和喧闹的屠宰场，有贫民公寓也有豪华别墅，所有建筑都笼罩在浓密的大雾中，被煤气灯照亮。这里也是圣玛丽、盖伊、圣巴特等大型医院及其演讲厅和实验室的所在地，在那为了躲避公众视线而拉下的百叶窗后，有时会进行令人毛骨悚然的研究。在第一部夏洛克·福尔摩斯故事，《血字的研究》中，我们被带进这些百叶窗里面，看着华生的老朋友斯坦弗带他走进化验室，在那里，侦探小说中最著名的一段友谊即将建立：

（我们）走进一条狭窄的胡同，从一个小小的旁门进去，来到一所大医院的侧楼。这是我所熟悉的地方，不用人领路我们就走上了白石台阶，穿过一条长长的走廊。走廊两壁刷得雪白，两旁有许多暗褐色的小门。靠着走廊尽头有一个低低的拱形过道，从这里一直通往化验室。

化验室是一间高大的屋子，四面杂乱地摆着无数的瓶子。几张又矮又大的桌子纵横排列着，上边放着许多蒸馏器、试管和一些闪动着蓝色火焰的小小的本生灯。屋子里只有一个人，他坐在较远的一张桌子前边，伏在桌上聚精会神地工作着。

第一章　与死者对话

斯坦弗已经提醒过华生,他未来的室友有很多古怪之处。比如福尔摩斯为了研究人死后的伤痕,会用棍子抽打尸体,还经常亲自试毒:

"我看福尔摩斯这个人有点太科学化了(斯坦弗告诉华生),几乎近于冷血的程度。我记得有一次,他拿一小撮植物碱给他的朋友尝尝。你要知道,这并不是出于什么恶意,只不过是出于一种钻研的动机,想正确地了解这种药物的不同效果罢了。平心而论,我认为他自己也会一口把它吞下去的。看来他对于确切的知识有着强烈的爱好。"

而两人最终见面时,福尔摩斯在这一点上完全没有让华生失望:

斯坦弗给我们介绍说:"这位是华生医生,这位是福尔摩斯先生。"

"您好。"福尔摩斯热诚地说,一边使劲握住我的手。我简直不能相信他会有这样大的力气。

"我看得出来,您到过阿富汗。"

我吃惊地问道:"您怎么知道的?"

"这没有什么,"他略略地笑了笑,"现在要谈的是血红蛋白的问题。"

华生是一名医生,他自然对解剖室和里面的刺激性气味很习惯。他曾游历四方,博览群书,或许对法医医学(forensic medicine)这个新领域所取得的巨大进步也很熟悉(很多是通过在尸体上做实验得来的),因此他发现福尔摩斯着实与自己意气相投。他们就这样成了在维多利亚世界中共同经历一系列冒险的好搭档,这里也将成为他们在犯罪调查中施展科学方法的实验室。

1887年,法医学(forensic science)仍主要是医学行业的职能之一,通常被称为"医学法理学"或"法律医学"。对于指纹和微量迹证(trace evidence)的准确理解尚未出现,但一些富有冒险心且精通解剖、药剂学和显微镜技术的医生已经开始将他们的技能用于研究难以解释的猝死。

最初,这一新领域在欧洲大陆的发展最为迅速。而海峡对面的英格兰有着一套古老但可能不完全值得尊重的解剖传统。在更早前的几个世纪中,有创见的艺术家兼解剖学家们,如安德雷亚斯·维萨里(Andreas Vesalius)和莱昂纳多·达·芬奇,从停尸房和绞刑架上拿走尸体,对它们进行研究和绘制。这样做的后果是,维萨里必须要面临宗教法庭的审判,而达·芬奇终其一生都无法发表他的解剖学研究。但逐渐地,教会撤销了对剖解行为的反对,更多的学生开始对这一学科感兴趣。

18世纪初,伟大的意大利医生乔凡尼·巴蒂斯塔·马蒂尼

(Giovanni Battista Morgagni)开始改变解剖学的解剖重点：不仅要寻求对人体结构有所了解，更要试图将尸体的变化与死前所报告的疾病的临床症状联系起来。有了这一想法之后，通过解剖来找寻犯罪行为所引起的身体变化的意识就自然而然出现了。

到 1794 年，著名苏格兰解剖学家和外科医生约翰·贝尔（John Bell）坚持在医学和解剖学研究中将解剖放在首位。他在著作《解释骨骼、肌肉和关节的解剖学的版画》(*Engravings Explaining the Anatomy of the Bones, Muscles, and Joints*)中写道："解剖学仅能通过解剖来学习。解剖是学生的头等也是最后的功课。"贝尔的解剖版画精美绝伦，非常细致又富有教学意义，但它们在如何能够取得可供解剖的尸体上并没有什么指导意义。

在 19 世纪的法国和德国，用于研究的解剖对象很容易获得，因为无法解释的死亡会自动转交给警察做进一步检查。由于太平间工作条件令人生畏，通风很差，散发恶臭，并且充满传染性物质，房间里的气味还会附着在医生的衣服、头发和皮肤上，社会上对这一行业不可避免会有所歧视。

尽管存在这些阻碍，这份工作仍然令人着迷。在巴黎，保罗·布鲁瓦代（Paul Brouardel）和安布罗斯·塔迪厄（Ambrose Tardieu）两位医生忙着研究尸体上的窒息和上吊迹象。塔迪厄出版了一篇题为《上吊、勒杀与窒息》("La Pendaison, la strangulation, et la suffocation")的论文，其中描述了迅速窒息而死后，尸体的心脏和胸膜下可能会发现的细小血斑。这些血斑如今仍被称为"塔迪厄斑"(Tardieu spots)。布鲁瓦代则在 1897 年的著作《上吊、勒杀、窒息与溺死》(*La Pendaison, la strangulation, la suffocation, la submersion*)中描述了上吊会在脖子上留下的痕迹,以及人为勒杀造成的舌骨损伤。

在里昂,亚历山大·拉卡萨涅(Alexandre Lacassagne)医生对死者做出的详尽检查让人们对生命终止后发生的身体变化有了新的认识。他详细记录了尸僵(rigor mortis)现象,记下了肌肉僵硬的方式:在死后几个小时,尸僵首先在颌部显现出来,然后向下扩散,最后再按照其出现的顺序消去。

他还描述了尸斑(livor mortis),即死亡后的变色过程,这是当血液循环停止后,血液停留在体内会出现的现象。他还对尸冷(algor mortis)进行了观察,即死后身体的冷却,以及尸温达到周围环境温度的速率。

拉卡萨涅将这些现象都视为估算死亡时间的有用工具。但他也指出了很多可能出现的例外。周围环境的温度、死亡时的状况、死者的年龄和身体状况等因素都可能影响这些迹象的出现。

他警告大家不要太快得出结论,并让他的学生铭记以下格言:"一个人必须学会怀疑。"病理学家查尔斯·梅默特·泰迪(Charles Meymott Tidy)对此表示赞同,他说:"有一种科学的确定性只有胆小鬼才会将其当作不确定性,还有一种不确定性只有无知的冒失者才会将其忽略。"

在科学发现的狂热中,解剖的新方法也在发展,并且成为备受争议的主题。在维也纳，卡尔·罗基坦斯基（Karl Rokitansky）四十五年来每天都会对医院提供的两具尸体进行尸检。他还向学生传授了一种他研发的验尸技术：暴露内脏，然后解剖并就地检查（即，在体内检查）。

后来戈恩（Gohn）改进了该方法，他介绍了一种根据功能将内脏成块移除的方法。这一技术的其中一种形式在当今医学院的解剖中仍非常常见。

莫里斯·勒图尔（Maurice Letulle）更赞成整体解剖的版本，也就是整体移除胸腔和腹腔内容物的方法。在柏林工作的鲁道夫·菲尔绍（Rudolf Virchow）提倡他自己的方法，即取出每样器官单独检查。目前，这一技术最常用于法医尸检中。许多病理学家也首选这种更为精细的方法，因为他们觉得这样比较不会丢失细微的医学证据。

新的发现在欧洲大陆上不断涌现，不列颠群岛上情况却大不相同。在英国人一直依赖的系统中，可疑的死亡案例会被转交给不需要任何科学或医学背景的政治官员——验尸官。如果认为有必要，他们才会在医生那里征求意见，但这些医生不一定具备法医工作技能。甚至直到19世纪末才出现死亡登记处，因此当时很多迫切需要侦查的案件只能留到后代手中。

在英国，人类遗体的处理也一直是个敏感问题。对死者的认知混合着宗教仪式、迷信和情感因素，因此允许解剖人类遗体的想法让人们感到可怖。

历史上，在英国进行的解剖要么是为了解剖学研究，要么是为了羞辱遭此操作的对象。这种做法被视为一种耻辱。几个世纪以来，死刑犯的尸体都会留在刽子手那里，他们会在绞刑架上展示这些逐渐腐烂的尸体；有时，作为一种额外的惩罚方式，他们还会在旁观的人群面前将尸体开膛破肚。

苏格兰在外科手术研究方面走在前列，但那里的医学院在寻找合适的实验对象上面常常无计可施。根据英国法律，每年仅有几具死刑犯的尸体会作为教学材料送给外科医生。永远不够用。因此医学院的需求只能通过从葬礼中非法取得尸体来满足。

富人们去世后，其亲属会聘请一些武装警卫来保护坟墓。新的坟墓上还会大量铺设被称为"尸体保险箱"的铁网，作为额外的防护措施。墓地上还精心布置了各类鲜花和卵石，使得盗墓者很难隐藏他们的偷盗痕迹。但盗墓者经常占上风。穷人们的尸体则面临着更大的危险，因为他们的家人负担不起这些防护措施。伯克和海尔（Burke and Hare）的骇人罪行进一步激起了舆论，这两位算有商业头脑但道德败坏的商人谋杀了十六人，将他们的尸体卖给外科医生，这样直接杀人的做法还可以免得费力去掘墓。

英国的民众对解剖的态度非常矛盾，在美国也有类似的情绪。一方面，如果内脏迫切需要治疗，那么外科医生对这些器官的位置有确切了解的话会令人安心。另一方面，没有人愿意将自己亲人的遗骸贡献出来当研究案例。

外科医生和盗墓者之间的生意往来引发了很大的不满，而且，由于法医尸检和解剖的过程相似，法医学也很少得到公众支持。这种情况在19世纪中叶开始改变，在巴黎受过训练的年轻英国病理学家阿尔弗雷德·斯温·泰勒（Alfred Swaine Taylor）被任命在伦敦教授法医医学。他带来了研究暴力性死亡的全新视角，并将他的观点写成论证严密的文章，还提供了很多详细的例子。泰勒在病理学和毒物学方面的开创性著作也是该领域的首部英文著作，在福尔摩斯和华生的时代对犯罪调查产生了巨大影响。

在《血字的研究》中，华生生动描述了福尔摩斯检查尸体及犯罪现场所有物证的模样："他灵巧的手指这里摸摸，那里按按，解开衣服扣子或是进行检查。"这明显呼应了泰勒在其1873年的著作《医学法理学手册》（*A Manual of Medical Jurisprudence*）中的敦促：

> 医学法理学者的首要职责就是培养出细致观察的能力……
>
> 当一名医生看到尸体时，他应该注意到所有事物。他应观察到所有可能导致尸体上的伤口或受伤情况的事物，而不应由警察来说明死者衣服上、手上或房间家具上是否有血迹。死者的衣服和尸体始终应由医生在犯罪现场进行细致检查。

因为现场没有法医专家,福尔摩斯自然就亲自填补了这一空缺。但他违背了泰勒的劝诫,接受了雷斯垂德认为尸体上没有伤口的观点。然而在此之后,福尔摩斯便不再盲从任何人。他从法医学这门新科学中获取他喜欢的内容,再即兴发挥其余的部分。

在《住院的病人》中,我们看到华生医生略微涉足了法医学,他根据上吊者的肌肉僵硬程度发表了对死亡时间的看法。是的,他没有考虑其他变量,但他对尸僵的概念已经有所知晓。

当时,许多有关医学法理学的文章都是事实掺杂着传说,也许华生太过依赖它们了。在《血字的研究》中,他对尸体进行了这样的描述:"他那僵硬的脸上露出恐怖的神情,据我看来,这是一种愤恨的表情,是我生平所没有见过的。"除了尸体痉挛或瞬时僵直等极少数情况,包括面部肌肉在内的人体肌肉会在死亡时放松。有时被形容为恐怖或恐惧的表情常常是由于武器、腐蚀性物质、动物或昆虫造成的物理变化或伤害,或窒息、尸青色,以及尸体腐烂导致的变色。许多医生都看过这一状况并对此进行过观察,但他们当时还不能完全理解。

那么解剖室里是什么情况?福尔摩斯在此度过了无数时间。它们有些什么秘密?

用于解剖的尸体常常被抽干血液,注入防腐剂,以便样本可以重复使用。福尔摩斯在《硬纸盒子》中就提到了这一点,因为他否认故事中送给老妇人的被割下的耳朵是来自解剖室的遗物这一说法。他还指出,医学生不会用盐来包裹耳朵。(当这则故事在1893年出版时,其中提到的割下的耳朵一定让当时的伦敦人不寒而栗。这让人想起几年前一连串变态谋杀案发生时当局收到的一封信的内容。信中威胁道:"下次我就会为了好玩,把这位女士的耳朵剪下来寄给警察。"署名是"开膛手杰克"。)

没有用作解剖学示范的时候,这些尸体会被存储在"尸体箱"中——这是一些小房间,其中尸体用钩子悬挂着。这些尸体会被实验室勤杂员用推车来回搬运。

用于解剖的桌子是平坦的,没有排水口或边沿,所以液体会流到地上,而地上通常覆盖着锯末,这样的话就很容易清扫干净。房间内的照明首选自然光,因为当时可供选择的室内照明(油灯、蜡烛和煤气灯)会使颜色失真。为了躲避公众的窥视,医院通常都附有内部庭院,解剖室一般面向庭院而不是街道,窗户有时还会涂上肥皂或动物油脂以保证私密性。

有时候在解剖室旁还有藏匿处,以防过于热心的调查员上门询问来源可疑的遗体时,能有个地方把它们藏起来。大型的壁炉一般就能达到这个目的:有问题的遗体会用升降滑轮升到烟囱中,下面再点上火。这么做的话尸体确实会稍微被熏到,但拿下来的时候完全可以再次使用。这一技术在新英格兰尤其流行。天气没那么温暖时,解剖室就会很冷而且散发着防腐剂的臭味。在更先进的地方,这种臭味里还多了羧酸。

解剖示范者和学生们会戴着帽子和围裙,但没有防护设备,工作时也不戴手套。

解剖的第一步就是去除可以识别出尸体身份的特征，以确保不会有发现了空坟墓的疯狂亲戚来讨要尸体的所有权。如果有衣服的话要丢弃，因为法律将偷窃尸体定为轻罪，但偷衣服是重罪，会受到严厉处罚。

通常这些解剖对象（尤其是偷来的）都是以裸体状态装在麻袋或桶中运来的。如果是从有一段距离的地方运来的话，它们会被装在酒精中，并且会被小心地标记为"猪肉"或"牛肉"。儿童的尸体会被称为"小衣服"。

尸体背部向下放在桌面，头部放在一块用来垫高的木板上，使得颈部更容易切开。第一道切口从下巴开始，往下穿过喉部、胸部，绕过肚脐，直到耻骨。有时尸体会用绳子固定，以演示肢体在活着时伸展的方式。

因为当时没有现在强大的电锯，解剖是很费力的一件事。颅骨会用刀、锯、凿子来打开。各种器官、肌肉、动脉和静脉都以系统的方式被移除、检查和研究。绘好图或做好笔记后，还能再次使用的部位会被放回尸体中，再由实验室勤杂员缝合起来，放回尸体箱中。

法医尸检系统从解剖学演变而来，但有几个重要的不同之处。如果是可疑的死亡案例，受害者的身份识别特征会被仔细记录下来，并通过绘图或摄影得以保存。衣服不会被脱掉和丢弃，而是仔细检查，保留证据。任何可能混淆病理学家嗅觉的防腐剂都尽量不使用。（然而很多解剖学家都愿意牺牲嗅觉信息，在尸检时大量吸烟,并声称这是出于卫生原因。)

另一个不同之处是,尸体必须经过仔细的外部检查后,才可以从下巴到耻骨进行切开。伤口的方向和深度都要做记录。由于血液没有被排空、用化学品替代,血液会流出并滴下,这也带来疾病的风险。最细心的研究员都可能被意料之外的碎骨弄伤,他们必须赤手伸进切口深处。

停尸房散发着腐烂、粪便和呕吐物的恶臭。它们充满危险,但医生与助手要和解剖员一样意志坚定地工作。当成群的苍蝇在旁嗡嗡作响时,他们要从被谋杀者身上哄诱出最后的悲伤秘密。

解剖学家在示范解剖过程时,通常问解剖对象的问题是:"你的构造是怎样的?"病理学家问他尸检桌上的尸体的问题则是:"你是怎么死的?"清楚的答案并不一定会出现。有时似乎每前进两步,就要后退一步。而法医学如果没有被正确运用,可能会导致危险的错误。

在17世纪,捷克斯洛伐克一名叫作约翰·施赖尔(Johann Schreyer)的医生设计出一项测试,他认为可以由此证明孩子是不是活着出生的。他根据丹麦医生卡斯珀·巴托兰(Caspar Bartholin)早前的著作设计出这项测试。巴托兰写道,如果死婴的肺部有空气,就证明他们出生的时候是活着的。施赖尔将据称是死产的婴儿的肺部扔进水盆中,他说,如果肺部漂浮起来的话,这将证明孩子出生时是活着的。

很多年来，这都是项标准测试。在观察到肺部组织中的腐烂也可能导致肺部漂浮之前，许多不幸的母亲都因为此项测试被指控犯了杀婴罪。接下来的两百年中，施赖尔的测试在真正能够起作用之前经历了许多调整，就算这样，它也仅能被视作活产的迹象之一，而不是绝对的证明。

新科学慢慢从大量错误观念和被误解的观察中兴起。经过反复验证，人们才相信死后头发和指甲并不会继续生长，皮肤和下层的肌肉收缩导致它们看起来在生长。然而直到1882年，查尔斯·梅默特·泰迪的一份病理报告中也错误地写道，死后头发和指甲的长度有所增加。

泰迪兴奋地讲述道，关于这一"事实"的知识使一群医学生免于尸体盗窃的罪名。一名刚去世的男孩的亲人发现他的坟墓是空的，于是他们通过辨认出解剖学校中一具已被解剖的尸体异常长的指甲而认定这就是那个男孩。在法庭上，一名医学"专家"解释说，这些指甲都是死后生长的，它们长得非常长，以至于在手指和脚趾尖端呈现弯曲状，并沿着手掌和脚掌延伸。因此，这一指控被驳回，医学生们得以继续自由地探索知识。

泰迪发表这篇文章的同一年，有一桩复杂的法医事件在中欧引发了强烈轰动。匈牙利一个名叫蒂绍艾斯拉尔（Tisza-Eszlar）的小村庄里，十四岁的天主教女佣艾斯特·索里摩西（Esther Solymossy）在为女主人出门办事时失踪。那是个早春，在复活节和逾越节期间。不久之后，那个古老而可怕的犹太民间传说

第一章　与死者对话

在镇上复活了。传说,犹太人会杀死基督教儿童,用他们的鲜血来制作逾越节无酵饼。显然,就是犹太人为了这个可怕的目的而偷偷掳走了艾斯特。

几名犹太儿童被抓了起来,接受审讯。在威胁和殴打之下,其中一个孩子"承认",他见过艾斯特被几个较年长的犹太人关在犹太教堂里,通过钥匙孔,他看到她的喉咙被割开,流出的鲜血装在一个罐中。但这个孩子说不出来艾斯特的遗体藏在了哪里。

尽管没有客观证据,但还是有许多犹太人因此被捕。他们受到审问和折磨,直到其中有几个愿意签署供词。但他们还是没有透露遗体所在地,大范围的搜索后也一无所获。随着夏天的来临,中世纪的那种反犹主义愈演愈烈,针对犹太社区的暴力行为席卷了整个城镇。犹太人遭到殴打,他们的财产被洗劫、烧毁和偷走。但仍然没有艾斯特的踪影。

不久之后,在附近的提斯达-达达(Tisda-Dada)镇的河中,发现了一名年轻女子的尸体。尸体的身高与失踪女孩相符。该地区没有其他妇女失踪的报告,因此有几位镇民坚持认为这就是艾斯特·索里摩西的尸体。

但河里这名女子的喉部完好无损,身体也未受损伤。艾斯特此时已经失踪了几个月。当然,如果她在河里这么长时间,腐烂程度一定不堪入目。因此艾斯特的母亲看到尸体时,愤怒地否认那是她女儿。

三位完全没有受过法医病理学方面的训练,也没有任何相关经验的医护人员被指派来确认河里这名女孩的身份以及死因。他们看着这具非常苍白的女性遗体,手和脚上的指甲都柔软而干净,肠道和内脏完好,身体似乎缺乏血液。

根据这些观察结果,这三名医生郑重宣布了他们的结论:死去的女孩至少已经十八岁,也许更大一点。她出身权贵之家,虽然不常从事体力劳动,但肿大的生殖器表明她很习惯于性交。死亡原因是贫血,死亡不超过十天。简而言之,这显然不是十四岁的艾斯特·索里摩西的尸体,艾斯特习惯赤脚走路,而且因为常在阳光下不戴帽走路,皮肤晒得很黑。

镇上的父亲们大为欣慰。他们推断道,既然这具可疑的遗体不是艾斯特的,那么就没有理由进一步检查遗体和供词之间的出入,所以掠夺和毁坏犹太人财产的行为可以继续下去。被指控的犹太人们仍关押在监狱中,河里那姑娘的可怜遗体也被埋葬了。

但此案吸引了记者们的注意,并且很快在整个欧洲引发激烈讨论。一群来自布达佩斯、受过良好教育,且很了解法医病理学这个新世界的律师对将血作为无酵饼成分的概念表示怀疑,并提出要出庭辩护。他们要求掘出尸体,以便三位具有法律医学经验的医生进行检查。这一要求遭到审查执法官巴里(Bary)的拒绝,因为他是犹太仪式谋杀这一说法的忠实信徒。而州检察官支持这个主意,因为他对之前稀缺的证据感到不安,且对司法公正感兴趣。

在12月的严寒天气中,河里的这具尸体从其安息之处再度被掘出,来自布达佩斯的约翰内斯·贝尔基(Johannes Belki)、申陶尔(Schenthauer)和米哈尔科维奇(Michalkovics)教授对其进行了第二次尸检。他们的发现与那些当地医生的截然不同。

这个经验丰富的布达佩斯小组认为,尸体是不超过十五岁的女性,因为她的骨头还没有成熟。她肿大的生殖器是长时间在水中浸泡而不是性行为造成的。她的皮肤极度白皙是因为外层已经被水泡落了,只剩下浅色的真皮层,即皮肤内层,而血液已经通过这层皮肤流走了。

他们指出,所谓异常清洁的指甲其实根本不是指甲,而是甲床,外面的部分已经被水流冲走了。此外,由于水非常寒冷,尸体的腐烂没有太严重,很有可能她在这个冰窖坟墓中待了三个月。尸体上的衣服和其他身体细节都与失踪的女孩相匹配。因此,来自布达佩斯的教授们得出的结论是,这确实是艾斯特·索里摩西的尸体,而且她未受损害的喉部证明了那些"供认"都是捏造的。被指控的犹太人因此被免罪,重获自由,担负起生活的重担。

法医尸检新技术赢得了正义,但这只是开始。这条路会很曲折,例如有迷信与偏见尚待克服,有科学真理尚待发现。但是利用验尸来追求正义的方法已经确立。谋杀案受害者必须在罪案的背景下接受周密检查,科学是法律制度中的重要部分,这类想法逐渐被大众所接受。

这就是夏洛克·福尔摩斯的科学的第一块重要基石。

不论剩下什么

"我不是曾经和你说过很多次吗,当你把绝不可能的因素都排除以后,不论剩下什么——不论是多么难以相信的事——那就是实情吗?"

——夏洛克·福尔摩斯(《四签名》)

验尸时被尸体感染的医生可能会将疾病传播给他们活着的患者。一个经典案例发生在1847年,匈牙利医生伊格纳兹·塞麦尔维斯(Ignaz Semmelweis)因其工作的维也纳医院中高发的产褥热和上升的产妇死亡率而深感不安。他观察后发现,由医生帮助分娩的产妇要比仅由助产士帮助分娩的产妇更容易受感染。塞麦尔维斯开始怀疑,医生无意间将他们所携带的疾病传染给了患者。当他的导师雅各布斯·克莱夏(Jacobus Kolletscha)因为验尸时轻微割伤而得了类似产褥热的致命感染时,他的这一怀疑得到了证实。在此之后,塞麦尔维斯坚持要求医生们在检查活着的患者前要用次氯酸钙溶液洗手,很快死亡率就急剧下降了。然而,很多医生觉得这么做伤害了他们的自尊心,所以一直没有原谅塞麦尔维斯。最后塞麦尔维斯在精神病院去世。

在手术摆锯发明之后,验尸就没那么费力了。1947年,骨科医生霍默·史赛克(Homer Stryker)首次获得摆锯的专利,因此在验尸套件中,这件工具也常常被称为"史赛克锯"。

不仅疾病会威胁法医病理学家及其团队,爆炸的子弹导致的射杀对于不谨慎的太平间工作者来说也是一种危险。如果此类子弹未能在受害者身上爆破,也许就会在验尸时爆破。这些子弹必须使用长柄工具非常小心地处理。

"实验室勤杂员"(diener)一词来自德语,意思是仆人。如今,"停尸房助理"(mortuary assistant)一词更为普遍,"实验室勤杂员"似乎有居高临下的感觉。然而,如果放在"解剖学的仆人"这个语境中来看的话,似乎就更容易接受,从历史上来说也更准确。在许多医学检验员的办公室中,这些助理也算是解剖学家,他们接受过严格培训,就算是默默无闻,也是技艺高超的。他们通常曾是军医。

第二章　野兽传说与黑狗

"福尔摩斯先生,这是个极大的猎狗的爪印!"

——摩梯末医生(《巴斯克维尔的猎犬》)

在阿瑟·柯南·道尔的小说《巴斯克维尔的猎犬》中,夏洛克·福尔摩斯确保了事实和科学最终战胜幻想与迷信。在大不列颠,许多现实世界中的福尔摩斯也在努力做到这一点,但他们发现这条路困难重重。在犯罪成为科学研究的对象之前,神秘事件的物证虽然也会被观察和讨论,但仅会透过迷信和传说的含糊镜头来阐释。巫术、鬼魂、狼人和吸血鬼的传说不仅是寒冷冬夜的娱乐故事,它们还会被用来解释令人恐惧的事件。

毕竟,几个世纪来都备受尊崇的迷信不仅颇具诱惑力,而且在有天分的讲故事人手中也可以用来赚钱。当然,柯南·道尔就是这样认为的。

1901年,作者和他在南非海上航行时遇到的朋友,年轻记者贝特兰·弗莱彻·罗宾逊(Bertram Fletcher Robinson),一起拜访了英国诺福克的北海岸。(罗宾逊被他的朋友们亲切地称为

第二章 野兽传说与黑狗

"小毛球"。)罗宾逊以他家乡德文郡的恐怖故事来招待这位著名的伙伴,他详述了据说经常困扰该地区的"大黑狗"的传说。柯南·道尔对这个故事非常着迷,并以此为灵感构思了一则新故事,即《巴斯克维尔的猎犬》。虽然最终他是独自完成的,但初衷是与罗宾逊合作这个故事。

带着这个故事,两人来到了罗宾逊的家乡达特穆尔(Dartmoor)。那是一片有着沼泽、泥潭以及青铜时代遗址的土地。因为达特穆尔监狱离得不远,有谣言说危险的逃犯会潜伏在荒凉的乡村里。所有这些都是迷人的故事背景,但"黑狗"的故事才是真正让柯南·道尔为之一颤的文学素材。

黑狗在英国有很多叫法:"Padfoot""Hooter""Barghest""Old Shuck""Galleytrot""the Shug""Hairy Jack""Gurt Dog"等。黑狗传说并不限于德文郡,而是在整个不列颠岛都被传述。在这些古老传说中,这只狗通常是"阴魂"或冥界引导者,也就是说,它存在的目的是警告人们即将来临的灾难,或陪伴人们去往死后的世界。它常被形容成有着发红的眼睛,流着口水,口吐白沫,体型巨大。

柯南·道尔在《巴斯克维尔的猎犬》中所唤起的正是这只可怕的传奇动物。他写道:"确是一只猎犬,一只黑得像煤炭似的大猎犬,但并不是人们平常看到的那种猎犬。"当然,在这个也许是福尔摩斯系列里最著名的故事中,人们相信这只骇人的猎犬给见过它的巴斯克维尔家族带来了死亡的厄运。摩梯末在福尔摩斯和华生贝克街的房间里向他们讲述巴斯克维尔的传奇故事：

"站在修果身旁撕扯着他喉咙的那个可怕的东西，一只既大又黑的畜生，样子像一只猎犬，可是谁也没见过这样大的猎犬。正当他们看着那家伙撕扯修果·巴斯克维尔的喉咙的时候，它把闪亮的眼睛和直流口涎的大嘴向他们转了过来。三个人一看就吓得大叫起来，赶忙拨转马头逃命去了，甚至在穿过沼地的时候还惊呼不已。据说其中的一个因为看到了那家伙当晚就吓死了，另外两个也落得个终生精神失常。

"我的儿子们啊，这就是那只猎犬的传说的来历，据说从那时起那只狗就一直可怕地骚扰着咱们的家族。"

这是非常戏剧化的讲故事手法，柯南·道尔充分利用了这个传说的神话背景。尽管他随意更改了地理部分的细节以适应自己的故事，但他显然在达特穆尔逗留了一段时间。他把罗宾逊家附近的监狱也安排在了离巴斯克维尔家不远的地方。"十四英里以外就是王子镇的大监狱。在这些分散的点之间和周围伸延着荒漠凄凉的沼地。这里就是上演悲剧的舞台。"

而且，正如德文郡有青铜时代遗址一样，它们也出现在了虚构的巴斯克维尔庄园的沼泽中，斯台普吞在故事中向华生解释道：

第二章 野兽传说与黑狗

"是啊,这里简直是个神秘可怕的地方。请看小山那边,您说那是些什么东西?"

整个陡峭的山坡上都是灰色石头围成的圆圈,至少有二十堆。

"是什么呢,是羊圈吗?"

"不,那是咱们可敬的祖先的住处,在史前时期住在沼地里的人很多,因为从那时以后再没有人在那里住过,所以我们看到的那些布置还和他们离开房子以前一模一样。那些是他们的缺了房顶的小屋。如果您竟因为好奇而到里面去走一趟的话,您还能看到他们的炉灶和床呢。"

"真够个市镇的规模呢。在什么时候还有人住过呢?"

"大约在新石器时代——没有确实的年代可考。"

"他们那时干些什么呢?"

"他们在这些山坡上牧放牛群,当青铜的刀开始代替石斧的时候,他们就学会了开掘锡矿。您看对面山上的壕沟,那就是挖掘的遗迹。"

《巴斯克维尔的猎犬》获得了巨大成功,不仅因为故事中回响着那则怪异的古老传说,而且因为诸如黑狗这类迷信传说常常成为真实罪案调查的阻碍。其中一个例子是发生在 1945 年的一场特别血腥的谋杀案，但这个案件 1885 年就在英格兰沃里克郡有个令人不快的开端。

在夏洛克·福尔摩斯首次亮相的两年前，英格兰下昆顿一个小村庄里的十四岁农场男孩查尔斯·沃尔顿（Charles Walton）在暮色中朝家走去。他来到一个十字路口时，不安地看到一条巨大的黑狗坐在小路上，凝视着他。他已经有好几个晚上见到过这条狗。据查尔斯所知，它没有戴项圈，也不属于任何一个村民。

查尔斯很了解当地的黑狗传说：它们是不幸降临的预兆。想到这一点，他不禁战栗起来。根据他后来的叙述，当时这只狗在他身边走了一段时间，但没有发出任何声音。最后一线暮色消失后，查尔斯似乎看见这只狗改变了形态，变成一个穿着黑色斗篷的女人。她停了下来，然后慢慢把斗篷的帽子向后拉下，转向这个男孩。查尔斯惊恐地发现，这个黑暗中身着斗篷的人物没有头。

惊慌失措的查尔斯一路奔回家中，到了却得知，早上身体看起来还很健康的妹妹突然死亡。这个故事后来经常在村子里流传，并且被认为是查尔斯自那之后再也不喜欢狗的原因，哪怕他和其他动物有着不同寻常的亲密关系，很多人相信他能够用一种奇怪的语言与它们交谈。

六十年后，这个故事再度被提起，令人不寒而栗。那时已经七十四岁且风湿病缠身的查尔斯·沃尔顿被发现死在他声称看见那只灵异黑狗的地方。很明显,他是在为邻居修剪树篱时死的,表情惊恐,喉部被自己所使用的钩镰割伤。他的身体被干草叉固定在地上,胸口深深划出了一个十字架的形状。他的鲜血浸透了地面。

关于巫术的谣言立刻传播开来。谋杀案发生的地方位于米恩山的阴影中,靠近新石器时代巨石遗址"私语的骑士"。这里是传说中女巫的聚集地,而米恩山是魔鬼以一种愤怒的激情创造出来的,因为附近建有一所修道院。还有传言称,凯尔特国王的猎犬的幽灵有时会于满月照耀下在那里赛跑。

查尔斯·沃尔顿形状怪异的伤口、被钉在地上的方式,以及抽干了血的尸体都让人想起杀死巫师以防止其复活的古老方法。村子里的人都记得很清楚,1875年,名叫安·特纳(Ann Turner)的当地妇女被一个名叫约翰·海沃德(John Hayward)的年轻人以类似的方式用干草叉杀死,后者坚信安对他施了巫术。

1945年,查尔斯·沃尔顿被杀害的时候,这个案件不仅由当地警员进行调查,伦敦警察厅的王牌探长罗伯特·法比安(Robert Fabian)也参与了进来,尸体则由病理学家J. M. 韦伯斯特(J. M. Webster)进行解剖。人们尽了一切努力从法医学的客观角度对此案进行调查。然而当时,法医学仍然必须与传统抗衡,并从诸多恐怖幻想中提取出严肃的事实。

下昆顿位于英格兰中部的沃里克郡。这是托尔金的家乡,所以在此可以轻易想象在地面以下疾走的霍比特人和其他神奇生物。这里也是莎士比亚的出生地，遍布着农田、绵延的山丘、灌木篱墙，以及都铎王朝以来一直保留至今的木架结构茅草屋顶农舍。同样遍布于此的是魔法和巫术信仰的古老传统。伦敦警察厅的罗伯特·法比安抵达这里开始调查老查尔斯的案件时，沉重的气氛中充斥着这些离奇的担忧和神话。即使在"二战"快要结束的1945年，村民们还是沉默寡言，不愿与这位侦探随意交流。

在犯罪现场，这具尸体被人以很大的力气固定在地上，以至于需要两名警官合力才能将其挪开。沃尔顿的喉部被割得极深，头部几乎一半都被切断，凶器插在伤口里。沃尔顿沾满鲜血的手杖也在现场。"他的伤势十分骇人，"法比安后来在回忆录中写道，"看起来就像德鲁伊①在满月时举行的恐怖仪式中的那种杀戮行为。"

沃里克郡警察局警长埃里克·斯普纳（Alec Spooner）告诉法比安，有一本关于当地民间传说的书里讲述了查尔斯·沃尔顿年轻时与黑狗相遇的故事。法比安并未对此留下深刻印象。

这个案子调用了当时可用的全部侦查资源。法比安带来了伦敦警察厅推出的九个棕色皮质"谋杀包"之一。每个包里都装满了谋杀案现场可能需要的一切东西：橡胶手套、手铐、取样瓶、螺丝刀和放大镜。石膏用来翻模现场的脚印。一架皇家空军的飞机飞过头顶，为尸体和周围地区拍照。人们还用地雷探测器细

---

① 德鲁伊（Druid），古代凯尔特文化中的祭司，地位崇高。他们既是宗教领袖，也是法官、裁判、先知、医者和政治参谋。"Druid"意思是"橡树贤者"。

第二章 野兽传说与黑狗

致地扫描田野，寻找死者口袋中遗失的一块旧锡表。而验尸结果发现，尸体上并没有狗毛。

离犯罪现场不远处有一个战俘营地，有人曾看到其中一名囚犯试图擦去外套上的血迹。虽然他声称这是偷猎的兔子的血迹（营地的安保措施显然有些随意），但他还是被迅速拘留，伯明翰实验室负责确定他身上血迹的来源。

法比安当时很期待能因此结案，终结当地有关巫术和黑狗的谣言。然而，以最快速度进行检测的实验室很快宣布，外套上的血来自……一只兔子。

法比安继续侦查。他和他的手下录了四千份口供，其中大部分都来自不情愿的村民。他们向实验室寄了二十九件衣服和头发的样本，但都无果。在调查过程中，法比安曾报告说他见过一只黑狗从米恩山上跑下来，随后消失了踪影。当时碰巧有一个农场男孩走过，法比安问他："在找那只狗吗，小伙子？一只黑狗？"男孩吓得面色苍白，迅速跑走。

不久之后，有一条黑狗被发现吊死在树上。下昆顿的人们越发不愿意讨论谋杀案。"农舍的大门在我们面前关上，"法比安写道，"甚至最无辜的目击者也无法跟我们对视了……还有些人在跟我们说话之后就病了。"

谁会用一个老人自己的工具杀死他？谁会用干草叉将他钉在地上？除非是某种古怪的仪式，否则有什么理由将一个巫师钉在地上？

这宗案件仍是个悬案。那只旧锡表于 1960 年出现在查尔斯·沃尔顿曾经的花园里。上面没有任何有用的证据。

据说，法比安去世前曾坦言，他怀疑发现沃尔顿尸体的那个村民杀了他，因为他欠了老人钱。村民的指纹留在了凶器上，但他解释说这是因为曾试图将钩子从尸体上移开。法比安认为，犯罪现场的仪式元素是故意安排的，用来恐吓村民，使他们对心中任何可能有的怀疑都保持缄默。

法比安相信这一点，因为他认为自己已消除了所有的不可能性，而故意为之的犯罪现场是仅剩的可能性。但这位大侦探即便有着无可挑剔的逻辑，也无法摆脱黑狗故事持续引起的恐惧心理，因此无法证明自己的理论。

这就为我们带来了一个问题：为什么直到 20 世纪，灵异黑狗的故事仍风行于大不列颠且被信以为真？有的看法认为，拉布拉多犬是英国的犬类中很普遍的品种，它们常常在乡下游荡，因此成为黑狗故事的来源。但黑色拉布拉多犬的前身，圣约翰犬，是 19 世纪初才从加拿大纽芬兰引进英格兰的，而黑狗传说可以追溯到 12 世纪。

这个故事之所以广为人知更有可能是因为它混合了多个真正的古老传说，如北欧传统神话中的大狼芬利斯（Fenris），如果它的锁链被解开，世界就会走向终结；还有曾经的罗马占领者们，他们带来了先前征服过的所有国家的痕迹，以及从这些地方吸收的神话。这些神话不可避免地将黑狗传说与死亡及其仪式联系起

第二章 野兽传说与黑狗

来。其中值得注意的包括古希腊人有关地狱三头犬刻耳柏洛斯（Cerberus）的故事，还有埃及人对来世和保存遗体的重视，以及这一传统与他们的黑身狗头神阿努比斯（Anubis）的关联。根据这一传说，正是阿努比斯给埃及人带来了防腐和制作木乃伊的技术。

在埃及神话中，冥王奥西里斯（Osiris）是太阳神拉（Ra）的孩子，是女神伊西斯（Isis）的兄弟和丈夫。奥西里斯深受人们喜爱，但他邪恶的兄弟赛特（Set）非常讨厌且嫉妒他。赛特以诡计将奥西里斯杀害，将他锁在一个雕刻华美的胸像中，然后扔进了尼罗河。当伊西斯成功找到丈夫的遗体时，赛特又从她手中夺走，再将尸体砍成十四块，扔在埃及各地。伊西斯坚持不懈，找到了她丈夫遗体所有血腥的碎片，除了扔进尼罗河后被长鼻鲟奥克西林克斯（Oxyrhynchus）吃掉的生殖器。

防腐之神阿努比斯来帮助女神，他通常被描绘成有着黑狗或类似狗的豺的头。他帮助伊西斯将尸体复原，并在后者为尸体制作人造生殖器时守护着她。伊西斯的形象通常有着臂翼，她在奥西里斯上方鼓翼，从而恢复其生命力，使他成为冥界之神。

在这个故事中，我们能够发现许多古老英国民间传说的种子，包括那无处不在的黑狗，它与死亡的关系，以及尸体具有某种魔力的观点。在英国以及整个欧洲大陆，"木乃伊"是药水和药品中的一种常见成分，而且从中世纪开始，进口干尸就是一件利润丰厚的商业活动。（许多"木乃伊"都是由机智的企业家生产的，他们看中的既是钱也是这种恐怖感。甚至到 1955 年,在纽约的药店也能够以每盎司 25 美元的价格购买木乃伊粉末。)

英国的民间信仰普遍认为,动物"妖精"(通常是黑猫、黑狗或黑野兔)是魔鬼赐予巫师来帮助他们做坏事的,这一点也带有埃及罗马传说的痕迹。复杂的万灵药配方中,动物的身体部位常作为重要成分,人体碎片亦如是。

死者的身体部位与巫术和黑魔法有联系的观念在维多利亚时代过去很久之后仍根深蒂固。例如,用来绞死人的绳索被认为有治愈能力而备受珍视,或是将被绞死之人的手放在赘疣或疤上就能将其治愈。也许因为这种与黑魔法之间的关联,人体解剖一开始争议很大,人们都非常害怕身体部位会被用于危险用途。

很多个世纪来,宗教观点认为,人体中有一块"卢茨骨"(luz bone),在审判日那一天,用死者的这块骨头就可以将整个身体复活。虽然相当一部分宗教专家声称这块骨头在尾骨的位置(即脊柱最底部),但关于确切位置并没有达成共识。

这种对死者的深切恐惧,以及循着气味而来、出没于绞刑架或较浅的坟墓附近的食肉动物(如狗)的身影,让黑狗传说得以持久流传下去。阿瑟·柯南·道尔在《巴斯克维尔的猎犬》中就充分利用了黑狗故事的力量,尽管夏洛克·福尔摩斯在面对野兽时依然保持着冷峻的逻辑,但这个可怕的形象也不时困扰着他:

"是一只大家伙,发着光,狰狞得像魔鬼似的。我曾

第二章 野兽传说与黑狗

盘问过那些人,其中有一个是精明的乡下人,一个是马掌铁匠,还有一个是沼地里的农户。他们都说了关于这个可怕幽灵的相同的故事,完全和传说之中的狰狞可怕的猎犬相符。您可以相信,全区都被恐惧所笼罩,敢在夜晚走过沼地的真可以算是大胆的人了。"

狗的神秘特质让这个虚构故事充满魅力,但在现实世界的犯罪调查中,它们这些能力的用武之地并非一目了然。柯南·道尔让夏洛克·福尔摩斯在数个故事中都用到了狗,比如在《失踪的中尉》中,猎犬庞倍显然被训练成能够跟踪带有茴香籽味的诱饵。(这个任务通常由运动员完成,他们要么训练幼犬跟踪气味的能力,要么训练它们对追捕保持兴奋的同时不残杀。)福尔摩斯正是利用茴香籽气味追踪到了案件谜底。

在《肖斯科姆别墅》中,一条西班牙猎犬分辨女主人和陌生人的能力给福尔摩斯提供了重要线索,他向华生断言:"狗是不会弄错的。"它们也许不会弄错,但驯狗师会。1888 年,对连环杀手开膛手杰克的追踪中就出现了这样的情况。巴纳比(Barnaby)和布尔戈(Burgo),两条备受赞扬的英国警犬,在追踪任务开始前,被带到摄政公园练习。那儿离福尔摩斯的贝克街住所很近。第一次试练很成功,但好景不长,取下牵引绳后,它们似乎就失踪了。关于狗的去处引发了一些分歧,它们或许是丢了,或许只是被送回了养狗场却没人通知当局。但可以肯定的是,《泰晤士报》刊登了一篇文章，要求任何能够提供这两只狗下落信息的人立刻联系伦敦警察厅。

当巴纳比和布尔戈的下落见分晓后，它俩和它们的驯狗师成了坊间的玩笑话题。吊诡的是，当人们觉得这两只狗在伦敦自由探寻游荡的时候，开膛手销声匿迹了，而在宣布它们已经被送回养狗场后，犯罪再次开始。或许开膛手杰克对狗的神秘力量的本能信仰让他没有行动，但这是巴纳比和布尔戈提供的唯一帮助。因为缺乏警察工作的专门训练，它们未能发现任何其他有用的证据。

在《爬行人》中，夏洛克·福尔摩斯曾宣布："我真的打算写一篇小小的论文，来讨论侦查工作中狗的用途。"如果他真的写出来的话，也许1888年的"恐怖之秋"，这本书就能在伦敦警察厅派上大用场。

狗和其他不同种类的动物也是另外一些早期犯罪调查的对象。在维多利亚时代，兽奸罪名是一件大事，而动物毛发的存在就被认为是此类案件的重要证据。英国病理学家阿尔弗雷德·斯温·泰勒在19世纪后期曾写道："鸡奸和兽奸的审判非常频繁，与母牛、母马和其他雌性动物发生不自然关系的男人和男孩会被定罪，且可能会被判以终身监禁。"[直到1950年，苏格兰病理学家约翰·格拉斯特(John Glaister)的文章中还曾提到一个男子的故事，"他因为被人发现与鸭子发生不自然的性交而被捕"，这让我们想知道，与鸭子发生自然的性交是怎样的。]

警方实验室花费大量的时间和金钱为兽奸案件搜集证据，也许美国爱护动物协会（ASPCA）来做这件事更恰当。但人们在此过程中获得了很多有关头发和毛发差异的有用信息。当时，明确区分人与动物的毛发是最主要的难题。

19世纪中叶，分辨马和人的毛发上已经取得一些进展。1869年，德国研究员埃米尔·普法夫（Emile Pfaff）凭借关于这个主题的论文取得声望。他注意到动物毛发表皮细胞通常更大，且不如人类的规则。泰勒在他的文章中就多次引用有关识别凶器和衣物上动物毛发的内容。

病理学家查尔斯·梅默特·泰迪在他1882年的著作《法律医学》（Legal Medicine）中问道："如果递交检查的不是人类的毛发，那它是从什么动物身上来的？"为了回答自己提出的这个问题，他写道，他"发现这样做很方便（就像福尔摩斯会做的那样）：随时准备一系列不同动物的毛发，以便进行比较"。

随着法医技术的发展，动物提供了很多关于犯罪现场的重要信息。2003年，路透社曾报道过一只白凤头鹦鹉，死在被谋杀的主人旁边，提供了有关凶手的重要证据。因为这只勇猛的鸟曾攻击过袭击者，它的喙上沾有凶手的血。（这让我们想起了福尔摩斯在《巴斯克维尔的猎犬》中的一句话："魔鬼的代理人也许是血肉之躯呢，难道不会吗？"）从喙上提取出的DNA就足够判凶手无期徒刑了。

但无论科学有多么强大，我们都不能忘记暮色中的"大黑狗"（或称"Old Shuck""Gurt Dog""Padfoot""Hooter""Barghest"

"Galleytrot""the Shug""Hairy Jack")在十字路口等待着一位不幸的旅人,它将带领他去往一场致命的约会。

不论剩下什么

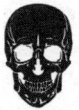

　　传统上而言,在埃及人制作木乃伊的仪式中,第一位切割尸体的防腐师,也称"切割者",会受仪式的诅咒,并且会被防腐桌旁的其他工作人员赶走。剩下的防腐过程会由"撒盐人"来操作,他们通常被描绘成带着黑犬阿努比斯的面具。自古埃及就存在的对打开人体的矛盾心理也预示了之后对人体解剖的抗拒,在数百年间限制了解剖学的探索。

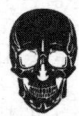

　　为了保护自己免遭巫师侵犯,英国的村民常会在前门台阶附近埋"巫师瓶"。这种装着尿液、针和其他零碎杂物的瓶子被认为可以把巫师赶走。这一习俗后来也流传到美国新英格兰地区。

第二章　野兽传说与黑狗

1944年第二次世界大战期间，海伦·邓肯（Helen Duncan）因巫术罪名在老贝利街（伦敦中央刑事法院）受审，依据的是已经超过一个世纪没有被用过的法案。出生于1887年的海伦定期举办降神会，她的一些预言非常准确，以至于战争部的一些人真的担忧起来，害怕她会以某种方式发现和透露诺曼底登陆的日期。根据1735年颁布的《巫术法案》，她被判有罪，在霍洛威监狱服刑九个月。

《巫术法案》直到1951年才被废除。

第三章　药膏中的苍蝇

"一个逻辑学家不需要亲眼见到或者听说过大西洋或尼亚加拉瀑布,他能从一滴水中推测出它们有可能存在。"

——夏洛克·福尔摩斯(《血字的研究》)

不寻常的动物和昆虫常常在夏洛克·福尔摩斯的故事中飞舞、匍匐、滑行。比如《斑点带子案》中盘绕的蛇,《狮鬃毛》中悄然等待的水母,以及《巴斯克维尔的猎犬》中让农民们战栗的猎犬。不过,这些奇异动物的存在并不是为了吓唬读者,而是作为科学探究的陪衬。在柯南·道尔笔下,这些生物常常是古怪业余博物学者的兴趣对象,他们急切地想要捕捉它们,并对它们及其栖息地进行分类。

柯南·道尔经常利用略显怪异的科学氛围来增加戏剧效果。在《三个同姓人》中,他这样描绘一位绅士科学家及其居所:

> 总的印象是和蔼的,虽说有点怪异。屋子也同样古怪,像个小博物馆。房间又深又广,四周摆满了各式柜橱,其中堆满了地质学和解剖学的标本。屋门两边排着

第三章 药膏中的苍蝇

装蝴蝶和蛾子的箱匣。屋子中间一张大桌上都是七零八碎的各种物件，一台铜制大型显微镜高高地立在中央。

在福尔摩斯的故事发生的那个时代，有很多这样痴迷于科学的研究者。19世纪是对探索自然世界有着浓厚兴趣的一段历史时期。柯南·道尔和他的许多同代人一样，经常参加有关这一主题的演讲，并且对达尔文及其追随者的理论深感兴趣。

在《巴斯克维尔的猎犬》中，博物学家斯台普吞就在沼泽地上轻率地追赶飞虫，而忽略了这片险恶地形的危险："一只不知是蝇还是蛾的东西横过了小路，翩翩地飞了过去，顷刻之间斯台普吞就以少有的力量和速度扑了过去。"

斯台普吞相信这只飞虫是"赛克罗派德大飞蛾"。因为英国沼泽地上没有出现过这一物种，所以他那激动的仓促是可以理解的。如柯南·道尔所描述的那样，巴斯克维尔沼泽在另一方面也是非同寻常的——它那蛮荒和令人生畏的土地上藏着很多兰花。

在同一个故事中提到兰花和飞蛾，一定能让当时很多读者想起达尔文在三十八年前做出的一个奇怪预测。达尔文坚信，昆虫和植物是共同进化，相互依存的。他在检查了来自马达加斯加的一种叫作星形兰或圣诞兰（长距彗星兰）的不寻常的兰花后——这种兰花拥有近十二英寸长的花蜜刺——猜测在马达加斯加的某处，一定存在一种有着近一英尺长的喙或鼻状器官的蛾，这样才能够到花距底部,从而为这种兰花授粉。他在1862年的著作《不列颠与外国兰花经由昆虫授粉的各种手段》("On the Various Contrivances by Which British and Foreign Orchids Are Fertilized by Insects")中发表了这一想法,其中写道:

> 在马达加斯加必存有一种蛾,它们的喙能够伸展到十英寸至十一英寸长!……
>
> 除非有某种长着非比寻常的长喙的巨蛾将花蜜吸完,否则花粉无法取出。如果这种巨蛾在马达加斯加灭绝了,那这种彗星兰也必将灭绝。

达尔文在1882年去世时仍坚信有这种飞蛾存在,但尚未真正发现它的踪影。许多人认为他这个理论是个有趣的想象,但是这种从少量证据中进行的自信的创造性推断正是典型夏洛克式的。

柯南·道尔告诉我们,夏洛克·福尔摩斯要的是敏锐的观察、准确的数据和谨慎的方法。这恰好与那段时期专注的业余博物学家的观点相符。昆虫和植物的采集、研究和分类,以及基于收集的信息进行系统推断的方法对发展法医学产生了重大影响。

博物学家观察到昆虫有数百万种。它们无处不在。有一些因为太小而无法被肉眼察觉,但它们在侵入房屋、花园,甚至诊察室、实验室和医院时,仍会以幼虫和渗出物的形式留下自己的痕

第三章 药膏中的苍蝇

迹。它们出现在动物和人类的尸体上,因此,这些生物显然也经常出现在暴力犯罪现场。科学能否找到一种方式,让这些沉默的目击者提供证词?

虽然这在欧洲大多数地区还是个新观念,但早在1235年,中国就已经有人开始使用了。一位叫作宋慈的刑狱官所写的《洗冤集录》是目前已知最早的关于法医侦查的著作,其中讲述了发生在一个小村庄中的案件。一名男子被砍死,根据伤口的形状和深度,可以推断出是由农民的镰刀所致。但村民们全部矢口否认了解这宗案件。

宋慈要求所有村民将自己的镰刀带到广场上来,并将它们放在地上。这些工具看起来都是干净的。但有一些微小的苍蝇聚集起来,饥饿地盘旋并降落在一把镰刀上。显然,它们被这把镰刀上残留的微量血液和身体组织所吸引。这把镰刀的拥有者也因此供认不讳。

在西方,人们虽然对昆虫活动有所观察,但直到17世纪都理解错误了。数个世纪以来,大家一直认为许多昆虫如果被吞下,会致幻或让人中毒。它们还常常是精心配制的魔法药水的成分,这些药水通常是用来引诱或杀人的。英格兰的乡村一直存在一个传统,如果有家庭成员去世,必须通知家里的蜜蜂,否则它们会愤怒地离开蜂箱,让丧失亲人的家庭失去蜂蜜。人们相信,苍蝇和蛆,以及蜜蜂和甲虫都是从腐肉中自然生成的。(这当然是一个古老的想法,以《圣经》故事为例,杀死狮子的参孙发现尸体中全是蜜蜂和蜂蜜。)

1668年,弗朗切斯科·雷迪(Francesco Redi,来自意大利阿雷佐的一位医师和诗人)进行了有记录以来第一个检验该理论有效性的实验。他观察到,屠夫和猎人包裹好的肉要比裸露未包裹的肉里生的蛆少。

雷迪用腐烂的肉装满三个罐子。第一个敞开着,第二个用纱布盖住,第三个则用盖子盖紧。几天后,雷迪发现敞开的罐子里的肉长满了蛆。用纱布盖住的罐头吸引了苍蝇,但里面没有蛆在活动。有盖的罐子里的肉安然无恙。雷迪的结论是,蛆是未成熟的苍蝇,而苍蝇会在腐烂的肉上产卵。

某些昆虫会在腐烂的肉上繁殖,并且会在逐渐成熟的过程中完全改变形态,对这一点的认识带来了新的想法:如果可以准确确定每种昆虫是如何在死者身上生长的,并且可以准确预测这一过程所需时间的话,也许这会成为确定凶杀案中死亡时间的宝贵工具。

虽然这是个绝妙的想法,但实际很难迅速投入使用。尸体会吸引不同种类的昆虫,而每种昆虫都有自己的繁殖习性。此外,由于昆虫是冷血动物,其繁殖和摄食行为会受到环境温度的强烈影响。

有些昆虫尤其难以辨别,因为它们会模仿其他昆虫的外观。食蚜蝇就是一个很好的例子。它们常常和蜜蜂或黄蜂颜色相同。虽然主要存活在受污染的水中,但它们也会以死肉为目标。所有

第三章 药膏中的苍蝇

这些变量使对死尸周围的昆虫（包括幼虫和蛹）进行准确分类变得异常复杂。

在雷迪进行实验之后的许多年中，与犯罪侦查相关的昆虫研究仍以学术为主。1850年，法国的一个案例创新地利用了这门自然科学。在一间出租公寓中进行维修的工人们注意到，壁炉后的几块砖没有正确摆放。砖块拆除后，在里面发现了一具似乎是新生婴儿的小型尸体。因为暴露在壁炉的干热中，尸体已木乃伊化。各种各样的昆虫在尸体的角落和缝隙中筑巢。

工人在老旧房子的墙壁和地库中发现这种可怜遗骸的事件并不罕见。大家都知道，心存恐惧的年轻女人会利用坚固厚实的建筑结构来掩盖不正当激情带来的悲伤纪念品。但法国这起案件是谋杀吗？抑或仅仅是不规范地处置了一个夭折的孩子？

警方向医学调查员提出了许多问题。这个孩子出生时足月吗？夭折没有？如果出生时是活着的，死亡时多大？死因是什么？如果是凶杀案，谁最有可能是凶手？过去三年里，有四个不同的房客曾住在这间公寓中，这使问题变得更复杂。

有人询问阿尔布瓦市立医院的M. 贝热雷（M. Bergeret）医生对此案的意见，因为他对长期被埋葬的尸体会发生的变化进行过大量研究。贝热雷用经典的法医技术处理了这个问题：他对尸体进行了解剖，测量了骨骼尺寸，仔细检查了干燥的组织。

他得出的结论是，这个孩子足月出生，且当时是活着的。但为了确定婴儿的尸体在墙砖坟墓中躺了多久，贝热雷借助了昆虫学领域的知识。他对尸体上的蛾、螨虫和虫蛹进行了仔细观察和分类,最后确信尸体已经存在于墙内至少两年。

这排除了近期租户犯罪的可能,而将怀疑投向一位曾于1848年夏天住在这间公寓的年轻女子。邻居们和房东萨莉亚德(Saillard)女士相信她曾怀孕,但从未见到过她的孩子。该女子后来被捕并接受审判,却未被定罪。尽管存在可疑情况,但贝热雷无法确定婴儿是被谋杀的。

贝热雷在1855年撰写此案的报告时,强调当时有关昆虫对尸体的影响的知识很少,需要进一步研究。他也表示,昆虫学证据也许对确定死后时间间隔有帮助,而这正是法医学中最难的问题之一。

1878年,布鲁瓦代面临一桩类似的案件,他受到了贝热雷著作的启发。一具已木乃伊化的新生儿尸体成了很多节肢动物的巢穴,布鲁瓦代对其进行尸检。他请教了军队兽医皮埃尔·梅宁(Pierre Megnin)和巴黎自然历史博物馆的一名教授。

他们在尸体上鉴定出蝴蝶幼虫、螨虫的皮肤和粪便,以及蛾的幼虫。还有数百万只活着或死了的螨虫。考虑到这些因素,以及尸体上植物生命的残留和昆虫的世代数目,科学家们一致认为,尸体在被发现时已经放置了五到七个月。

他们将观察得到的尸体上动植物的信息仔细保留下来,认为将来可能会派上用场。就像夏洛克·福尔摩斯会要求的那样,他们收集了数据。随着数据的积累,自然科学与法医学之间的关联也逐渐加强。梅宁想要就该主题写出一本权威著作，因此继续进行这方面的研究。最终他在 1887 年出版了《坟墓上的动物》(Fauna of the Tombs)，1894 年出版了《尸体上的动物》(Fauna of the Cadavers)，实现了这个愿望。

19 世纪，为了进一步了解植物和昆虫对长期埋葬的尸体的影响，在法医的指导下，法国和德国进行了大规模的掘尸。研究人员还将动物尸体暴露在空气中，以便观察不同的气候条件下，不同的昆虫会引起怎样的尸体变化。他们观察到，有些甲虫身上会携带微小的螨虫，从而使得螨虫能够进入尸体。蟑螂和其他大型昆虫在血液和其他体液中穿行，并且可能聚集在离死亡现场有一段距离的地方。死后或死时的损伤通常是昆虫导致的。掌握这一知识后，很多司法灾难得以避免。

1889 年，德国法兰克福一户贫困家庭的九个月大的婴儿夭折了。三天后进行的尸检发现婴儿面部受伤。虽然孩子有病史，但这伤口让警方怀疑父亲给孩子喂了硫酸。（当时，这是处置不想要的孩子的常用方法之一。）但昆虫学家后来证明，伤口是蟑螂叮咬造成的，因此死婴的父亲在监禁数周后被无罪释放。

1899 年，德国又出现了另一桩类似案件。因为在孩子尸体上发现的擦伤痕迹，一名妇女被怀疑杀害了她的孩子。但这位绝望得发狂的母亲坚称自己是清白的，她说在选完棺材回家后，曾看到孩子的尸体被蟑螂覆盖。为了调查这一案件，医生把一部分人体组织放进装有蟑螂的玻璃器皿中，观察结果表明，孩子身上的伤确实可能是这么形成的,因此这位可怜的母亲被免予起诉。

当时,中欧科学界对这些案例以及昆虫和植物在法律调查中的重要性进行了很多讨论。1890年,柯南·道尔在柏林和维也纳待了几个月。鉴于他有医学背景,他极有可能对这一不断发展的研究有所了解。

对这一主题的兴趣迅速扩散。加拿大的怀亚特·约翰逊(Wyatt Johnson)和杰弗里·维尔诺夫(Geoffrey Villeneuve)以及美国的默里·摩特(Murray Motter)都对此展开研究。由于不同地理区域的气候和动物状况不同,很难有效地共享信息,但观察方法是类似的。昆虫世界的重要性因而渐渐变得明显。

当实验室里的科学家们在努力了解腐肉甲虫、果蝇、蚂蚁、蟑螂和螨虫之间的相互关系时,英国宣布了一项非凡的发现。那是在1903年,《巴斯克维尔的猎犬》出版仅一年后。这部小说中生动描写了蝴蝶收藏爱好者斯台普吞,以及在神秘沼泽上肆意生长的兰花。

沃尔特·罗斯柴尔德(Walter Rothschild)是著名金融家家族的后裔,也是一位热忱的博物学家。他的博物馆馆长卡尔·乔登(Karl Jordon)描述了一种奇特的飞蛾,它们有长达十一英寸的喙,足以给神秘的星形兰授粉。正如达尔文在四十年前推测的那样,这种飞蛾在马达加斯加被发现。它们通常被称作"鹰蛾",学名是"马岛长喙天蛾"(Xanthophan morgani praedicta),以纪念达尔文的预测。这也证明了夏洛克式的科学推理取得了巨大的成功。

夏洛克·福尔摩斯在《狮鬃毛》中形容自己的退休生活与世隔绝，但充满了对科学的好奇探究。他说道："我的别墅是孤零零的。我，老管家，以及我的蜜蜂，就是这座房子的全部居民。"在故事《最后致意》中，柯南·道尔进一步告诉我们，福尔摩斯退休后完成了他的巨著《养蜂实用手册，兼论隔离蜂王的研究》。

如果有一位和福尔摩斯志同道合的调查员真的写了这部专著，那一定会包含有关食蚜蝇的信息，这是一种假装成蜜蜂盘旋在尸体周围的飞蝇。这项细致的研究显然不只是为了绅士们的消遣，它将为法医学的发展贡献重要信息。

不论剩下什么

许多谦卑微小的生物持续为法医调查做出贡献。2004年，《法医学期刊》(Journal of Forensic Science)报道说，即便在人死亡十六周之后，仍可以从以尸体为食的蛆中获得人类的DNA。这提供了一种可能性：即使受害者遗体被破坏，其身份信息仍可以从蛆中获得。

因为蛆会吞食患病或腐烂的肉,所以在无法获得抗生素或不建议使用抗生素的情况下,它们可以用来清洁伤口。先将患病的肉暴露给苍蝇,苍蝇会在伤口上产卵,随后将伤口包扎好,蛆就会去除受损的组织。但这一方法主要的问题在于苍蝇的来源。它们的生活习性恶劣,人们永远无法确定它们曾去过什么地方。

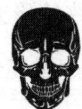

属于环节动物门的水蛭在早期的医学中常被用作给病人放血的工具。某些有用的水蛭,如欧洲医蛭,现在正作为愈合法的一部分重新被使用。它们有助于由外科手术连接的身体部位的血液循环。

第四章 鉴 毒

"会不会是毒药?"

——夏洛克·福尔摩斯(《斑点带子案》)

夏洛克·福尔摩斯常常寻思有关毒药的问题。那个时代的科学思考者必定会对这个话题感兴趣,因为在19世纪,关于有毒物质的检测有过一些重大发现。

当华生在圣巴特医院的实验室中首次与福尔摩斯见面时,后者的手上贴满了橡皮膏,这是维多利亚时代的创可贴。他解释道:"我不得不小心一点,因为我常和毒药接触。"作为一名医生,华生很平静地接受了这一信息,他知道化学实验不可避免地会与危险物质接触。但华生当时没有意识到,这次提及毒药是在预示他日后与福尔摩斯共同面临的奇妙挑战,例如这对搭档在《斑点带子案》《魔鬼之足》和《血字的研究》中的调查经历。

柯南·道尔的这些故事明显受到当时公众对投毒者及其罪行充满矛盾的兴趣的启发。在维多利亚时代,有一大群人会热情地定期参加著名的中毒案件审判。他们对此类案件充满兴趣,因为被告常常是迷人、受过良好教育的女人,就像福尔摩斯在《四签名》中指出的:"一个我一生所见的最美丽的女人,曾经为了获取保险赔款而毒杀了三个小孩,结果被判绞刑。"

女人可以进入病房和厨房。并且人们相信,出身良好、受过良好教育的女人绝对值得信赖。19世纪,她们中有很多人站在了被告席上,因为毒理学有了新近发展,能够检测出她们精细而险恶的所作所为。

曾激起公众兴趣并让法院门口人潮涌动的女人包括:玛德琳·史密斯(Madeleine Smith),这位沉着冷静的格拉斯哥年轻女子在1857年被指控毒杀情人,她在他的热可可里掺了砒霜[审判期间,柯南·道尔的父亲查尔斯·道尔(Charles Doyle)为一份报纸绘制了该案的法庭场景图,陪审团做出了非常苏格兰式的"罪证不足"判决];弗洛伦斯·布拉沃(Florence Bravo),她涉嫌在难以取悦的丈夫查尔斯的勃艮第葡萄酒中放入重金属锑(1876年的陪审团在审讯中发现,尽管查尔斯被谋杀,但"没有足够的证据证明任何人有罪");阿德莱德·巴特利特(Adelaide Bartlett),她于1886年因使用氯仿杀死丈夫而在伦敦中央刑事法院受审时,她的美貌和端庄的举止引起了同情(判决为"无罪")。

1889年,弗洛伦斯·梅布里克(Florence Maybrick)就没这么幸运了。虽然证据不足,但她仍因为用砷(砒霜)杀死有毒瘾且暴力的丈夫詹姆斯而被定罪。她被定罪的很大一部分原因是主持审判的费兹詹姆斯·斯蒂芬(Fitzjames Stephen)法官年事已高,

第四章 鉴毒

接受了很多与此案无关的证词。最后他宣读了一份杂乱无章且对弗洛伦斯极为不利的总结。

这场被认为不公正的判决激怒了英格兰民众。政府做出了妥协，将弗洛伦斯的死刑减为无期徒刑。她在1904年获释，随后迅速出版了畅销的《我失去的十五年》(My Fifteen Lost Years)。

看着生命悬而未决的女人的审判令人兴奋，但通常她们都免于被定罪。通常，定罪很难。很容易提出合理的怀疑，因为那个时代充斥着致命物质。水银用来制作帽子。小剂量的砷和类似的物质会用作补品。女人们还用砷来美白肤色，用颠茄让瞳孔变大。当时的法律松懈，很多毒药都可以买到，"用来驱除家里的害虫"。

在《血字的研究》开头，华生刚从阿富汗回来，也许并不了解当时让英格兰着迷的这些案件细节。但作为一名受过良好教育的医生，他无疑多少了解投毒的险恶历史，也了解手法微妙的毒杀对法律系统和医学界是如何棘手。

在古代，投毒是极度令人恐惧的，且会被严惩。历史上最早被注意到的毒物来自有毒性的动物，通常是爬行或两栖动物。蟾酥（蟾毒素）是最受欢迎的。这些毒药常在囚犯或奴隶身上进行测试，如果证明有效，就可以用来涂在武器上。福尔摩斯很熟悉动物毒素，他在数个故事中都很快怀疑起它们的存在，比如《斑点带子案》：

"我立即就想到了蛇,我知道医生豢养了一群从印度运来的动物,把这两件事联系起来时,我感到很可能我的思路是对的。使用一种任何化学试验都检验不出的毒物,这个念头正是一个受过东方式锻炼的聪明而冷酷的人所会想到的。从他的观点来看,这种毒药能够迅速发挥作用也是一个可取之处。确实,要是有哪一位验尸官能够检查出那毒牙咬过的两个小黑洞,也就算得上是个眼光敏锐的人了。"

福尔摩斯的想法是有先见之明的。有几桩20世纪的毒杀案就是在医学检验员经过仔细外部检查,发现皮下注射痕迹后才告破的。其中包括发生在英格兰布拉德福德市的伊丽莎白·巴洛(Elizabeth Barlow)的非正常死亡。

伊丽莎白的丈夫肯尼斯(Kenneth)是附近一家医院的护士。1957年5月的一个傍晚,他曾打电话给当地一位医生,要求他去看望伊丽莎白,说她非常虚弱,倒在浴缸里。医生到了之后,发现伊丽莎白的尸体侧着躺在空的浴缸里,她还呕吐过。刚刚失去妻子的丈夫解释说,她曾抱怨身体不适,因此决定洗澡。他在等伊丽莎白回到床上的时候睡着了,再次醒来时,却发现妻子仍然在浴缸里,头部浸在水中。他曾试图将她抬起,他虽有护理技能,但她对肯尼斯来说还是太沉了。因此他排干了浴缸里的水,试着让她躺着,对她进行复苏,但显然没有用。于是医生打电话报了警。

第四章 鉴毒

负责此案的侦探警官内勒（Naylor）立刻对肯尼斯睡衣完全是干的这一事实感到震惊。浴室里也完全没有飞溅过水的迹象。

法医病理学家大卫·普莱斯（David Price）参与了进来。他很快注意到，死者的臂弯里还有水，这更加让人怀疑肯尼斯努力将她救起的说法是否为真。尸体被送到哈罗盖特的太平间，立即进行了尸检。

外部检查未发现尸体那雀斑很多的皮肤上有什么异常痕迹。内部检查显示伊丽莎白刚刚怀孕，但没有发现明确的死亡原因。普莱斯拿着放大镜，又一次有条不紊地在尸体上慢慢检查了一遍。两个小时后，他终于有所发现：在臀部有两组微小的皮下注射痕迹，但毒理筛查结果是阴性。这个年轻女人被注射了什么呢？

警方询问了肯尼斯的同事，发现他的护理工作包括注射胰岛素。伊丽莎白不是糖尿病患者，因此给她注射大剂量的胰岛素会导致致命的低血糖休克。之前没有过胰岛素谋杀的先例，也没有公认的测试方法。

普莱斯将这些有皮下注射痕迹的部分切下。他和毒理学家 A. S. 加里（A. S. Curry）给一组小鼠注射了胰岛素，另一组注射了由切片组织制成的浆液。两组小鼠均出现相同的症状并死亡。重复测试了多次，结果不变。

肯尼斯·巴洛因此以毒杀妻子的罪名被判无期徒刑。为公平起见，警方没有告诉评审团另一发现：他的第一任妻子几年前死于类似的症状，当时她被认为是自然死亡。如果对她的尸体也进行夏洛克式的检查，用放大镜观察每一块皮肤，那么很有可能发现微小的痕迹——看起来像被蛇咬的伤口。如果"眼光敏锐的验尸官"当时能够辨识出"那两个小黑洞"，那么伊丽莎白·巴洛就不会嫁给这条叫作肯尼斯的毒蛇了。

虽然爬行动物和奇特的两栖动物是古代世界中最常见的毒物来源，一些源自植物的毒素也广为人知。铁杉、夹竹桃、乌头、铁筷子、罂粟和不同种类的有毒蘑菇都曾被用在没有防备的受害者身上。

砷的毒性众所周知，但其独特的味道限制了它作为毒药的使用频率，直到约公元 800 年，一位叫贾比尔·伊本·海扬（Jabir ibn Hayyam）的阿拉伯研究者将其提炼成几乎无味的白色粉末，很容易藏在食物或饮料中。带着一丝阴森的幽默感，人们将其称为"继承之粉"，因为他们认为不幸的家庭会有效利用这一粉末。尽管砷常常被认为是致死原因，但很难在法庭上被证实。

在中世纪，对中毒的普遍恐惧导致出现了很多复杂但无效的解药和迷信的验毒方法。当时的人认为，尸体上出现黑点就说明是中毒了，从而将正常的尸体腐烂或疾病错当成谋杀的证据。

所谓的万能解毒药包括干粉状的木乃伊、"独角兽角"（通常是不幸犀牛的角）和一种由三十至六十种成分制成的"解毒糖剂"（theriac），取决于药剂师如何调配。这些解毒药对患者都没有帮助，却对医师的经济状况大有帮助。

第四章 鉴毒

从死者头骨上刮下的苔藓（最好是死刑犯的头骨）制成的"乌斯尼亚"（Usnea）是最受欢迎的"解药"。牛黄的生意也很好，它们是在动物的小肠或胆囊中形成的分泌物，许多容易上当的国家元首会以高价购买它们。

16世纪的外科医生安布鲁瓦兹·帕雷（Ambroise Paré）拥有科学的怀疑态度和能够与福尔摩斯匹敌的追问精神，他坚信牛黄没有价值，并决心要加以证明。作为法国查理九世的医学顾问，他拥有良好的条件来做到这一点。他选择了一名宫廷厨师作为实验对象，后者因被指控偷窃银器而在监狱里煎熬，等待处决。帕雷建议给厨师下点毒，再用国王奖赏的一部分牛黄作为解药。如果囚犯幸存下来，将获得赦免。

渴望生存的厨师同意了实验。尽管服用了牛黄，但厨师在一个小时内就痛不堪言、四肢匍匐、呕吐、七窍流血。帕雷试图减轻他的痛苦，但无济于事，这个不幸的人在受尽七个小时折磨后死去。因此，查理九世销毁了牛黄，虽然在法庭上有人认为帕雷的实验无法证明牛黄毫无价值，而只能证明查理九世的牛黄是假的。

帕雷并不是16世纪唯一一个在人体身上做毒物实验的人，对这类行为的恐惧已深深根植于民间传说中。人们相信，凯瑟琳·德·美第奇（Catherine de Medici）在嫁给法国国王时，就随嫁妆带来了一些毒药的配方。有传言说，她把好几筐有毒食物送给穷人，再令仆人第二天去拜访这些人，询问他们的健康状况。

据称这一方法让她为科学知识做出贡献,同时轻松减少了法国的贫困人口。

女性凶手的形象与对巫术和魔法的恐惧紧密联系在一起。17世纪,一位名叫蒂法尼亚·迪·阿达莫(Teofania di Adamo)的富有创造力的女人向罗马和那不勒斯的女人们出售一种叫作"巴里的圣尼古拉斯的玛娜"的清澈液体。它的官方用途是化妆品,但据说只要微量就可以快速致命,且让受害者看起来是自然死亡。它逐渐以"托法纳仙液"的名称为人所知。烦人的丈夫们因此开始体验到致命的消化系统不适。

当官方开始怀疑蒂法尼亚后,她在一所修道院里寻求庇护,但最后还是被逐出。在激烈的盘问下,她供认了六百多起谋杀,随后迅速被勒死。她的女儿茱莉亚很有可能继承了这一家族事业。追随蒂法尼亚脚步的还有一位法国女人,布兰维利耶夫人(Madame de Brinvilliers),她在被捕处决之前毒杀了多名亲人和情人。

华生在《血字的研究》中讽刺地概括一篇新闻文章时,提到了"托法纳仙液"和布兰维利耶夫人:

> 这篇文章简略地提到过去发生的德国秘密法庭案、托法纳仙液、意大利烧炭党案、布兰维利耶侯爵夫人案、达尔文理论、马尔萨斯理论以及瑞特克利夫公路谋杀案等之后,在结尾向政府提出忠告,主张今后对于在英外

第四章 鉴毒

侨，应予以更加严密之监视云云。

直到 19 世纪初，对毒杀的定罪都依赖于间接证据和酷刑逼供。1752 年，玛丽·布兰迪（Mary Blandy）因毒杀父亲被审判和绞死时，针对她的医学证据仅有她被人看见放入父亲食物中的白色粉末，它看起来像砒霜，且死者的肠道受过刺激。

到 1814 年，该领域明显取得了一些进步，这很大程度上归功于 1787 年出生在西班牙梅诺卡岛的马修·奥菲拉（Mathieu Joseph Bonaventure Orfila）的工作。他是医学和化学领域的杰出学生，十八岁离开西班牙前往巴黎求学。在研究过程中，他发现之前许多关于毒药及其解药的测试都毫无价值，于是开始自己设计新实验。

奥菲拉的首部著作《毒物论》（*Treatise on Poison*）确立了毒理学作为一门新科学以及医学法理学重要组成部分的地位。他通过在狗身上进行实验证明了砷和其他毒物对肠道的影响，还设计出从动物组织中回收砷的新方法。

来自大不列颠的化学家詹姆斯·马什（James Marsh）以奥菲拉的著作为基础，发明了第一种测试重金属中毒的方法，其结果足以使陪审团信服。这个设备非常简单，需要一个一端开口、另一端为尖状喷嘴的 U 形玻璃管。测试时，锌悬浮于尖的那一端，另一端是需要被检测的液体与酸的混合物。当液体和锌相遇时，如果存在砷，则砷化气体会从喷嘴中逸出。此时用火焰靠近气体直到将其点燃,然后在火焰附近放置一个冰冷的瓷盘,瓷盘上会出现被称为"砷镜"的黑色光泽沉积物。这是一块可以照出谋杀案的镜子。马什的这个测试甚至能够发现极其微量的砷和锑的存在,且效果足以说服法庭。

这个测试在 1840 年对玛丽·卡佩尔·拉法基(Marie Capelle Lafarge)的审判中提供了关键证据,她被指控用含有砷的蛋糕杀害了举止粗鲁的丈夫。玛丽 1816 年出生于据说有法国贵族血统的家庭中。她在少女时期成了孤儿,被巴黎的姨妈和姨父带大。她被送往贵族学校,朋友们都出身名门,但由于嫁妆不多,她的婚姻前景并不理想。

她的养父母下狠心决定把她嫁出去,于是他们秘密地让婚介机构给她安排一个结婚对象。他们找到了查尔斯·拉法基(Charles Lafarge)并介绍给了玛丽,称他是家里的熟人。他们没告诉玛丽查尔斯是个鳏夫。玛丽仅被告知,他拥有一个赚钱的钢铁厂,在郊区还有一座雄伟的城堡。尽管玛丽不太喜欢查尔斯,他的举止和外表都令人生厌,但她还是被他那精美城堡的精细绘图所吸引。在姨妈的热情鼓励下,玛丽嫁给了查尔斯,并随他回家。

然而令玛丽震惊的是,那座城堡实际不过是一堆衰败的石头,寒冷、灰暗、阴森、险恶。更糟的是,查尔斯的母亲住在那里,她是一个同样冷酷、灰暗、阴森、险恶的女人。还有其他一些亲戚和马屁精也住在里面,其中包括安娜·布伦(Anna Brun),正是她

第四章 鉴毒

将这座城堡充满想象力地绘制成一个神话。她似乎对查尔斯有意思,因此对他的婚姻感到不满。老鼠大军在房间里肆意游荡,与舒适地栖息在厨房里的各种家禽争夺食物。歇斯底里的玛丽把自己关在房间里。

她最终还是从房间里走出来了,但没几周就发现查尔斯的生意破产了,他是个挥霍亡妻遗产的鳏夫,跟玛丽结婚明显是为了她的嫁妆,虽然按巴黎标准算的话并不多,但在乡下绰绰有余了。玛丽看似从容地应对着这些情况,忙于改善家庭状况。她订购了新窗帘,成了一间图书馆的读者,烹饪含有松露的复杂菜肴。毋庸置疑,出于卫生考虑,她写信给当地的医生:"这里鼠害猖獗,你能信任我并给我一些砷吗?"

玛丽似乎对查尔斯产生了感情。当他到巴黎出差时,她还准备了蛋糕送给他。不幸的是,查尔斯只吃了一小口便病倒了,于是回到了城堡,好让妻子照顾他。玛丽非常细心,给他准备了各种让人舒缓的饮料和汤。但他病情愈发严重。安娜·布伦声称曾见到玛丽从随身携带的一个小孔雀石匣中取出一些白色粉末,混在查尔斯的食物和饮料中。安娜小心地收集了一些食物的样本,并将它们藏了起来。

查尔斯经历了两周的痛苦折磨后去世了。安娜拿出了她藏起来的样本,当地医生用传统的方法对它们以及孔雀石匣中的东西进行了测试,将它们加热。它们散发出强烈的大蒜味,并且变成黄色。据此,医生们宣布这些东西含有砷。对死者胃部内容物的测试也得出了类似结果,因此玛丽被指控谋杀丈夫。

此案造成了媒体轰动,玛丽的姨妈显然因为担心家庭声誉,高价聘请了颇具名望和能力的律师迈特尔·帕耶(Maître Paillet)来为玛丽辩护。帕耶立刻以医生们的测试不足为由进行抨击,作为奥菲拉的好友,他了解毒物检测的最新进展。在奥菲拉的建议下,他坚持要进行最新的马什测试。法院指示来自利摩日的药剂师们进行测试。他们不想承认自己经验不足,所以还是尝试了这个实验,并最终报告说没有发现砷。玛丽的支持者们非常高兴。

检察官对此展开反击,他们要求著名的奥菲拉本人再做一遍马什测试。辩方不得不同意。奥菲拉来到巴黎,在当地实验人员的全面监督下测试了样本,工作了一整夜。第二天下午,他在鸦雀无声的法庭上做证说,所有样本中都发现了砷。他解释道,马什测试很微妙,需要专家来操作。

玛丽·拉法基被判死刑,后来减为无期徒刑加苦役,随后苦役亦被减免。她在牢房中待了十年,写出了自己的回忆录,并与同情自己的支持者们通信,其中包括大仲马。后来她被拿破仑三世释放,但不久之后就死于肺结核。直到最后,她都宣称自己是清白的。

如果玛丽的律师没有诉诸马什测试来处理案件,而将辩护立于物证是由居心叵测的安娜·布伦提供的这一事实,结果也许会不同。

无论法律上的走向如何,拉法基案清楚说明了毒理学的复杂

第四章 鉴毒

性,这是一门同时要求技能、经验和理论知识的科学。这一案件也打开了维多利亚时代著名的毒物审判的大门。

1842年,德国的雨果·莱因希(Hugo Reinsch)发明了一种更简单的测试砷的方法,毒理学这门新科学似乎必然会变得越来越重要。但随后出现了一次灾难性的挫折:托马斯·史密瑟斯特(Thomas Smethurst)医生因用砷谋杀伊莎贝拉·班克斯(Isabella Bankes)而在伦敦中央刑事法院受审。

"一个医生堕入歧途,他就是罪魁祸首。他既有胆量又有知识。"夏洛克·福尔摩斯在《斑点带子案》中说。他的这一观点在维多利亚时代和爱德华时代数位接受过医学训练的投毒者身上得到印证。普理查德、克利、帕尔默、沃德、韦特和克里本——这些医生杀人犯的名字让人胆寒。

但史密瑟斯特案与众不同。这个故事不仅关乎一位无赖医生毒害一颗轻信之心,也关乎一位德高望重的医学专家因为粗心的错误,破坏了公众对科学证据准确性的信任。

1858年,史密瑟斯特医生五十多岁,而他的妻子比他大近二十岁,他们乘四轮马车抵达伦敦郊区的贝斯沃特(Bayswater),在一处供膳食的寄宿公寓租了一间房。史密瑟斯特精通水疗法,这是维多利亚时代的一种医学疗法,做法是将人体上每个可能的孔口都浸在水中。他告诉女房东,他考虑在贝斯沃特开一家诊所,因此希望熟悉下该地区。

寄宿处的另一位房客伊莎贝拉·班克斯当时四十二岁,有一点魅力,有足够的金钱,还有偶尔发作的消化道病史。她非常乐意将自己的身体问题告诉医生,史密瑟斯特似乎也乐于与她讨论症状。尽管史密瑟斯特太太对此事似乎有种奇怪的超然态度,但随着伊莎贝拉和医生的亲密闲谈时间越来越长,女房东变得不安起来。

最后,愤慨的女房东要求班克斯离开。她走了,却是在史密瑟斯特医生的陪同下。他们在巴特西教堂举行了重婚仪式,然后搬到了里士满,享受家庭幸福。

但事实并非如此。"婚礼"后不久,伊莎贝拉就病倒了,剧烈腹泻和呕吐。她"丈夫"对她进行了几天治疗但无济于事后,她被送到当地的朱利叶斯(Julius)医生那里去。为了控制症状,医生给她喝了石灰水,然而情况变得更糟。因此她不断被送到别的医生处求诊。病情越来越严重。一名律师被叫来,伊莎贝拉签署了遗嘱,将她所有的钱留给"我真诚挚爱的朋友,托马斯・史密瑟斯特"。

朱利叶斯医生和他的搭档怀疑伊莎贝拉的疾病是一种刺激性毒药引起的。他们拿走伊莎贝拉的一部分排泄物,带到著名病理学家阿尔弗雷德・斯温・泰勒的实验室中,他也从事毒理学研究。泰勒使用简单优雅的莱因希法对样本进行了检查。

他将可疑物质与盐酸进行混合并加热,然后将一块铜网放进溶液中,如果存在砷,铜网会呈现深灰色。泰勒报告说,对伊莎贝拉样本的测试结果呈阳性。

第四章 鉴毒

因为史密瑟斯特是为伊莎贝拉提供饮食的人,也很少离开她身边。鉴于这一可疑情况,他被逮捕了。但他含泪告诉执法官,妻子的病情使他很难离开她身边,她急需他的照料。考虑到这一点,他被迅速释放。

伊莎贝拉·班克斯第二天就去世了。

史密瑟斯特被控谋杀。1859年7月进行的审判引起极大关注,因为这一案件几乎完全依赖于科学证据。但医学证词出乎意料。尸检时发现,死者已怀孕五至七周。她的肠道似乎严重发炎,与砷中毒的症状一致。但对她的内脏进行检查后没有发现砷的存在。那砷是如何在死前还明显存在,却在死后消失的呢?

进一步的实验又得出了一个令人苦恼的事实。泰勒最初进行莱因希法实验时,他将铜网插入混合液之前没有考虑对铜网进行测试。用过多次的铜已被砷污染了。泰勒用自己的试剂彻底破坏了整个实验。

辩方的几位专家证人认为,死亡原因是一种痢疾,这位年纪较大的女士第一次怀孕,会加重病情。但经过四十分钟的商议,法官仍做出了有罪判决,并判死刑。

医学界立即表示强烈抗议,认为科学事实不能证明判决的合理性。唯一合法的史密瑟斯特太太显然已从无动于衷的状态中清醒过来,她向维多利亚女王寄去一封动情的长篇恳求信。内政大臣搜集了一些实情,经过仔细考虑后推翻了判决。

当史密瑟斯特医生以自由人的身份离开监狱时,他立刻因重婚罪再次被逮捕,被判处一年有期徒刑。因此,政府的这一举措既达到了盎格鲁-撒克逊法学的最高道德标准,又同时满足了英国中产阶级道德感的最深需求。

最终出狱后,史密瑟斯特医生(显然是个走在时代前列的人)就班克斯女士的遗产提起诉讼。他赢了这桩官司,获得了钱,然后从公众视野中消失了,有人说是在史密瑟斯特太太的愉快陪伴下。普通民众和科学界都对"专家"证人表示严重不信任,很多年里,整个医学法理学领域都无法抹去污点。

阿瑟·柯南·道尔出生于史密瑟斯特受审的同一年。数十年后,当他是一名医学生时,他仍然能感受到这个案子的回响。柯南·道尔的老师、导师和夏洛克·福尔摩斯的原型,约瑟夫·贝尔(Joseph Bell)医生对法医界非常怀疑,据说他在参与的诸多案件中都隐藏了身份。柯南·道尔在1876年见到贝尔,这位老人敏锐的性格和推理能力给他留下深刻印象。

作为一名医学生,道尔一定密切关注了1878年的尚特雷勒案,有一些历史学家认为贝尔医生也参与了此案的侦破。尤金·马里·尚特雷勒(Eugene Marie Chantrelle)是一名移民到苏格兰爱丁堡的法国人。他在法国南特的医学院待过一段时间,但没有拿到学位。在苏格兰,他教法语还算成功,并与一名学生伊丽莎白·戴尔(Elizabeth Dyer)确立了恋爱关系。伊丽莎白年仅十六岁时,他们结婚了,两个月后生下了一个孩子。

这段婚姻并不愉快。伊丽莎白饱受折磨,因为尚特雷勒经常

第四章 鉴毒

在公共场合嘲弄说,自己用医学知识可以将她毫无痕迹地毒杀。他们经历了十年不幸的婚姻后,尚特雷勒不顾伊丽莎白反对,在1877年10月投保了1000英镑。这份保险不同寻常——只有伊丽莎白意外死亡,他才能获得这笔钱。

1878年1月2日,一名女佣走进伊丽莎白·尚特雷勒的房间,发现女主人不省人事。呕吐出的水果残渣弄脏了床单,房间里有一股很重的煤气味。意外发生了,令人吃惊。

之前从未治疗过伊丽莎白的卡迈克尔(Carmichael)医生被叫过来。短暂检查后,他给警方外科医生兼毒理学家亨利·利特尔约翰(Henry Littlejohn,他也是约瑟夫·贝尔医生的同事和长期合作者)送去一张便条,上面写道:"尊敬的先生,如果你想看到一例煤气中毒案件,就请过来吧。"

利特尔约翰的第一印象是,伊丽莎白的症状更像麻醉性中毒,而非煤气中毒。他收集了一些呕吐物,并将伊丽莎白送往医院,这位不幸的女士在那里去世了。

验尸报告显示,尸体中并没有麻醉物,但呕吐物中有致命含量的鸦片。这并不罕见。如果死者在服用之后存活的时间够长,使鸦片能够被身体系统消化掉,那么动物组织中就不会发现鸦片的存在。

在检查房屋时,煤气公司发现了一个破裂的煤气支架,并确定它是被故意损坏的。

陪审团只花了一个小时十分钟就确定尤金·马里·尚特雷

勒有罪。三周后，他被处以绞刑。

尚特雷勒案引起了极大的关注。许多人认为通过该案件，毒理学再次证明自己可以成为正义的武器。虽然一些研究者相信利特尔约翰在此案上咨询过约瑟夫·贝尔，但贝尔的名字并没有出现在官方文件中。显然，贝尔担心参与很多法医案例的情况会影响他作为绅士的声誉，故意隐藏了相关信息。史密瑟斯特案让毒理学蒙上了很重的阴影。除了信任问题外，毒理学家还必须应对复杂的使命感，以及每一次进展似乎都跟随着一次挫折的事实。

现在已经可以在人体组织中发现微量重金属的痕迹，例如砷和锑。但确定它们是如何进入体内的又是一个问题。比如，砷其实在环境中很常见，岩石、泥土，以及——直到20世纪晚期——油漆和墙纸等合成材料中都能找到它。微量的砷可以自然存在于活人体内。它是极佳的防腐剂，通常是防腐液的一种成分。埋尸和掘尸的实验表明，人体会在死后吸收砷，因此，仅凭砷的存在来定罪很有可能会造成可怕的错误。

长期以来，从死亡的组织中回收植物生物碱毒素也一直是一个主要问题，因为生物碱通常不会留下可被检测到的痕迹。被称为毒理学之父的奥菲拉认为要找到它们是徒劳的。

1851年，名叫让·塞维斯·斯塔斯（Jean Servais Stas）的比利时化学家设计了一种可以从人类遗体中提取尼古丁毒素的复杂方法，以破解与此相关的谋杀案。他将尸体的器官磨成泥状，然后与酒精和酸混合，这能将碱性的毒素从组织中分离出来。在

第四章 鉴毒

他这一方法的基础上,全世界的化学家发明出用于试验各种生物碱的试剂。

问题看似已经解决。但对一些据说是自然死亡的人类遗体的研究表明,人死后某些生物碱会在体内生成。这些尸体生物碱看起来与植物毒素同样危险。随后几十年中,相互矛盾的专家证词不断出现。

19世纪接近尾声时,科学家们不断发表他们的新发现,报纸上充斥着骇人听闻的罪行报道,公众对悬疑小说的兴趣也不断增长。尽管一些悲观的评论家提醒人们,这些阅读材料的普及会给犯罪提供更新更危险的想法,使打击犯罪行为变得更难,但更清醒的头脑认为这不太可能,因为大多数小说都极为不准确,小报的报道就更虚幻了。然而随着新的和更危险的药物出现,中毒案件的复杂性确实增加了。

1891年,纽约,名叫卡莱尔·哈里斯(Carlyle Harris)的年轻医学生与康姆斯托克女校的一名住宿生海伦·波茨(Helen Potts)秘密结婚已近一年。康姆斯托克的其他女生被告知,哈里斯是海伦的未婚夫。哈里斯坚持这段婚姻必须保密,因为他担心家人如果知道他上学期间结婚,可能不会继续支持他的学业。

海伦的母亲却坚决主张要揭露这段婚姻。不出所料,海伦因此得了失眠症,哈里斯为她开了六粒低剂量的奎宁吗啡胶囊。(在那个美好的时代,医学生也可以开药方。)这在当时是一种常见的镇静剂,是由著名的纽约药房"麦金太尔"现订现做的。

哈里斯拿起胶囊，但只给了海伦四粒，并指示她每晚服用一粒。她这样做了，度过了三个平静的夜晚。第四个晚上，她在神志失常中醒来，呼吸非常困难，瞳孔收缩明显。学校医生为了挽救她做出了一切努力，但还是没能成功。

哈里斯供出了他藏起来的两粒胶囊，经检查证明，其中只含有允许剂量的吗啡。海伦已下葬，但因报纸上提出太多疑问，她又被掘出调查。纽约毒理学家鲁道夫·维特豪斯（Rudolph Witthaus）在女孩的所有器官中都发现了吗啡，但没有奎宁。这意味着她服用的最后一粒胶囊只含有纯吗啡。如果考虑到胶囊的大小，这已经过量了。药房坚称能够对他们配的所有药物负责，并且药房方面没有任何过失。

哈里斯被逮捕，并被指控犯有谋杀罪。调查人员得出的结论是，在给海伦的四粒胶囊中，有一粒被哈里斯换成了致命剂量的吗啡，他作为一名医学生，可以轻松获得这一药物。他保留了两粒胶囊，这样就可以在海伦服下最后一粒致命胶囊后证明自己的清白。哈里斯在1893年被定罪及处决。

这一案件的情节如此复杂，让人觉得或许受了夏洛克·福尔摩斯故事的影响。有趣的是，大侦探首次出场的《血字的研究》由J. B. 利平考特出版社于1890年在美国出版，正是哈里斯案发生的前一年。与在家乡英国相比，这本书在美国反而引起了更大的关注，也更畅销，成为广泛讨论的话题。故事中有一个著名场景，角色杰弗逊·侯波讲述他如何谋划杀死受害者：

第四章 鉴毒

"有一天,教授正在讲解毒药问题时,他把一种叫作生物碱的东西给学生们看。这是他从一种南美洲土人制造毒箭的毒药中提炼出来的。这种毒药毒性非常猛烈,只要沾着一点儿,立刻就能致人死命。我记住了那个放毒药瓶子的所在,他们走了以后,我就倒了一点出来。我是一个相当高明的配药能手,于是,我就把这些毒药做成了一些易于溶解的小丸。我在每个盒子里装进一粒,同时再放进一粒样子相同但是无毒的。"

故事中并没有写明毒药的名称,但制作方法很类似。卡莱尔·哈里斯是否读过《血字的研究》,并从中找到了摆脱困境的方法?也有可能是一名调查人员读了这部小说,从而意识到海伦·波茨是如何被谋杀的。

正如夏洛克·福尔摩斯在《跳舞的人》中所说:"有人发明,就有人能看懂。"

不论剩下什么

皮下注射器由查尔斯·普拉维兹(Charles Pravez)和亚

历山大·伍德（Alexander Wood）于1853年同时但分别发明出来。其微小的穿刺痕迹在历史上数起医学谋杀案中成为重要线索。

1965年，卡梅拉·科波里诺（Carmela Coppolino）医生因被注射过量麻醉性琥珀胆碱而死亡。她的丈夫卡尔·科波里诺（Carl Coppolino）医生被判有罪。

1975年，查尔斯·弗里德古德（Charles Friedgood）医生因给妻子注射杜冷丁将其杀害而被判有罪。但这种性质的凶杀案有一点也许还算令人宽慰：往往是训练有素的专业医疗人员在自己家中私下进行的。

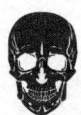

1889年，费兹詹姆斯·斯蒂芬法官对弗洛伦斯·梅布里克审判做出的判决持续了整整两天，且充斥了事实错误。这一时期的法官很少被审查，因此对陪审团有很大的控制权。在维多利亚时代初期，做不出决定的陪审团可以被关在没有火、食物和光的地方，直到他们做出判决。毫无疑问，由于这种严酷统治，陪审团极少被处死，但被告常常被判绞刑。到了更开明的19世纪70年代，只要肯付钱，被隔离的陪审团就能得到简单的食物和温暖。如果法官心血来潮，审判时间通常长达数小时，且没有任何如厕时间。法官们的高凳后都体贴地藏着花瓶，但不幸的陪审团就没有了。

有两位著名的法医学专家都叫利特尔约翰，他们是父子关系。两人都被封爵，且都在爱丁堡医学院任教。父亲亨利·邓肯·利特尔约翰爵士（Sir Henry Duncan Littlejohn）拥有医学法理学教授的正式头衔。他的儿子，亨利·哈维·利特尔约翰爵士（Sir Henry Harvey Littlejohn）是法医学教授。历史学家们经常混淆这两个相似的名字。也许利特尔约翰的家族和社交圈中也有类似的混淆情况发生，因为在非正式场合，人们常以"哈维"称呼小利特尔约翰。

第五章　伪装与侦探

"我怀有艺术家的情调,执拗地要做一次成功的演出。"

——夏洛克·福尔摩斯(《恐怖谷》)

"事物很少是它们看起来的那样/脱脂牛奶伪装成奶油。"吉尔伯特和沙利文在《皮纳福号军舰》(*H. M. S. Pinafore*)中警告道。这部诙谐、讨人喜欢的轻歌剧是1878年英国舞台的焦点。对于住在贝克街221B号的福尔摩斯和华生的世界来说,这句评论再贴切不过了。

夏洛克·福尔摩斯是伪装和戏剧艺术的大师,常常在为了追求正义而搜集信息时展现他的技巧。他善于化装,善于装扮,善于改变自己的动作。华生在《波希米亚丑闻》中曾这样描述这位朋友惊人的化装术:

> 四点钟左右,屋门开了,走进来一个醉醺醺的马夫。他样子邋邋遢遢,留着络腮胡须,面红耳赤,衣衫破烂不堪。尽管我对我朋友的化装术的惊人技巧已经习以为

常了,我还是要再三审视才敢肯定真的是他。

华生在这个故事中还提到,福尔摩斯不仅能够改变自己的外表,还能够将自己独特的个性潜藏在他所采用的身份中:

>福尔摩斯不仅仅是换了装束,他的表情、他的态度,甚至他的灵魂似乎都随着他所装扮的新角色而起了变化。

这种风格显然将大侦探置于戏剧表演的先锋行列中。在19世纪和20世纪初,浮夸激昂的表演风格在欧洲占主导地位。受法国著名女演员莎拉·伯恩哈特(Sarah Bernhardt)的影响,舞台姿态非常流行。矫揉造作的姿势常常持续长达三十秒。台词不是自然地念出,而是洪亮有节奏地诵读出来。化装复杂精美但造作。这种过于引人注意的技巧最初是因为早期剧院中灯光和声音效果不佳而产生的,但由于演员和观众都习惯了这一风格,便持续流行了下去。

演员沉浸在角色中,自然简单地说出台词,仿佛一切都是自然发生的,这在当时保守的大不列颠是新颖的,而这正是福尔摩斯的所作所为。这一风格有一部分要归功于伯恩哈特在意大利的强大对手,埃莉诺拉·杜丝(Eleanora Duse),她拒绝化舞台妆,而是用自然的表演使观众陶醉,并由此激发了戏剧界的新现实主义。

但这种极其自然以至于在私密住所都能够让人信服的表演风格的原动力可以追溯到18世纪末的法国。当时在断头台的阴影下，到处都是盗贼、告密者、妓女和杀人犯，在这一背景下诞生了一位伪装术和法医推理的先驱：尤金·弗朗索瓦·维多克（Eugène François Vidocq，也叫弗朗索瓦·尤金·维多克）。

在讨论维多克时，很难将其生命中虚构的部分和事实的部分区分开。他冒险生涯的很多细节都被装饰成了传说和神话。大多数历史学家认为他出生于1775年，也有人觉得1773年更准确。无论是哪一年，都在法国国王路易十六加冕典礼一年以内，这位国王在1793年的革命动荡中掉了脑袋。

普遍认为，维多克是法国阿拉斯市一名面包师的儿子，他还是个会随手偷爸妈钱的顽皮的孩子。据称，青少年时期的维多克就随一群演员逃走了，并从他们那里学到了很多关于戏剧艺术的东西。书面记录显示他之后入伍了，但原因尚有争议。通过轻易改变制服和身份，他在法国和奥地利的战争中同时为双方作战。他常常打架、斗殴、周旋在女人之间。

18世纪后期，法国因恐怖统治和对外战争而陷入动乱中。热衷于围观砍头仪式的人群和齐步走向战场的士兵常常出现在街道上，这为逃犯和逃兵提供了非常方便的掩护。

第五章 伪装与侦探

虽然我们通常认为巴黎是"断头台夫人"①的住所,但这一恐怖机器不仅仅在此地吸引狂热的民众。较大的省份都有属于自己的死亡引擎,虽然首席刽子手 M. 桑森(M. Sanson)曾抱怨说,这些地方的断头台质量一般。

为各省装配设备是一项复杂的工作,因为这台机器需要配备大量重要零件,包括皮革内衬的柳条篮、脚镣、锯末、用于不可避免的清洁工作的扫帚,以及在机械故障不幸发生时需要的斧头。

在他的《回忆录》中,维多克描述了从军期间请病假回到出生地阿拉斯的经历。当时打扮成平民的他发现自己被困在人群中,人群挤满了弯曲狭窄的街道,朝着鱼市走去。

市场中央摆放着这台丑陋的高效处刑机器。被绑在沾满血的活动桁架(一块木质跷跷板)上的是一位老人,他被判为"贵族"。臭名昭著的残酷总督约瑟夫·勒邦(Joseph Lebon)站在阳台上指挥流程的进行。交响乐团在演奏。维多克写道,小号尤其响亮。勒邦面带微笑,戴着一顶缀有三色缎带的时髦帽子,脚跟着音乐打节拍。两块半月形部件组成的木质断头孔已经固定在老人的脖子上。

勒邦命令一个醉醺醺的办事员朗读了一份有关军事交战的又长又无关的简报,而老人在断头台上瑟瑟发抖。每段朗读结束时,乐手们就会大声演奏一段和弦。最终,玩累了的勒邦终于发

---

① 法语中"断头台"一词为阴性名词,故常将其拟人化为"断头台夫人"。

出了信号，刽子手按下松扣（或控制杆），刀片坠落，头滚进了准备好的篮子中，观众们热烈呼喊："共和国万岁！"

维多克说他被这一场景恶心到了。他告诉我们，在接下来的几周内，他看到人们处于疯狂的状态，他们和邻居争抢着举报对方。维多克特别写到一位不幸的维厄-蓬先生，他被砍头仅仅是因为他的鹦鹉叫声听着像"国王万岁"。这只鹦鹉被约瑟夫·勒邦总督的夫人收养，她承诺会重新教育这只幸运的鸟。

虽然维多克对勒邦感到厌恶，但他被一名仇人举报并处于危险之中时，还是充满感激地接受了后者的帮助，从而逃过断头台之劫。勒邦似乎对维多克的母亲有好感。

之后几年，维多克一直在法律的边缘试探。他数次被捕入狱，罪名包括扰乱秩序、走私和擅离部队，因此养成了通过复杂的伪装术逃跑的习惯。他在《回忆录》中写道，他曾多次以犹太商人、海军军官和修女的身份出现，当时混乱的社会环境和糟糕的文档记录为他提供了便捷的掩护。

随着拿破仑手中的政治权力越来越大，社会又相对恢复了平静。他于1804年加冕。新的政府下定决心要治理罪犯，安排了多名间谍。维多克因此被捕。他发现自己要在臭名昭著的桨帆船（由奴隶和囚犯划桨）上服刑很久，于是向警察提出，他可以作为告密者和间谍向他们提供服务。他的请求被接受了，维多克这次是与当局同谋，再次"逃出"了监狱。因为他的背景故事足以给地下世界的居民们留下深刻印象并赢得他们的信任，他成了一名

第五章 伪装与侦探

卧底特工。

维多克从1811年开始这份新工作后，充分利用了与黑社会的关系和自己的伪装能力。他非常相信数据和记录，因此详细编写了他所调查的罪犯的作案手法，这在当时是一项创举。他写明他们的外貌特征和同伙。像夏洛克·福尔摩斯一样，他很重视系统。维多克还雇用和培训了多个有前科的人作为他的助手，将他们秘密安插在监狱中以获取信息。他所创建的这一活动组织非常成功，以至于法国政府将它扩展为秘密警察组织"安全旅"（Brigade de la Sûreté），最终发展成为世界闻名的安全部队。

地下世界逐渐知晓维多克的身份，因此他不得不更多地依赖自己的伪装技能。但他越是声名狼藉，就有越多的法国伟大小说家与他成了朋友，其中包括巴尔扎克、大仲马和雨果。维多克于1828年出版了非常畅销但耸人听闻的《回忆录》时，有传言说他那些添油加醋的冒险故事其实是受了这些文学巨匠的作品的影响。书中混杂的风格看起来确实像是一个委员会编写的。但可以肯定的是，维多克的文学朋友常常将他的知识和个性作为他们作品的一部分。比如大仲马的《基督山伯爵》、雨果的《悲惨世界》和巴尔扎克的《人间喜剧》中都包含伪装、戏剧性逃脱和犯罪追踪的情节。

巴尔扎克尤其详细询问了维多克关于伪装的运用。维多克的观点是，发展出一个角色前先要仔细观察。对象的走路姿势、手势和吃饭方式都是这一行当的工具。"观察你将成为的人，然

075

后采用他的行为举止。"服装必须完整,包括内衣。"如果你想扮演一位农民,指甲上必须要有污泥。"维多克建议卧底特工携带一系列不同颜色的围巾和帽子,以便迅速换装,如今便衣侦探们仍在使用这一简单而有效的方法。

维多克在《回忆录》中写道,有必要伪装成贵族角色时,他还准备赢得女性证人的信任:

> 我很快就决定了最适合我目的的伪装方式。显然,我必须冒充一位非常受人尊敬的绅士,因此,通过一些假皱纹、一条小辫、雪白的褶边、一根大的金头手杖、一顶三角帽、皮带扣、马裤和相配的大衣,我就转变成所有那些老太太都仰慕的优秀的六十来岁公民之一。

维多克偶尔会用胡桃木染色剂让肤色变黑,用蜡做一些假的水泡,或是用粘在一起的咖啡渣模仿脸上的瑕疵。福尔摩斯在《临终的侦探》中向华生解释他如何让自己看起来病入膏肓时,我们可以听到维多克这些技巧的回响:

> "禁食三天是不会增加美貌的,华生。至于其余的,只要一块海绵就可以解决问题。额上抹凡士林,眼睛里滴点颠茄,颧骨上涂点口红,嘴唇上涂一层蜡,就可以产生绝妙的效果。"

第五章 伪装与侦探

维多克不羁的冒险经历包括他在为政府工作的间隙，成立第一家私人侦探社"情报办公室"（Le Bureau des Renseignements）。他因鼓励有关指纹、弹道学和犯罪现场分析的早期研究而获得赞誉。但他最为人所知的还是伪装方面的天资。

1845年，因为《回忆录》的英文译本在伦敦成为热门话题，维多克来到这里举办了一场纪念品展览。《伦敦时报》在评论这场展览时提到了这位侦探超凡的灵活性。尽管他已七十多岁，看起来却明显要年轻二十岁。他站立时身高五英尺十英寸，但可以通过在外套中屈膝让自己身材变小，就算这样也能轻松走动。其他观察者称，他只有五英尺六英寸，但可以让自己看起来更高。关于尤金·弗朗索瓦·维多克，唯一可以确定的一件事就是他无法被确定。然而，这条变色龙也随着生活变老了。

这段时期，另一位擅长掩盖和改变自身外貌的迷人人物是理查德·伯顿（Richard Burton）。他是一名探险家、剑客、语言学家、学者、情色艺术品收藏家，以及让所谓的体面英国中产阶级恼火的人物。因为各种不良行为，他被迫终止在牛津大学的学业，设法通过自学流利掌握了二十五门语言，其中包括阿拉伯语和大量方言。

被阿拉伯文化深深吸引的伯顿决心要进入穆斯林圣城麦加和麦地那。他伪装成一名来自阿富汗的穆斯林朝圣者，让自己天生较深的橄榄色皮肤变得更黑，并像维多克一样，从内到外更换了衣服。伯顿在1855年完成了这一任务，并安全回到英国，出版了《前往麦地那与麦加朝觐的个人记述》①，收获了英国学者们大为震惊的掌声。

柯南·道尔在他的故事《失落的世界》中提到了伯顿对女性的巨大吸引力，他当然也了解伯顿的功绩。也许这位探险者在1860年前往犹他州研究摩门教徒的旅程进一步吸引了柯南·道尔。伯顿关于这趟旅程的著作《圣徒之城》（*The City of the Saints*）也许为《血字的研究》中发生在犹他州的部分情节提供了灵感。维多利亚时代的公众自然也对伯顿和他精彩的冒险及伪装经历深感兴趣。

伪装对于侦探、勇敢的探险家和不老实的人来说很有用，这也是《歪唇男人》中内维尔·圣克莱尔向福尔摩斯坦白的主题：

> "我当过演员，自然学到了一些化装的秘诀，并曾以我的化装技巧而闻名于剧场后台。这时我利用了这种本领。我先用油色涂脸，然后为了尽量装成最令人怜悯的样子，我用一小条肉色的橡皮膏，做出一个惟妙惟肖的伤疤，把嘴唇一边向上扭卷起来。"

当聪明的罪犯充分利用伪装时，侦探就需要具有看穿这一点的想象力。侦探亨利·戈达德（Henry Goddard）就具有这种天

---

① 原书中提到的书名 *Pilgrimage to Medina and Mecca* 有误，准确书名应为 *Personal Narrative of a Pilgrimage to Al-Madinah and Meccah*。

第五章 伪装与侦探

分。1864年,在伦敦当私人特工的亨利接到了一项来自格雷沙姆人寿保险公司的特殊任务。该公司的精算师兼秘书爱德华·詹姆斯·法伦(Edward James Farren)的讣告出现在了《伦敦时报》上。但让公司震惊的是,他们没有直接从法伦家里收到任何关于他生病或死亡的消息。公司董事请求戈达德对此进行调查。

他们选对了人。戈达德曾是伦敦警察厅前身"鲍街警探"组织(Bow Street Runners)的成员。他聪明、有条理、直觉准确。戈达德得知法伦曾独自前往欧洲大陆旅行,法伦的妻子仅从一封来自陌生人的信中得知了丈夫去世的消息,而且保险公司的账目存在一些出入,于是他怀疑这是一桩诈骗案。他认为法伦伪造了自己的死亡,以便逃过公司账上消失资金的审查,并能够让妻子领到死亡抚恤金。

大家都知道法伦有一只脚畸形,走路一瘸一拐。如果法伦想要逃跑的话,他的跛脚一定是个阻碍,戈达德因此去拜访了沃尔什先生,他是矫正鞋鞋匠,也许能提供一些有助于寻找失踪的法伦的技巧。沃尔什一下子就想起来曾为法伦定做过特殊的鞋履,法伦承诺给他五十英镑,如果沃尔什能做一只掩盖他残疾的靴子。

法伦的鞋跟比正常人高出约三英寸,因此沃尔什切了一块软木来填补空间。为了保持稳固,他在软木上包了一层薄鞋套,还做了一层外靴来包裹住整只鞋。一块钢片穿过靴子和软木,固定在较短那条腿的裤子下方的两段铁丝上。这套复杂的装置上还绑着带子进行加固。不过这样一来，法伦走起路来就只有轻微的跛态了。

戈达德怀疑法伦其实还在伦敦，因此对旅馆员工进行了询问，有一个记得曾见过法伦模样的人，后者有一点跛脚。这个人曾将长途旅行用的箱包运送到酒店，然后带着它们去了利物浦，那是前往澳大利亚和美国的港口。戈达德发现，嫌疑人用了J.威廉斯的名字，还留下了一张废弃的纸条，上面显示他向运输公司支付了144英镑，这笔钱足以去澳大利亚。戈达德猜测这就是法伦的目的地，并动身去追踪他。

法伦抢先了七十天。去澳大利亚的路途艰辛，而戈达德已经六十四岁，但他决心坚定。他从利物浦先到马赛，再到西西里、埃及（在那里，他去朝拜了狮身人面像，并在回忆录中写道，它"气势恢宏"）。他一路上遇到了多到能杀死人的蚊子，骑过驴，被阿拉伯人驮过，最后终于乘船抵达了澳大利亚。

他首先参观了英国游客常去的景点。戈达德知道法伦是一位音乐爱好者，所以他去看了歌剧演出，并且在那里发现了符合这个失踪男人形象的人。戈达德追随这个人，看他走进了斯科特酒店。

第二天，戈达德找到了酒店老板斯科特先生，向他解释了情况。等到法伦（威廉斯）出门时，斯科特带领戈达德来到嫌疑人的房间。在衣橱里，他们发现了沃尔什制作的几双靴子。

就像寻找灰姑娘的王子一样，戈达德从伦敦一路随身带着沃

第五章 伪装与侦探

尔什为法伦制作的靴子的复制品。它与衣橱里的靴子完全相符。靴子侧面有孔,可以安装固定假体的铆钉。现在,帮助法伦悄悄离开伦敦的伪装却暴露了他的身份。

戈达德后来在《鲍街警探回忆录》(*Memoirs of a Bow Street Runner*)中写道,他的回国旅程很愉快,并且他交给保险公司的账单"数额可观,但他们毫不吝啬地付清了"。

没有公开记录显示法伦先生遭受了任何惩罚或处罚,也许格雷沙姆人寿保险公司选择了私下谨慎处理此事,就像夏洛克·福尔摩斯和警察在《歪唇男人》中所做的那样。

对于著名的奥地利法律专家汉斯·格罗斯(Hans Gross)来说,使用伪装术的罪犯是个很棘手的问题。他在著作《犯罪调查》(*Criminal Investigation*)中详细论述了这一主题。该书首次出版于19世纪后期,对法医学产生了持久的影响。他在书中指出,一般来说,"新手会先犯罪再去伪装,而高手则会在犯事之前就伪装好自己"。

格罗斯描述了一起银行抢劫案,当时银行职员坚持认为劫匪很矮,但人赃俱获的嫌疑人个子很高。劫匪作案时似乎穿着一件长大衣,和维多克一样,他也有屈膝行走的技能。

格罗斯提醒调查人员对有关疤痕、跛脚和其他身体畸形的描述保持警惕,因为罪犯常常会利用这些特征,完成犯罪行为后便舍弃。在让人想起《歪唇男人》里假乞丐的一桩案件中,格罗斯描述了一个请求施舍的失明男人,他在双眼中滴入毒扁豆碱来模拟瞎眼的状态,这种化学物能使瞳孔严重收缩,让眼睛看起来受损。

对于测试是否真的耳聋,格罗斯建议在受试者后面突然掉落一件重物。他写道,一个真正的聋人会有反应,因为他会感受到地面的震动。而装聋的人不会做出回应,他们觉得这样可信度比较高。

格罗斯的著作在 1907 年被译成英文,尽管很多科学家都读了这本书,但显然有一位医学从业者忽视了它,否则他将从如何看透伪装的章节中获益。他的名字叫霍利·哈维·克里彭(Hawley Harvey Crippen,他的妻子叫他"彼得")。1910 年,他在山顶新月街 39 号的家成了一场家庭灾难的发生地。

克里彭医生是一个十分矮小的男人,留着大胡子,戴着厚厚的眼镜。他是个美国人,定居伦敦前,他在祖国取得了较为可疑的医学资质。他曾在一家专利药物公司和一间牙医诊所工作过,但没有取得什么职业上的成功。

他与妻子并不和睦,他的妻子贝尔·埃尔默(Belle Elmore)身材高大,难以取悦。她曾自称为科拉·特纳(Cora Turner)。克里彭夫人怀有戏剧方面的抱负,她觉得自己出生时的名字库尼贡德·麦卡莫兹斯基(Kunigunde Mackamotzski)没有什么迷人之处。

克里彭夫人沉迷于昂贵衣服和珠宝,因此家里的经济状况并不乐观。为了维持生计,夫妇俩有时会接待寄宿者,克里彭夫人会亲密款待他们。

第五章 伪装与侦探

克里彭医生负责由此而来的大部分家务活。在一整天的工作（混制复杂却无用的药物以及偶尔拔牙）后，他回到家还要面对黑暗的、散发着饭菜馊味的地下室厨房，并且需要将它清洁干净。

他所雇用的年轻打字员埃塞尔·勒·内夫（Ethel Le Neve）暂时让他从这些麻烦事中解脱出来，他们发展出一段浪漫关系。但当贝尔宣布要把她的存款从他们的共同账户中移出时，夫妇俩的关系更紧张了。

1910年1月31日，当时没有寄宿者在家的克里彭夫妇招待了马丁内蒂夫妇来吃晚餐。这一对访客之后表示，这是一个非常愉快的夜晚。他们在凌晨一点半离开，向站在前门附近煤气灯下的贝尔挥手告别。然而，这是他们最后一次见到她。

十天前，克里彭医生曾从刘易斯与伯罗斯药店订购并收到了五粒强效麻醉药东莨菪碱。与马丁内蒂夫妇共进晚餐后没几天，克里彭将妻子的大部分珠宝当了。他告诉他们的朋友，妻子去了加利福尼亚。后来他又告诉他们，贝尔在美国突发疾病去世。

看到埃塞尔戴着曾属于贝尔的胸针和克里彭在一起时，克里彭夫妇的朋友们觉得此事可疑，于是报了警。

总督察瓦尔特·迪尤（Walter Dew）在克里彭医生家中审问了他。克里彭坦白他撒了谎，他的妻子其实跟另一个男人跑了，他因为过于羞耻而没有承认。他对督察检查房子的要求没有异议。迪尤对这个非常苦恼的小个子男人表示同情，于是随便检查了一下，没有发现任何可疑物。

几天后，迪尤回来核查一些小细节，却得知克里彭和埃塞尔都不见了。他下令对房子进行彻底搜查。在煤窑中几块松动的砖块下面，人们发现了一堆腐烂的人肉和头发。四肢和头部都消失了，骨头也不在。

当时检查遗体的医学专家之一伯纳德·斯皮尔斯伯里（Bernard Spilsbury，刚在法医界获得名声）发现皮肤上的一块印记是一处外科手术疤痕，且符合贝尔之前所进行的一次手术。组织中还发现了大量的东莨菪碱。贝尔的下落似乎明确了。那么接下来的问题是，克里彭和埃塞尔在哪里？

一艘名为"蒙特罗斯号"的船正缓缓从欧洲开往加拿大。船长哈利·肯德尔（Harry Kendall）是个善于细心观察的绅士，且对侦探小说很感兴趣。他对船上名叫罗宾逊的父子感到好奇。老罗宾逊的嘴唇上方有一块肤色较浅，好像之前留过胡子，而鼻翼两侧的印记似乎表明他最近曾戴着眼镜。

据说是十六岁的小罗宾逊似乎音调很高。他走路的姿势看起来也有点古怪。肯德尔仔细观察了他们。小伙子的西装不合身，背部是分开的，用别针固定在一起。而老人对他关怀备至，还在晚餐时为他敲开坚果。

肯德尔有一份"蒙特罗斯号"起航当天的报纸，上面报道了克里彭谋杀案，还登出了克里彭和埃塞尔的大幅照片。肯德尔注意到，如果从后面喊他，"罗宾逊先生"对他名字反应很迟钝。

船长得出了一个显而易见的结论。他的船是少数拥有无线电通信的船之一,他利用该技术,发送了一条详细说明他观察结果的信息。伦敦警察厅派遣迪尤督察乘坐比"蒙特罗斯号"要快的"劳伦森号"。这场跨越大西洋的追捕每天都被报纸报道,但"罗宾逊们"对此一无所知。根据肯德尔的说法,年长的那位嫌疑人常常坐在甲板上,看着高空的无线电天线说:"这真是一项了不起的发明!"

在"蒙特罗斯号"抵达魁北克码头之前,一艘驶近的引航船上的船员登上了"蒙特罗斯号"。其中一人正是迪尤督察,他伪装成了一名引航员。

督察招呼甲板上的"罗宾逊先生",亲切问候道:"早上好,克里彭医生……您还记得我吗?"

克里彭被押回伦敦,他因谋杀妻子而被判有罪。陪审团仅审议了二十七分钟。1910年11月23日,他被绞死在彭顿维尔监狱中。埃塞尔被无罪释放,过完了长寿且平静的一生。

霍利·哈维·克里彭是最不幸的罪犯。他不仅要与拥有夏洛克般敏锐度和无线电技术的肯德尔船长抗衡,还无奈暴露出一个新手罪犯的典型特征——犯案后再笨拙地伪装自己。

就像夏洛克·福尔摩斯在《身份案》中识别出伪装拙劣的罪犯时观察到的那样,有时候"是根本不可能赖掉的。事情再清楚不过了"。

不论剩下什么

詹姆斯·巴里(James Barry)是维多利亚时代一位杰出且受人尊敬的医生。他在年仅十五岁时就获得了爱丁堡大学医学博士学位,并在英国军队光荣服役,随军前往圣赫勒拿岛、爱奥尼亚群岛、马耳他和西印度群岛。这位易怒的医生曾与一名军官发生冲突。退役后,巴里被任命为享有威望的医院检验员。詹姆斯·巴里在1865年去世,享年八十岁。但人们在尸检时发现,这位医生居然是女性。她在伪装中度过了整个成年阶段。继承权、获得专业培训的机会和投票权常常取决于性别,因此这种身份掩饰有足够的动机,并且当时的医学文献中出现了诸多类似案例。

来自大不列颠的乔治·麦克沃特斯(George McWatters)是纽约市警察局的一员。在出版于1871年的回忆录中,他描述了如何寻找一位被认为缺少一段手指关节的骗子。麦

第五章　伪装与侦探

克沃特斯后来抓到了嫌疑人，发现他是用一个大而贵重的戒指将巧妙制作的一节蜡手指连接在手上，将自己手部的畸形隐藏了多年。麦克沃特斯将这节蜡手指留作纪念，可惜戒指消失了。

在夏洛克·福尔摩斯的故事《银色马》中，一匹赛马被伪装起来以隐藏身份。2003年，一名芝加哥的兽医试图用一种腐蚀性黑色涂料喷在一匹偷来的名叫"圣地亚哥"的深灰色骟马上，以掩盖它白色的腿和脸部的白斑。结果，马的脸部起了水泡，兽医因此被控盗窃罪。这匹不幸的马则留下了伤痕。

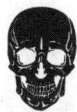

在第二次世界大战期间，英国特别行动处在伦敦有一间秘密公寓。里面有特工们伪造的文件和经过精心设计的伪装，供英国卧底们使用。这间公寓位于贝克街64号。

第六章　煤气灯下的犯罪现场

"到现在为止,什么也没有动过,我保证,你们所看到的一切和我发现时一模一样。"

——塞西尔·巴克(《恐怖谷》)

在检查犯罪现场时,夏洛克·福尔摩斯展现出对细节惊人的专注力和热情。在第一则福尔摩斯的故事《血字的研究》中,华生描述了福尔摩斯的方法:

他从口袋里拿出一个卷尺和一个很大的圆形放大镜。他拿着这两样工具,在屋里默默地走来走去,有时站住,有时跪下,有一次竟趴在地上了。他全神贯注地工作着,似乎把我们全都忘掉了;他一直在低声自言自语,一会儿惊呼,一会儿叹息,有时吹起口哨,有时又像充满希望、受到鼓舞似的小声叫了起来。我在一旁观察他的时候,不禁想起了训练有素的纯种猎犬,在丛林中跑来跑去,猎猎吠叫,一直到它嗅出猎物的踪迹才肯甘休的样子。他一直检查了二十分钟,小心翼翼地测量了

第六章 煤气灯下的犯罪现场

一些痕迹之间的距离。

差不多于柯南·道尔在英格兰写下这些文字的同时,杰出的犯罪学教授汉斯·格罗斯正在海峡另一侧的维也纳制定他所称的"犯罪现场"的调查标准。

他在《预审法官手册》(*Handbuch für Untersuchungsrichter*,英文译名为《犯罪调查》)中写道:"调查员的首要职责是保持绝对的镇静。"此外,须牢记一条不容违背的准则:"在做详细书面记录前,切勿改变任何物件的位置,切勿拿起或触碰任何物件。"

和福尔摩斯一样,格罗斯认为在得出结论前必须要有非常准确和完整的数据。为此,他要求调查员在犯罪现场必须记住,任何东西都可能是重要的。他强调,就算是极微小的东西,也可能与案件有关。

格罗斯坚持认为,物件在现场的位置要保留好,直到被画下来,最好是拍下照片。为了保存脚印,应该用盒子盖住它们。现场的物件,如家具、门、窗之间的确切距离必须以书面形式和图表形式记录下来。格罗斯博士用了数页来专门介绍将证据从犯罪现场运到实验室需要注意的地方。任何需要以某种形式被改变的东西,如需要切割才能移走的地板,必须在做出改变之前画下来或拍照留存。身体部位或液体应装在没有防腐剂的分装容器中,标记清楚。

证据抵达实验室或太平间后,也有严格的处理规则。如果犯罪现场的关键证据已经移至科学环境中，应格外小心防止其受到污染。

格罗斯写道，甚至消极事实也是重要的。比如，如果谋杀现场有血迹，但该处的洗手池中没有血水，那么这一事实也必须被写在侦探的笔记中，因为这表明凶手可能在离开现场时手上仍有血迹。未发生的事情与发生的同样重要。

这种对消极事实的价值的强调让人很快想起《银色马》中的一个经典片刻，当时大侦探被问道：

"你还要我注意其他一些问题吗？"

"在那天夜里，狗的反应是奇怪的。"

"那天晚上，狗没有什么异常反应啊。"

"这正是奇怪的地方。"夏洛克·福尔摩斯提醒道。

对仔细分析犯罪现场的重视既非起源于现实世界的格罗斯亦非虚构世界的夏洛克。五十年前，尤金·弗朗索瓦·维多克在《回忆录》中写到早年在"安全旅"的经历时，描述了他对犯罪现场的一次调查：

在移开尸体时做了最细微精准的观察。没有忽视任何可能揭露凶手的细节。对脚印有准确的印象。纽扣、染了血的碎纸片被小心收集起来。其中有一片纸似乎被匆匆

第六章 煤气灯下的犯罪现场

撕下用来擦拭在不远处找到的刀,上面有一些字迹······第二片上应该是地址的一部分,下面这些词可以解读出来:-A Monsieur Rao-Marchand de vins bar-Roche-。

名叫方丹的受害者被移送至医院检查。医生和维多克惊讶地发现,尽管受害者身上有二十八处刺伤,但他还活着。他虽然因失血而精疲力竭,但仍能够断断续续地说,他曾与两名袭击者搏斗,并确定自己弄伤了其中一人的腿。他们抢走了他的钱袋。

维多克指出,他仔细研究了现场找到的碎纸片,认为纸上写的应该是一个名字和一个地址。"Rao"应该是"劳尔"(Raoul)的前三个字母;"Marchand de vins"是指一个葡萄酒商;剩下的词符合不远处一家葡萄酒商店的地址。维多克认为完整的内容应该是"葡萄酒商,巴里埃·罗什舒阿尔"。于是他派了卧底特工前往侦查。

他们报告称,在这家葡萄酒商店曾见到两个男人,其中一人似乎是因为最近受的伤而一瘸一拐。他们花钱大手大脚。有一人名叫劳尔。

对该店进行搜查后发现,有几件最近洗过的衣服上似乎有血迹。瘸腿男子的伤口也符合受害者所描述的他对袭击者造成的伤害。经过维多克的严厉审问,嫌疑人供认不讳。

这个故事出现在维多克《回忆录》的诸多版本中,细节各不相同,且很有可能经过添油加醋。但可以肯定的是,犯罪现场的细节、对纸片的描述，以及纸片上面文字的破译在1859年于伦敦发行的《回忆录》英文译本中都可以找到。我们无法确定柯南·道尔是否熟悉维多克的故事，但这确实让人想起华生在《血字的研究》中描述的犯罪现场的文字线索：

墙上的花纸已经有许多地方剥落了下来。就在这个墙角上，在有一大片花纸剥落了的地方，露出一块粗糙的黄色粉墙。在这处没有花纸的墙上，有一个用鲜血潦草写成的词——

拉契（RACHE）

夏洛克·福尔摩斯用放大镜仔细检查了这个线索，"非常仔细地观察了每个字母"。在柯南·道尔以及维多克的故事中，对神秘字词的仔细思考常常是通向答案的关键步骤。

显然，到19世纪后期，学术论文和文学作品都强调了系统调查犯罪现场的必要性。但这仅是理论。实际操作起来，却是不太严谨的方法居多。

在1888年夏末和秋初（《血字的研究》首次出版仅一年后），一系列骇人听闻的妓女分尸谋杀案让伦敦人感到恐惧却又兴奋。当然，妓女谋杀案已经不是第一次在伦敦发生，如此血腥却是前所未见。另外，读写能力日益普及，大量廉价小说应运而生，被渲染过的血腥和恐怖细节牢牢攥紧公众的注意力，创造了庞大的读

第六章 煤气灯下的犯罪现场

者群。

一些多半是诈骗性质的信件纷纷寄到警察局,寄件人吹嘘罪行,并标榜着"开膛手杰克"的签名。这些消息加剧了恐慌程度。

关于开膛手杰克杀害的女性的确切人数,历史学家们有不同的观点,但大多数都一致认为,1888年8月31日至11月8日之间,白教堂区贫民窟周围半英里之内被杀害的五人均死在这位杀人犯手下。

首先发现的四具尸体全部被割喉,发现地都是户外的公共区域。第五位受害者玛丽·简·凯利(Mary Jane Kelly)剥了皮的尸体在她小房间的床上被发现,身体部位散布在房间各处。所有的受害者都是在昏暗的破晓时分被杀。

就算参与调查此案的警察都受过严格培训,尸体发现时的外部环境以及昏暗的光线都会使得对现场的控制和检查变得困难重重。尽管开膛手案安排了多名调查专员,但由于缺乏资金和对辅助人员的培训,证据的处理常常极度缺乏科学系统性。

很多关于开膛手案受害者死因调查的原始文件都已丢失,但是当时的很多报纸都刊登了详尽的证词,如《伦敦时报》和《每日电讯报》。这些报道除了部分用词以外内容基本吻合,因此我们可以相信其准确性。它们见证了这场混乱的调查。

通常认为玛丽·安(波莉)·尼科尔斯[Mary Ann (Polly) Nichols]是开膛手杰克的首位受害者,尸体在现场经过一名医生的粗略检查后,就被转移至太平间。警长兼侦探恩赖特(Enright)

是此案的一名调查员，在宣誓证词中，他提到太平间的工作人员脱掉了尸体的衣服：

> 验尸官（负责主持验尸的官员）："他们有给尸体脱衣服的权力吗？"
>
> 恩赖特："没有，长官；我没有给他们脱衣服的指示。事实上，我告诉他们要保持尸体原样。"
>
> 验尸官："我不反对他们给尸体脱衣服，但我们应该有关于这些衣服的证据。"

随着死亡调查的进行，人们在移动尸体或搜集衣服和其他物证时显然没采用有逻辑的方法。"太平间工作人员"大多来自济贫院，未经过任何培训，因为维多利亚时代有大量贫困人口不得不从事各种令人反感的工作以维持最低限度的生计。我们可以从以下验尸官和太平间"管理员"之间的对话中看出，由于对正确的程序没有概念，他们没有留下笔记，没有标记任何证据，对所做的工作也只有模糊的记忆：

> 问："有人告诉你不要触碰它（指尸体）吗？"
>
> 答："没有。"
>
> 问："你看到督察了吗？"
>
> 答："我说不准。"

第六章 煤气灯下的犯罪现场

问:"他在场吗?"

答:"我说不准……"

问:"你无法描述血在哪儿?"

答:"不能,长官。我不能。"

验尸官为陪审团评估了这段证词:"这位太平间管理员似乎神志不清,他的记忆和陈述都不足信。"

这位验尸官煞费苦心地公开承认,太平间的条件和管理员的能力不足:"这太平间不适合进行验尸。它只是一个棚子,没有相应的配备(清洗设施)……事实上,从伦敦城到东边的堡区都没有公共太平间。"

验尸官在跟赫尔森(Helson)督察(也是其中一名调查官)说话时,仍试图以一种连贯的口吻表达:"我希望警方可以给我一份平面图(犯罪现场图)。在乡下,如果是重要的案子,我都会有一份。"

赫尔森告诉他:"我们会在延期的听证会上提供一份。"

验尸官悲哀地答道:"到那时我们应该都不需要了。"

在1888年9月30日被杀的两名女性之一,伊丽莎白·斯特莱德(Elizabeth Stride)的案子中,验尸官问询了去犯罪现场的警官,但没有得到任何确切的答案:

问:"在你检查尸体的时候,有没有人采取任何方法阻拦逃跑的凶手？"

答："门内外有几个人，如果有人沾着血迹他们一定会发现……"

问："但假设他没有血迹呢？"

答："当然，很可能有人在我检查尸体的时候逃脱了。"

9月30日的第二位遇难者凯瑟琳·艾道斯（Catherine Eddowes）的尸体在米特广场被发现，她沾满血迹的围裙碎布却是在附近的古尔斯顿街被发现的。围裙上方的墙上是用粉笔涂写的一句话："Juwes人不会无故受人谴责。"①

伦敦警察局长查尔斯·沃伦爵士（Sir Charles Warren）认为应立即去除这句话，以免煽动反犹太暴动。显然，他并没有想到在遮盖掉"Juwes"这个词之前应该先拍张照，因此有一条线索就这样丢失了。

如果按照维多克、格罗斯和与他们一脉相承的虚构角色夏洛克·福尔摩斯所倡导的严谨方法来调查开膛手谋杀案，也许就能找到凶手了。然而，当时犯罪现场有很多徘徊的目击者，证据处理方式不当，验尸设施更是简陋。正如福尔摩斯在《血字的研究》中所说："即使有一群水牛从这里走过，也不会弄得比这更糟了。"

---

① 原文为："The Juwes are the men that will not be blamed for nothing."

第六章 煤气灯下的犯罪现场

这一系列谋杀案以 1888 年 11 月 8 日玛丽·简·凯利被杀告终。关于这一系列案件，有大量调查和各种缜密而骇人的猜测，但并没有答案。开膛手杰克为很多文学创作（包括纪实的、虚构的，甚至欺诈性的）提供了素材。尽管对真相的想象有很多，但案件始终未被侦破。

开膛手案调查的失败表明，处理犯罪现场的程序和对物证的妥当保护非常重要。如果现场没有专业人员的技能和严谨，无论病理学家多么熟练，侦探多么聪明，都鲜有用武之地。

虽然有这个著名的例子在先，犯罪现场仍是被随意处理。1903 年，发生在英国大威尔利乡村地区的一系列残害动物事件震惊了社会。在半年的时间里，死去的马和牛的腹部都有一道长而浅的伤口。切口的深度不足以刺穿主要器官，因此动物们都慢慢失血而死。这些残害事件都发生在漆黑的夜晚。

大家怀疑是一位叫乔治·埃达吉（George Edalji）的年轻律师干的，主要因为他是个深肤色的亚裔，所以被这个思想非常褊狭的社区仇视。尽管埃达吉是英国国教的信徒（他的父亲还是当地的一名牧师），但许多当地居民认为这些罪行是一种古怪、原始的宗教仪式的一部分。在发生了大约十五起动物死亡事件后，警方不得不采取行动，搜查了埃达吉和他父母一起居住的房屋。他们没收了所有可能是证据的物件，包括有褐色污渍的剃刀、嫌疑人的衬衫和沾有泥土的靴子。但这些物件没有被小心地密封或贴上标签。

警方很快宣布，衬衫上的马毛与最近死去的一匹小马相符，且衬衫上有血迹。埃达吉靴子上的泥还是湿的。与此同时，埃达吉家收到了几封威胁信，但警方坚持认为这是嫌疑人自己写的。一名笔迹"专家"也认为确实是这样，哪怕有目击者发誓说，当信件被推进门缝时，埃达吉就坐在他们的眼前。埃达吉受到了审判，并被判处七年有期徒刑加苦役。

很多记者对调查结果的准确度感到不安，于是持续在报纸上发表相关评论和消息。1906 年，在法院未做出任何解释的情况下，埃达吉被释放，这个身材瘦小的囚犯此时已挨过三年劈石头的凄凉岁月。他的罪名仍有效，因此他无法从事律师职业，只能通过当一名办事员和写作自己的经历来消磨时间。

在出版于 1892 年的著名福尔摩斯故事《银色马》中，阿瑟·柯南·道尔就描写了试图在夜幕下的荒野残害一匹赛马的情节。或许这就是埃达吉的故事引起柯南·道尔注意的原因之一，但他关注的是案件涉及的道德问题。

柯南·道尔对案件中明显的不公和种族歧视感到惊骇，因此仔细检查了一遍证据。他还去查看了犯罪现场。就算已经过去三年，真相依然显而易见。马毛是被转移到衬衫上的，因为警察用死去的那匹马的马皮包过衬衫。剃刀上的污渍是铁锈。衬衫上的血迹只有三小滴——被严重割伤的动物流的血显然要多得多。埃达吉靴子上的泥土与小马死亡现场的田地的泥土不符。而笔迹"专家"也曾在之前的一起案件中提供了极其不严谨的证词，导致一个完全清白的人被送进监狱。

受过眼科医生训练的柯南·道尔还检查了埃达吉的眼睛。他发现埃达吉高度近视，根本不可能在黑暗中找到一匹小马，更不要说将它的腹部切开了。

柯南·道尔就此案出版了一本长篇小册子，让这位身处困境的律师被免除部分指控。残害动物的罪名被驳回，但写信的指控依然成立。一些人怀疑这是阿尔伯特·德·鲁岑爵士（Sir Albert de Rutzen）的影响所致，他是决定此案的三名委员会成员之一。更巧的是，他是大威尔利警察局长的堂兄。柯南·道尔说，他每每回想起这桩案件都感到非常气愤。

埃达吉案中的犯罪现场大部分在户外，有田野、草地和各种土壤。正确分析它们需要具备充分的自然科学知识。分析室内犯罪现场的难处则有些不同，通常需要具备建筑和室内装饰知识。

夏洛克·福尔摩斯和汉斯·格罗斯博士都讨论过室内犯罪现场的一个问题，即是否能够正确定位一个完整的犯罪现场。密室、暗门和隐藏的证据都要被考虑到。

格罗斯认为，必须要对所有事物进行检查。他提到了一些曾找到过证据的不寻常的隐蔽之处：鸟笼、钟、祈祷书，甚至一锅沸腾的汤中也找到过缺失的金块。必须要轻敲墙壁确定是否有空心孔洞存在。

地面也是个问题，因为很难将其全部移除。格罗斯指出，要检查固定地板的钉子,如果它们已经在那儿很长时间,就会有锈迹。如果钉子附近的木板有划痕,则表示有东西藏在下面。如果是土质地面,就在上面浇水,气泡出现的地方和水渗透速度较快的地方表示近期被动过手脚。

在19世纪,私人住宅中的秘密通道和暗室比现在要常见。因为没有中央供暖系统,那时的房屋都建有隔热厚墙。这些墙壁为创造储物空间提供了便利。当时即便是收入不高的中产阶级家庭也会有受雇用的帮工进入家中——扫烟囱、洗衣服。当陌生人在家时,有地方把贵重物品藏起来会比较安心。在一些老房子中,精心伪装过的房间通常被称为"牧师洞",原是为了藏匿那些"失宠"宗教的逃亡信徒的。

所有这些建筑上的不寻常之处都为罪犯、侦探和小说作家提供了令人莞尔的点子。在《斑点带子案》中,福尔摩斯仔细检查了受害者的房间,迅速关注到一处奇怪的细节,表明犯罪现场一定也包含隔壁的房间:

> "非常奇怪!"福尔摩斯手拉着铃绳喃喃地说,"这房间里有一两个十分特别的地方。例如,造房子的人有多么愚蠢,竟会把通气孔朝向隔壁房间,花费同样的功夫,他本来可以把它通向户外的。"

当然,这个通气孔正是那条杀人毒蛇所使用的。

第六章 煤气灯下的犯罪现场

瑞典著名法医学家哈里·索德曼（Harry Söderman）在20世纪所写的回忆录中描述了一个有着类似动物学细节的犯罪现场。在20世纪30年代的纽约，警方确定一位商人在他的公寓里出售小包的鸦片，但他们想不到他能把毒品藏在哪里。这位商人似乎很宠爱他的雪貂，让它坐在他腿上，吃他手里的食物。

侦探们站在公寓外面，通过窗户仔细观察。他们看到一位疑似顾客的人来到他家，给了钱后，商人对雪貂悄悄说了什么。这只动物迅速消失在水槽下，几秒钟后嘴里叼着一包东西回来了。雪貂被奖励了一些生肉。顾客带着这一小包东西离开时，被拦住并被搜查。他拿的这包东西就是鸦片。

对该公寓进行全面检查后发现，水槽下面有一个对人来说太小的出入口。警察将它扩大，发现里面整齐放着三十九包鸦片。索德曼推测，这显然是由那爱整洁的重罪犯雪貂整理的。

夏洛克·福尔摩斯通过仔细测量以及观察不协调的设计来定位暗室。在《诺伍德的建筑师》中，福尔摩斯知道那个狡诈的罪犯是建筑师，他怀疑这名男子改造了自己的房子来制造一个藏身之处，从而确定了罪犯的下落："当我第一次走过这条走廊的时候，发现它比楼下那条同样的走廊短了六英尺，这一来他藏的地方就十分清楚了。"

在《金边夹鼻眼镜》中，福尔摩斯凭借对细节的关注，以及知晓书柜常用来隐藏暗室这一点，找到了隐藏的行凶者：

> "我仔细地检查这间屋子有没有可以躲藏的地方。地毯是整块的,并且钉得很牢固,所以地板上不会有活门。书柜后面可能有躲藏的地方。你知道,在老式的书房里常有这种结构。我注意到地板上各处都堆满了书,但一个书柜前没有摆书,所以书柜可能是一扇门。"

当然,这就是那扇门。

很遗憾,在 1992 年,福尔摩斯的这一技能没有被及时运用。12 月 28 日,刚过了十岁生日的凯蒂·比尔斯(Katie Beers)在纽约长岛湾岸失踪,她当时是跟家里的一位朋友,约翰·埃斯波西托(John Esposito)一起出去玩。警方立刻开始怀疑中年的埃斯波西托,但他完全否认自己知道这个孩子的下落。对他家的搜查也没有发现任何异常。

他不断被跟踪,反复受到审问。最终,在 1993 年 1 月 13 日,因为无法再忍耐拷问,埃斯波西托承认他绑架了凯蒂,并一直关押着她。他告诉警方藏匿之地,幸运的是,在埃斯波西托于自己房子下面建造的阴森密室中,凯蒂被找到了,还活着。和《金边夹鼻眼镜》中一样,暗室入口藏在书柜后面。

约翰·埃斯波西托很像《诺伍德的建筑师》中的主角,他是个建筑承包商。搜寻凯蒂的人们却没有像柯南·道尔《四签名》中那个聪明家伙那样,"把整所房子的容积计算出来,每个角落都小心量过,没有一英寸之地被漏算的"。

第六章 煤气灯下的犯罪现场

汉斯·格罗斯在《犯罪调查》中写过对犯罪现场的正确检查方式：

没有比这项任务更能清楚展现观察力、逻辑推理能力和清晰的目的性了；也没有其他任何地方能提供混乱、观察力不足、模棱两可和犹豫不决的更好例子。

福尔摩斯在《博斯科姆比溪谷秘案》中说："我的方法你是知道的。那就是基于对细小事物的观察。"格罗斯会同意这一点的，对犯罪现场"细小事物"的观察正是法医学的核心。

不论剩下什么

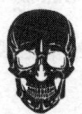

1916年，加州伯克利的化学家阿尔伯特·施耐德（Albert Schneider）博士渴望从犯罪现场搜集并保留一切可能的证据。他意识到，于1901年获得专利的家用真空吸尘器是收集灰尘颗粒的理想设备。他在《警方显微镜学》（Police Microscopy）期刊上发表了一篇详细解释该方法的论文。

在犯罪现场游荡的野兽或家养动物常常会吃掉或破坏重要证据。1994年6月，当O. J. 辛普森（O. J. Simpson）分居的妻子妮可和她朋友罗恩·戈德曼（Ron Goldman）被刺死时，犯罪现场有一条大狗。该秋田犬"证人"曾被一位警犬警员简单评估过，但后来就送回辛普森家了。兽医和苦恼的主人们都知道，狗有时会吞下大型的或奇怪的东西，包括刀子。当时没有对这只秋田犬进行X光检查，也没有收集或检查它的粪便。这可能是警方的一个过错，因为凶器仍然下落不明。

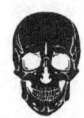

受害者的尸体从凶杀地点被移走后，需要调查的犯罪现场涵盖抛尸地点、抵达此地所途经的路程沿线，以及运输尸体的车辆。

第七章　罪的模样

"你知道大拇指的指纹没有两个是相同的吗?"

——雷斯垂德警官(《诺伍德的建筑师》)

夏洛克·福尔摩斯投入了大量时间来找出复杂罪案的肇事者。有时,例如在《恐怖谷》中,他还必须揭露受害者的身份。福尔摩斯自然能够以一种操练过的派头来做到这一点,就像他在《血字的研究》中提到法国虚构侦探勒高克时一样[毫无疑问,这是法国小说家埃米尔·加波利奥(Emile Gaboriau)以著名的维多克为原型塑造的角色]:

"勒高克是个不中用的笨蛋。他只有一件事还值得提一提,就是他的精力。那本书简直使我腻透了。书中的主题只是谈到怎样去辨识不知名的罪犯。我能在二十四小时之内解决这样的问题。勒高克却费了六个月左右的工夫。有这么长的时间,真可以给侦探们写出一本教科书了,教导教导他们应当避免些什么。"

福尔摩斯天赋异禀，探案时还有柯南·道尔巧妙相助，像他这样的人自然潇洒自信。然而在更为普通的现实世界中，准确辨识个人一直是犯罪调查的顽固难题。科学的解决方法直到19世纪才出现。随着该领域的发展，夏洛克·福尔摩斯的故事也推广了这些新想法。

多项罪名会导致更重的刑罚，甚至是死刑，因此官方在决定囚犯的犯罪记录时要费尽心思。最早辨识罪犯的方法是对他们进行身体标记。当时在欧洲大陆，刽子手的一项赚钱的副业就是法院下令进行的身体切割，他们对打烙印、割鼻和偶尔的截肢收取额外费用。

法国在大革命期间放弃了烙刑（因为断头台太忙了，没有足够多活着的罪犯来接受烙刑），但后来又恢复了，最终在1832年彻底废除。瑞典犯罪学家哈里·索德曼在他的回忆录中写过，在法国，没有判死刑的囚犯被标记为TF（travaux forcés，苦役的意思）；V代表小偷（voleur），两个V表示两次罪名；不祥的P则代表了无期徒刑（en perpétuité）。

在俄罗斯，直到19世纪中叶，囚犯的脸上通常都会有烙印——额头上有一个较大的字母，两侧脸颊也都有一个。

人们可能认为罪犯会想要隐藏自己的身份，但有时候他们会故意在危险边缘试探，将忍痛得来的文身作为自己的记号。这也为警方提供了便利的辨识方法。19世纪的病理学家亚历山大·拉卡萨涅和意大利犯罪学家及人类学家切萨雷·隆布罗索

第七章 罪的模样

(Cesare Lombroso)都收集了犯罪分子喜爱的各种文身。隆布罗索在 1896 年 4 月发表于《大众科学月刊》(*Popular Science Monthly*)上的论文《文身的野蛮起源》("The Savage Origin of Tattooing")中写道,一位名叫马拉森(Malassen)的刺客后来选择成为一名刽子手。他的胸口招摇着一个红黑色断头台的文身,上面有一行红色文字:"我始于邪恶,我应终结邪恶。这是等待我的结局。"而他那断送了众多旧相识性命的右臂上刺写着"有罪者必死"。

隆布罗索还在文中引用了拉卡萨涅收集的其他类似的精彩语句。从自怜的"厄运之子""生来灾星照命""现在折磨着我,未来恐吓着我"及"没机会",到威胁性的"不忠女人去死"和"复仇",还有充满爱国情怀和味觉愉悦的"法国和煎土豆万岁"。

隆布罗索坚信文身代表了返祖、犯罪和不怕痛,他在得知自己的理论被如下事实动摇后惊恐不已:在维多利亚时代伦敦的上流社会中,文身成了一种时尚,尤其受到女性的欢迎。甚至伦道夫·丘吉尔夫人(Lady Randolph Churchill,即珍妮·杰罗姆,温斯顿·丘吉尔的母亲)的手腕上也缠绕着一条精心设计的蛇(在正式场合她会谨慎地将其藏在手镯下)。

隆布罗索也许会为此震惊,但作为一名文身专家,夏洛克·福尔摩斯一定会对丘吉尔夫人的这一装饰感兴趣,并能一眼看出图案的设计来源。他在《红发会》中向客户展现了这方面的知识:

"你的右手腕上边一点的地方文刺的鱼只能是在中国干的。我对刺花纹做过点研究,甚至还写过这种题材的文章。用细腻的粉红色给鱼鳞着色这种绝技,在中国才有。"

对维多利亚时代的侦探来说,掌握一定的文身和疤痕知识是很有用的。当时的英国警方有一份文身索引,上面列着罪犯间流行的图案设计。法医病理学家查尔斯·梅默特·泰迪在他1882年的教科书《法律医学》中用数页专门讨论了"疤痕和文身"的形成及外观,还详尽说明了如何区分它们。显然,柯南·道尔也对此非常了解,因为他让《恐怖谷》中的医生做出这样的观察:

死尸的右臂露在外面,直露到臂肘。大约在前臂中间的地方,有一个奇特的褐色标记——一个圆圈,里面有一个三角形,每一条痕迹都是凸起的——在灰白的皮肤上显得异常醒目。

"这不是针刺的花纹,"伍德医生的目光透过眼镜紧盯着标记说道,"我从来没见过这样的标记。这个人曾经被烙过烙印,就像牲口身上的烙印一样。"

1866年,在著名的蒂奇伯恩遗产请求人身份案中,伤疤和刺青都是占了很大比重的证据。八年来,英国和世界很多地方都被

第七章　罪的模样

这个案件吸引住。对过往案件了如指掌的福尔摩斯自然也对此案很熟悉。

罗杰·蒂奇伯恩爵士(Sir Roger Tichborne)是一位未婚的准男爵爵位和蒂奇伯恩家族广阔地产的继承人。1854年，据传他在巴西海岸附近的海上失踪，年仅二十五岁。在法国抚养他至十六岁并教他法语的法国籍母亲拒绝接受他的死讯。

1866年，一名来自澳大利亚沃加沃加(Wagga Wagga)、以卡斯特罗(Castro)名字出现的男子声称自己正是失踪的继承人。他解释道，在海难中幸存下来后，他去了澳大利亚，决定在返回英国前靠自己的努力取得成功。他没有成功，因为过于尴尬而不敢联系亲戚，但看到亲爱的母亲寻找自己下落的一则启事后，他充满悔恨，决意回到欧洲恢复身份。他和他的妻子及孩子们需要旅费，蒂奇伯恩夫人立刻给他汇了款。卡斯特罗一家得以起航前往欧洲。

罗杰·蒂奇伯恩上一次出现时，非常瘦削纤细。他当然说得一口流利的法语，因为这是他的母语。但这次出现的男人身材过度肥胖，且完全不会说法语。他解释说自己在澳大利亚逗留期间出于某种原因忘记怎么说法语了。更不幸的是，他连自己母亲蒂奇伯恩夫人的出生名(亨利埃特·费利西泰)也忘记了。而蒂奇伯恩夫人满怀希望与期待，坚持要亲自见到这位绅士。

在仔细查看了这位请求人笨重的身体和有着双下巴的脸后，她高兴地宣称，这确实是她的儿子。这似乎证明了有时候眼睛只会看到心中想看到的东西。她开始给予他每年一千英镑的补助。

也许夫人选择忽略她失踪的儿子和这位请求人之间的外貌差异,但其他许多家庭成员不可能对此达成共识。罗杰许多朋友和亲戚都清楚记得,且能形容出他手臂上曾有的大量文身。这位请求人身上没有文身,但有一个罗杰身上没有的胎记。此外,罗杰曾因为不同疾病被放血多次——这在那个年代是一种常见疗法——也因此留下了疤痕,这位请求人身上却没有疤痕。

还有另外一些矛盾之处,其中最重要的一点是,罗杰的眼睛是蓝色的,但请求人的是棕色的。两个人鼻子和耳朵的形状也不相同,且请求人比罗杰高一英寸。你也许会认为这些事实差异能够让蒂奇伯恩夫人停下来想想,但她坚决认为自己的儿子奇迹般地回到了她身边,并且执拗而倔强地坚信他的身份,直到她1868年因心力衰竭突然去世。

夫人去世后,请求人的补助停止了,法律上的问题也开始了。蒂奇伯恩家族的其他许多成员都坚决否认这位来自沃加沃加的绅士是遗产继承人。因此他们要求英国司法系统参与解决这一问题。这个案子给很多法律界人士带来了好处,因为他们的钱袋随着诉讼的进行变得越来越鼓。报纸报道了关于此案的大量消息,但很多都过于夸张。准确信息的匮乏并不会让舆论止步,因此形成了情绪激昂的两派。

议会亦对此案进行了辩论。当时的首相本杰明·迪斯雷利(Benjamin Disraeli)虽然相信请求人是个冒名行骗者,但为了公

第七章　罪的模样

平与和平，允许下议院代表这位请求人宣读请愿书。经过四年时间和两次出席率很高的审判（甚至威尔士亲王和王妃也出席了），请求人被判冒名顶替罪，并被判处十四年有期徒刑。他最终服刑十年，出狱时变成了一个更悲伤、更明智也更瘦弱的男人。这桩案件证明了一厢情愿的不理智、目击者证词的不可靠，也证明了建立客观、科学的身份识别方法迫在眉睫。

在海峡另一端，法国人饶有兴趣地追踪着蒂奇伯恩案。自从"安全旅"成立以来，巴黎的身份识别系统在很大程度上依赖于尤金·弗朗索瓦·维多克超凡的记忆。没有他的话，他所积累的大量文件的用途很有限。这些卷宗以罪犯的名字归档，但一名罪犯通常有很多个名字。维多克能够回忆起大量的化名，并且可以利用他熟稔的警察间谍系统来更新变化的名字，但他不那么熟练的后继者们多半只能晕头转向了。

摄影的优势很快被人们所认识，而利用银版摄影法［由路易·雅克·达盖尔（Louis Jacques Daguerre）于1839年发明的一种复杂摄影术］拍摄的面部照片最早在1843年被比利时警方采用。但银版摄影法非常昂贵，且需要一定的技巧和时间，因此并没有被经常采用。

到19世纪中叶，摄影方法已经简化，但整个过程依然很麻烦。缓慢的镜头需要在阳光下才能拍摄身份证明照片，曝光时间可能长达二十分钟。不幸的拍摄对象常常需要被绑在椅子上以限制他们的动作。

随着镜头速度越来越快,摄影也越来越便宜,警察开始更多地使用该技术。在巴黎,侦探部门负责人古斯塔夫·马赛(Gustave Macé)决定要求所有罪犯都留下照片。摄影档案迅速增加,填满了柜子、盒子和走廊,但并未提供太多有用信息。当时不仅没有整理照片的明确方法,也没有拍摄照片的标准方式。

所有照片都以拍摄时看似方便的距离来拍摄全脸。光线随摄影师喜好来安排。头发可以遮住耳朵,面部的毛发常常会遮盖住一些特征。文件和其中的照片继续以罪犯名字来归类。

随后,在1882年,一切都发生了改变,这要归功于二十六岁的阿方斯·贝蒂荣(Alphonse Bertillon),巴黎警察局一位神经衰弱的文员。天知道贝蒂荣有没有社交手腕,就算有,他也隐藏得很好。他平时寡言少语,就算开口说话,声音也没什么感情。他脾气暴躁,总是回避别人。他有各种消化系统不适的毛病,持续头痛,经常流鼻血,偏执且心胸狭窄。

他虽然是著名医生和人类学家路易·阿道夫·贝蒂荣(Louis Adolphe Bertillon)的儿子,并且在崇尚科学、高度智性的氛围中长大,但是因成绩不佳被许多优秀的学校开除。他一直无法保住工作。他在警察局的工作也完全是靠父亲的影响力帮忙找的。但这个孤僻的人完成了一件别人没有做到的事情:发明了一种可行的身份识别系统。

夏洛克·福尔摩斯在《巴斯克维尔的猎犬》中说:"世界上有的是没人看得出来的明显的事。"贝蒂荣首先发现需要一种科学的方法来识别罪犯。他回想起在父亲家进行的关于比利时统计学家兰伯特·阿道夫·雅克·凯特莱(Lambert Adolphe Jacques Quetelet)的理论的讨论。凯特莱在1840年提出,世界上没有身体所有尺寸完全相同的两个人。

贝蒂荣由此推断,如果对身体多个部位进行测量,并依据类型进行分类,那么寻找记录将会更容易,且不可能混淆罪犯。1879年,在担任文员的几个月中,他进行了一些初步研究,写了一份报告,将他的想法介绍给上司。但这份报告过于卖弄学问且复杂,因此被当成一个冒昧的玩笑。老贝蒂荣意识到他这个问题儿子的理论对犯罪调查来说是一次对科学的杰出运用,于是试图出面干预,但警局想要全力避免任何创意,甚至拒绝考虑此事。直到1882年,在贝蒂荣医生颇有影响力的朋友们的强烈施压下,警局管理层才屈服。小贝蒂荣得到了两名助手和一些资金,进一步发展他的系统。

经过大量研究,他设计出一个名为人体测量学(anthropometry)的程序。该方法要求至少量出身体的十一个尺寸,这些尺寸被认为是二十岁之后不再改变的,包括:手臂伸直时的总长度、坐和站的身高、头的长度、头的宽度、脸颊的宽度,还有右耳、左脚、左手小指、左手中指,以及每只手臂从手肘到伸直的中指的长度。每个尺寸应测量三次,记下平均值。

阿方斯建议所有的照片都应从相同的角度拍摄,光照也应一致,侧面也要拍照。他还发明了"说话的照片",用作这些照片的附属内容。这包括了对眼睛颜色、发色和肤色、头型、胖瘦、姿态、声音、口音、伤疤和印记，以及通常的着装风格的记录。完整的"说话的照片"需要数百条准确信息，让侦探们望而却步。最终，它被简化为我们今天熟悉的"通缉令"上的内容。

这不是一个完美的系统，它很耗时间，如果要做到绝对精准的测量，则需要对操作人员进行培训，让他们对细节保持敏锐度。但这已经是巨大的进步。贝蒂荣在一片混乱中创造出了一些条理，他的新系统也成了法国警察程序中的固定部分。汉斯·格罗斯在奥地利读到关于这一系统的内容后，立刻在他的国家推行。

虽然有些国家会使用不同数量的尺寸，但这一系统已成为众多工业化国家的通用标准。甚至从不愿意承认法国领先地位的英国也在考虑采用贝蒂荣法。

阴沉内向的贝蒂荣获得了成功。他被授予警方身份识别服务处处长的头衔，拥有新的员工和办公室，成了世界闻名的人物。

柯南·道尔 1893 年的故事《海军协定》中，华生在描述与夏洛克一同旅行的经历时说："我记得，他谈到贝蒂荣测量法，他对这位法国学者非常赞赏。"夏洛克·福尔摩斯赞赏贝蒂荣！还有什么是比这更大的荣誉？

可惜好景不长，1880 年，当贝蒂荣正不耐烦地等待证明自己理论的机会时，一位在日本的名叫亨利·福尔兹（Henry Faulds）的苏格兰医学传教士给《自然》杂志写了一封信。这封信于当年 10 月 28 日发表，标题为《论手部的纹理》。这是对一个概念不起

第七章　罪的模样

眼的陈述,而这一概念将引发一场犯罪调查的革命。信的一开始写道:

大约一年前,在观察于日本发现的一些"史前"陶器样本时,我关注到上面一些指纹的特征,我相信是陶土还软的时候留在上面的。不幸的是,我所拥有的这些样本上的指纹都过于模糊不清,没有多大用途。但是对近期陶器上的这类指纹痕迹进行比较后,我观察到了人类皮肤纹理的一般特征。我继而进行了对猴子指尖纹理的研究,立即发现它们与人类的非常相似。

"用一个普通的植物观察镜就能看出这些微小的特征。"福尔兹写道(这必然让我们想起夏洛克·福尔摩斯和他的放大镜)。他继续往下说:

在回路出现的时候,最里面的纹路也许会突然断掉或终止;它们也许会形成自返的环形,或在绕过自身之后再次不间断地继续延长下去。有些纹路会像铁路地图上的交叉口一样汇合或分叉。但所有这些变体也许都与两只手的掌印给我们留下的对称印象相符。

福尔兹继续解释他如何复制这些有趣的纹理:

> 只需要一块普通的石板或光滑的平板,或是一个锡片,在上面刷上很薄很均匀的一层墨水就行。将需要留下压痕的部分轻柔平稳地压下,然后转移到一张略湿的纸上。我还成功地在玻璃上制作了非常精细的压印,虽然有点模糊,但用来演示已经很有用了,因为细节都保留得很好,甚至能看到细微的毛孔。如果使用不同颜色的墨水并将两种纹理叠加在一起,可以进行非常有用的比较。这些印记可以用幻灯机展示出来……用少许热水和肥皂就能将墨水除去……
>
> 我相信,如果对这些纹理进行仔细研究,或许可以在多方面发挥作用。

福尔兹接着讨论了这些指印其他可能的用途,例如用在历史和人类学研究中。然后他完成了法医学历史上的一个巨大飞跃,写道:

> 如果黏土、玻璃等表面上留有带着血迹的指纹或压痕,它们也许能引向对罪犯的科学辨识。我已经有过两次这方面的经验,并从这些印记中找到了有用的线索。在其中一个案例中,油腻的指纹告诉我们谁喝了精馏酒精。这一纹理是独一无二的,巧的是,我之前正好获取过这一指纹的副本,在显微镜下,它们完全一致……其

第七章 罪的模样

他的例子可能会在法医调查中发生，比如只找到受害者被肢解的手。如果这些指纹是已知的，用它们进行辨别会比那些廉价小说家惯用的痣精准得多。如果指纹是未知的，那么遗传性能让专家以相当大的概率确定受害人的亲戚，某些情况下这是相当准确的。

随后，为了清楚表明他了解蒂奇伯恩案，福尔兹写道："诸如请求人案这样的案件也不会超过该原则的范围，也许存在着可辨识的蒂奇伯恩家族类型的指纹。"福尔兹的这一陈述是基于他的观察：哪怕不足以提供明确的身份识别信息，某些家族成员的指纹也确实存在相似性。（如果蒂奇伯恩夫人保存了她儿子肯定接触过的未经清洗的物件，并且上面可以获取清晰的指纹，那么就可以成为一个范例。如果这一物件上没有任何指纹与请求人的相符，夫人的观点也许会受影响。）福尔兹继续写道：

通过原创且耐心的实验得到这些结论之后，我听说在古代中国，罪犯就被要求按指印，就像我们为他们拍摄照片一样。但我还没有成功获得有关这一点任何准确的或经过验证的事实信息……毫无疑问，除了拍摄罪犯的照片，拥有他们永远不变的指纹的副本是很有好处的。

亨利·福尔兹不是第一个注意到人的手指上有脊纹的人。正如他所提到的,指纹的用处在亚洲已经为人所知。在西方,早在1686年,博洛尼亚大学的解剖学家马切罗·马尔皮吉(Marcello Malpighi)就注意到了这些印记。1823年,布雷斯劳大学的病理学家兼生理学家约翰·埃万杰利斯特·普尔基涅(John Evangelist Purkinje)曾发表过一篇关于手指印记的论文,列出了九种类型,并提出一种分类法。但福尔兹是第一位提出指纹可以帮助犯罪调查的人。

福尔兹的信发表在《自然》杂志上仅一个月后,驻印度的一位英国公务员威廉·赫歇尔爵士(Sir William Herschel)来信说,他自1860年起就在利用指纹进行身份识别,然而并没有证据证明他预见了指纹的法医学用途。

查尔斯·达尔文的表弟,著名人类学家弗朗西斯·高尔顿爵士(Sir Francis Galton)一直认为贝蒂荣法不是解决身份识别问题的完美方案。在读到《自然》上的这篇文章后,他很快意识到指纹的优势,并致力于研究该主题。他常与赫歇尔爵士就该主题进行深度交流(尽管后者曾因无视福尔兹的贡献激怒过这位绅士)。高尔顿确信,就像没有两片完全一样的叶子和雪花,人的指纹也是独一无二的。此外,他还认为一个人的指纹是永远不会变的,他写道:

除了深层疤痕和文身之外,似乎没有其他身体特征

第七章 罪的模样

的持久性能够与指纹相提并论。同时,它们在数量上也比其他任何可测量的特征要多得多。四肢和身体的尺寸会随着成长和衰老而变化。头发的颜色、数量和质量,皮肤的颜色和质量,牙齿的数量和位置,面部表情,姿势,笔迹,甚至眼睛的颜色在多年后都会发生变化。似乎在身体可见的部分中,没有比这些细微但迄今一直被忽略的脊纹的存在要更持久的了。

当然,这是与贝蒂荣法相矛盾的,后者认为这些身体参数不会改变。

当时,高尔顿提倡用指纹进行身份识别,他认为这种方法应该在英国被使用。但他也意识到一个很大的问题,就是如何在法庭上证明两个指纹是相匹配的。仅仅宣称它们看起来差不多是不行的,就算当时的司法系统对刑罚充满热情,以如此含糊的言论作为绞死一个人的理由也是不负责任的。

在出版于1892年的著作《指纹学》(*Finger Prints*)中,高尔顿介绍了他的研究成果,以及他设计的一种将指尖的螺线、斗线和弧线进行分类的方法。这一方法也成为伦敦警察厅最终采用的身份识别方法的雏形。

同年,在阿根廷拉普拉塔,警察局统计科科长胡安·武切蒂(Juan Vucetich)正在努力建立他自己的指纹分类法。这一方法很快得到了测试。有两个孩子遭重物殴打,死在鲜血浸透的床上。他们心烦意乱的母亲，二十六岁的弗朗西斯卡·罗哈斯（Francisca Rojas）指控邻居为凶手。她告诉警察，邻居曾威胁自己，如果不答应他的求爱，他就要杀死她最心爱的孩子。但邻居有不可动摇的不在场证明。

调查员们听到传闻说，弗朗西斯卡有一个情人，曾有人听这位情人说，如果不是弗朗西斯卡的两个孩子，他很乐意娶她。负责此案的侦探阿尔瓦雷斯（Alvarez）记得武切蒂的系统，小心地查看了犯罪现场的每一英寸地方，最后在门上发现了一个褐色的小斑点。这似乎是干了的血迹，上面印有一个指纹。这块门板及弗朗西斯卡都被带到警察局。她的指纹用印台采集了下来，并被用放大镜和门上的血迹指纹进行对比。显然，两者相匹配。

面对这一证据，这位母亲坦白，因为爱情，她不得不用石头砸死自己的孩子。她把凶器扔到了一口井里。这是目前已知的通过指纹解决的第一起谋杀案。

（数年后，柯南·道尔的故事《诺伍德的建筑师》中出现的一条线索与此惊人地相似："他突然戏剧性地划亮了一根火柴，照出白灰墙上有一点血迹。当他把火柴凑近了些，我看见的不仅是血迹，而且是一个印得很清楚的大拇指指纹。"）

在法国，贝蒂荣对这种新的身份识别方法视而不见，认为这是对他的方法和声望的威胁。他对武切蒂和高尔顿感到不满。他仅仅将指纹学或指纹鉴定法（dactyloscopy）视作贝蒂荣法的辅助。在此限制下，他勉强允许身份识别科在记录罪犯的其他人体

第七章 罪的模样

测量数据时将指纹也记录归档。也许是贝蒂荣对指纹的抗拒让他无法建立一种有效的指纹分类方法,并且在1911年8月引发了一起极度尴尬的事件:法国某天被一条可怕的重磅新闻叫醒,卢浮宫的《蒙娜丽莎》被"绑架"了。

事情发生在一个周一,博物馆闭馆日。装着这幅木板油画的玻璃柜是敞开的。警方检查后,在玻璃上发现了一个指纹。如果这个指纹出现在伟大的贝蒂荣的档案中,那么就可以知道罪魁祸首是谁了。整个法国都屏住呼吸期待着结果,但找不到任何匹配的指纹。人们认为,这个大胆的小偷没有被记录在案。

两年过去了,有个声称自己拥有《蒙娜丽莎》的人联系了意大利的一个艺术品商。原来此人是一位名叫温琴佐·佩鲁贾(Vincenzo Perugia)的油漆匠。自从他随意地将《蒙娜丽莎》偷藏在工作服下带出卢浮宫后,就一直将这幅世界上最著名的失踪画作藏在自己的床下。佩鲁贾在法国有过被捕记录,贝蒂荣的档案中应该有他的指纹。但为什么没有找到呢?

贝蒂荣被迫解释说,他只对右手大拇指的指纹进行了分类,而不识趣的佩鲁贾留下的是一个清晰的左手指纹。这一案件让固执的贝蒂荣对指纹鉴定愈发不满,尽管如此,这一新科学还是在法国以外的地方蓬勃发展。

读了高尔顿的书后,印度孟加拉邦警察局长爱德华·理查德·亨利(Edward Richard Henry)从1893年起开始在贝蒂荣的人体测量学的基础上使用指纹鉴定法。他渐渐更偏爱指纹鉴定,最终与高尔顿合作开发了高尔顿－亨利指纹分类系统，大部分英语国家至今仍在使用该系统。

1900年，采用了人体测量学和指纹鉴定双重方法的英国政府任命贝尔珀勋爵（Lord Belper）来领导一个研究"利用测量法和指纹进行罪犯辨识"的委员会。爱德华·亨利以专家证人的身份被请来，他做证支持指纹鉴定法要优于贝蒂荣法的观点，最终委员会也赞成这一立场。次年，亨利被任命为伦敦警察厅新设立的指纹部门的负责人。

也许英国看起来是身份识别技术的新领导者，但法国依然在做出非凡贡献。贝蒂荣的学生埃德蒙·罗卡（Edmond Locard）是亚历山大·拉卡萨涅的助手。罗卡具有医学和法学方面的资历，尽管对贝蒂荣充满敬意，但他还是成为指纹鉴定法的早期推崇者。他也是一位热诚的研究者，为了获得精确的数据，他甚至燃烧了自己的指尖，仅仅是为了让自己确信指纹的确不可去除。他是汉斯·格罗斯和柯南·道尔的读者及崇拜者，还建议法医学的学生将福尔摩斯的故事作为采用正确科学方法的例子，以思考法医学未来的方向。

罗卡于1910年被任命为法国里昂一个小型警察实验室的负责人，后来他将其建成一个高效、创新的场所。他首先确立了要确定两个指纹匹配所需最少指纹脊线数量的规定。根据对高尔顿和亨利著作的看法，他表示，如果在一个清晰的指纹中至少有十二个相同的点，那么身份就可以确认。（这一方法通常被称为

"高尔顿细节",所需匹配的点的数量因国家而异。在美国联邦一级,不要求最少点数。)

犯罪现场常常难以采集清晰完整的指纹,针对这一问题,罗卡强调身份识别的准确性取决于多个因素,包括指纹的清晰度、纹理的稀有度、毛孔及图形核心或中心部分的可见度。

1913年,他在研究中发现,用古塔胶(gutta-percha,一种源自马来西亚的橡胶状树胶)制作的手指可以伪造指纹,上面能真实地模拟出指纹的脊线。当时一则多半是调侃性的故事在警察局流传:一名技术熟练的巴黎小偷总是在犯罪现场留下警察局长的指纹。为了确保这不会成真,罗卡又研发出一种新的识别方法来辅助指纹鉴定。他称其为毛孔印记检查(poroscopy),即对指纹脊线之间数千个毛孔形成的图案进行观察。因为毛孔数量比脊线多得多,仿造毛孔图案会无比困难。

潜在指纹(肉眼不可见的指纹)可以用碘蒸汽使其暴露,然后拍照,因为显露出的指纹很快就会褪色。与指纹背景颜色相异的彩色细粉也会被使用,这些粉末被小心地刷在潜在指纹上,然后拍摄照片。指纹只会以复制品的形式出现在法庭上,为了避免伪造指纹的指控,记录下过程的每一步很重要。

罗卡高度敏锐的头脑、富有想象力的才华,以及正直的声誉让里昂实验室备受尊崇。许多世界级法医学家也曾在此接受培训,其中包括瑞典犯罪学家哈里·索德曼。

索德曼在回忆录和谈话录中都曾提起20世纪20年代发生

在里昂的一桩奇怪案件（他没有说明确切日期）。当时发生了一系列入室盗窃案，总是在白天，盗贼从敞开约一英尺的窗户爬进室内。尽管盗贼常常冒险爬到二楼甚至三楼，但只有一两件物品被偷，通常是闪亮的真金实银或是仿制品。有一次，公寓主人仅离开房间几分钟，一副假牙就不见了。警方认为，也许是青少年互相怂恿犯罪，作为某种入会仪式，或是有人通过进入禁忌空间并偷走一件纪念品来满足某种不寻常的性冲动。

最终，负责此案的侦探在窗玻璃上发现了一枚指纹。它被拍照并送到了实验室，但无法在档案中找到与此匹配的指纹，并且这枚指纹非常奇特，因为所有的脊线看起来都是垂直延伸的。

罗卡仔细思考了这个问题，然后提出了一个惊人的想法。也许他还记得福尔兹在最初的那篇论文《论手部的纹理》中讨论过对灵长类动物指纹的研究。也许，作为夏洛克·福尔摩斯的仰慕者，罗卡想起了《爬行人》中的一段描述：

> 他突然以意外矫捷的动作向墙上爬去。他从一根藤向另一根藤爬去，抓得十分牢稳，显然是无目的地为了发泄精力而游戏着……罗依咬的不是教授，而是猿猴，正如逗狗的是猿猴一样。攀缘对猿来说是一种本能的游戏。

埃德蒙·罗卡命令当地所有耍猴者带上他们的猴子来到实

第七章 罪的模样

验室。不少猴子可能担心它们的公民权被侵犯，拒绝印指纹，因此人们不得不强行控制它们。耍猴者们要更加配合。在确定了盗贼猴的身份后，它主人的房间被搜查，找到了失物。

这位训练宠物按命令进入空房间并带走闪光小物件的耍猴者被判入狱数月，而这只猴子则去了当地动物园服刑。

贝蒂荣于1913年去世时，指纹鉴定已明确成为警察工作中主要的身份识别方法，甚至在法国也是如此。从那天起，所有以犯罪为生的人都要铭记《三角墙山庄》中哈罗威尔德当地督察在谈到他无法理解但留存下来的证据时说的："总是有可能发现指纹什么的。"

不论剩下什么

在美国，纽约州于1903年首次正式使用指纹鉴定。

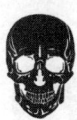

虽然指纹鉴定成了身份识别的黄金标准，但要记住，早期的辨识形式仍然很重要。1935年，在澳大利亚墨尔本，一

条近期捕获的长十四英尺的鲨鱼在水族馆展出时出现严重的消化不良,最终呕吐出大量异物,其中包括一条人类的断臂,上面有两个拳击手的文身。一名女子认出这是她失踪的丈夫詹姆斯·史密斯(James Smith)的手臂,他留在家中的指纹也与断臂的符合。有人因此被逮捕,但随后被无罪释放,因为陪审团显然不认为一条断臂就能证明史密斯已死。

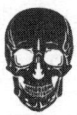

最近的研究表明,青春期前儿童手指上的天然残留物与成年人的不同。他们的潜在指纹非常脆弱,在阳光下短短几个小时就会消失。

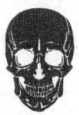

虽然同卵双胞胎有着相同的DNA,但他们的指纹不同。在子宫内,当胎儿处于悬浮状态并移动四肢时,他们还未定型的手指纹路会受到所触碰的不同表面的影响而形成不同的形状。

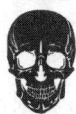

有人仍然认为指纹的独特性并没有得到最终证明,因为

第七章 罪的模样

无法将每个指纹与其他所有指纹——包括过去和现在的——一一进行比较。显然这是无法实现的。但鉴于已经进行过的数百万次指纹比较中从未发现任何重复性,可以合理假设指纹是独一无二的。从实际情况来看,指纹的身份识别的作用经常在犯罪调查中受限,因为犯罪现场采集到的指纹通常模糊不清,而且多数情况下只能获得局部的指纹。因此,完全确定的匹配度是很难达到的。指纹专家的精心训练以及他们对科学道德规范的严格遵守都是相当重要的。

几世纪来,死刑犯的尸体都会留在刽子手手中。有时,运气好的解剖学家们会被赠予完整或局部的尸体。

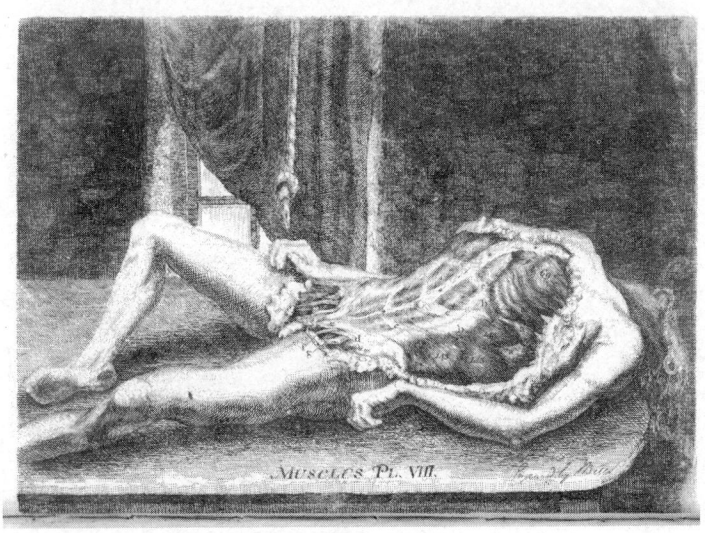

在19世纪,解剖台仍沿用18世纪的平板木桌。

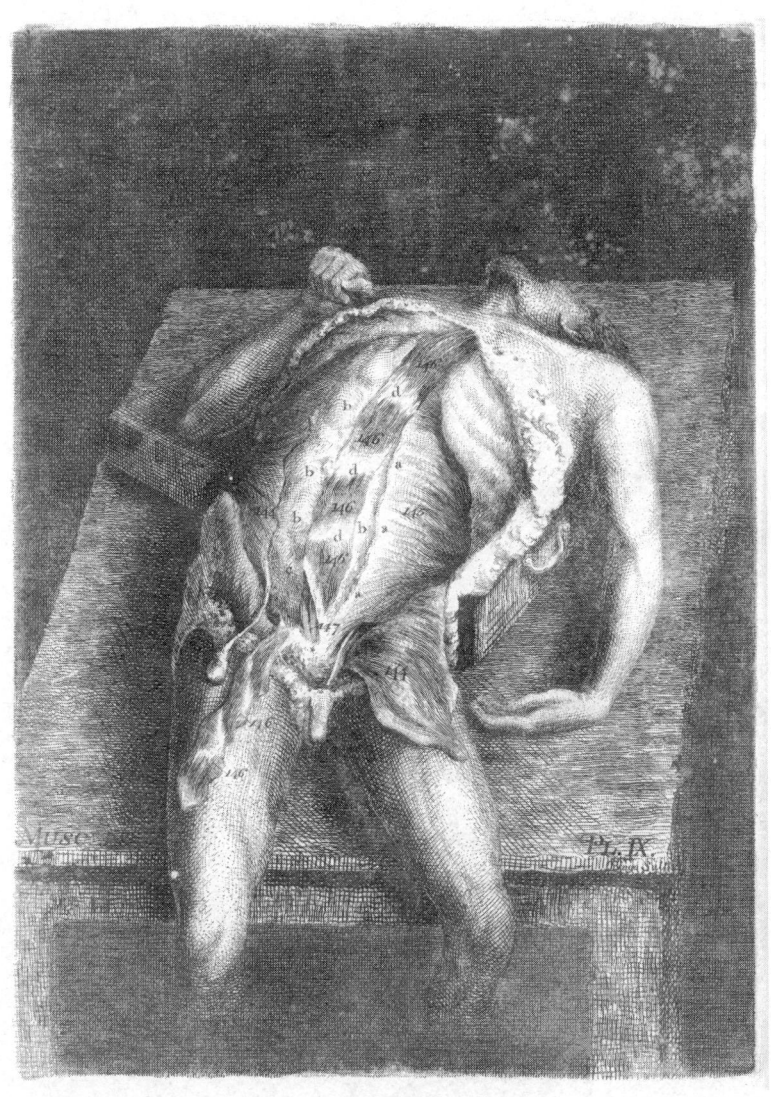

解剖台常常太短,且没有排水系统。

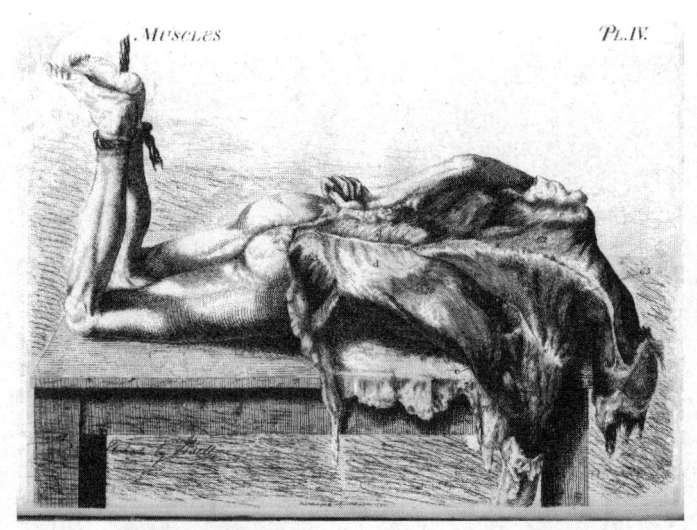

有时为了保持尸体不散架,要用绳子将其固定起来。

绳子还会用来演示肢体在活着时的伸展方式,以方便医学画师从不同角度绘制。

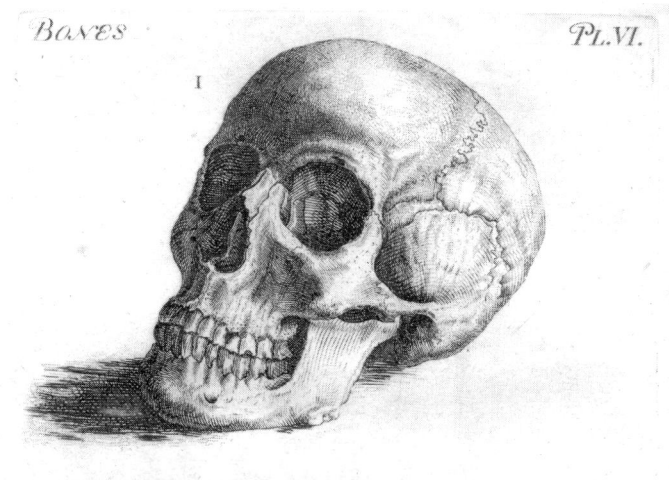

头骨和骨头常常以煮沸的方式去除余下的肉。

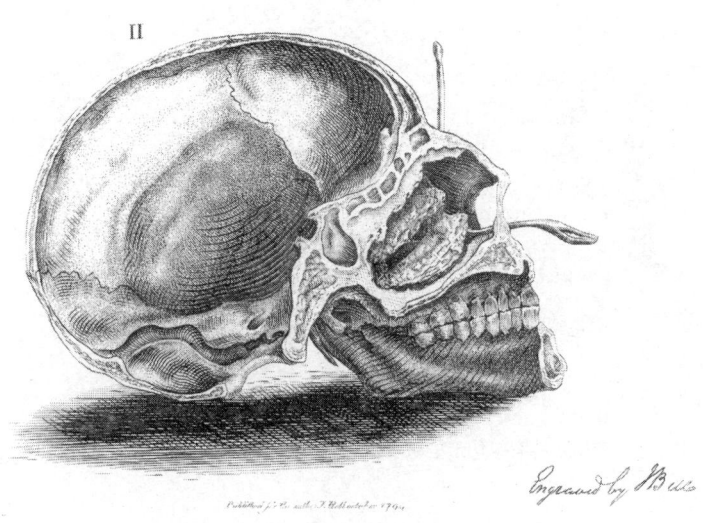

在手术摆锯发明之前,头骨通常用刀、锯和凿子切开。

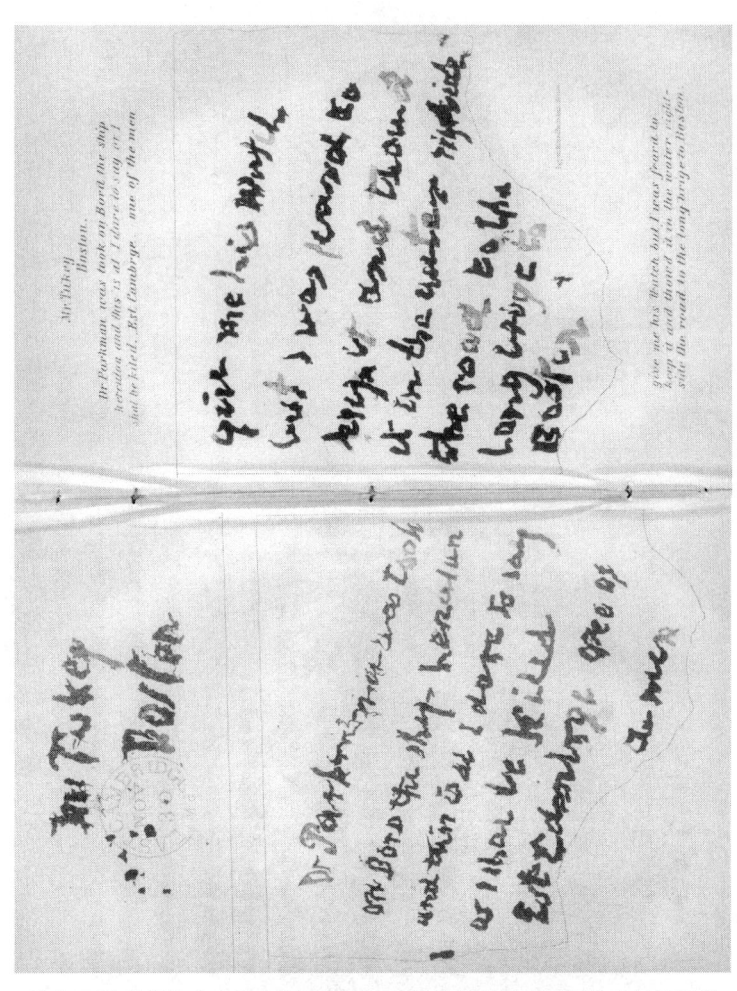

帕克曼/韦伯斯特案中伪造的被告笔迹，这是检方曾提出质疑的难以辨识的潦草字迹之一。

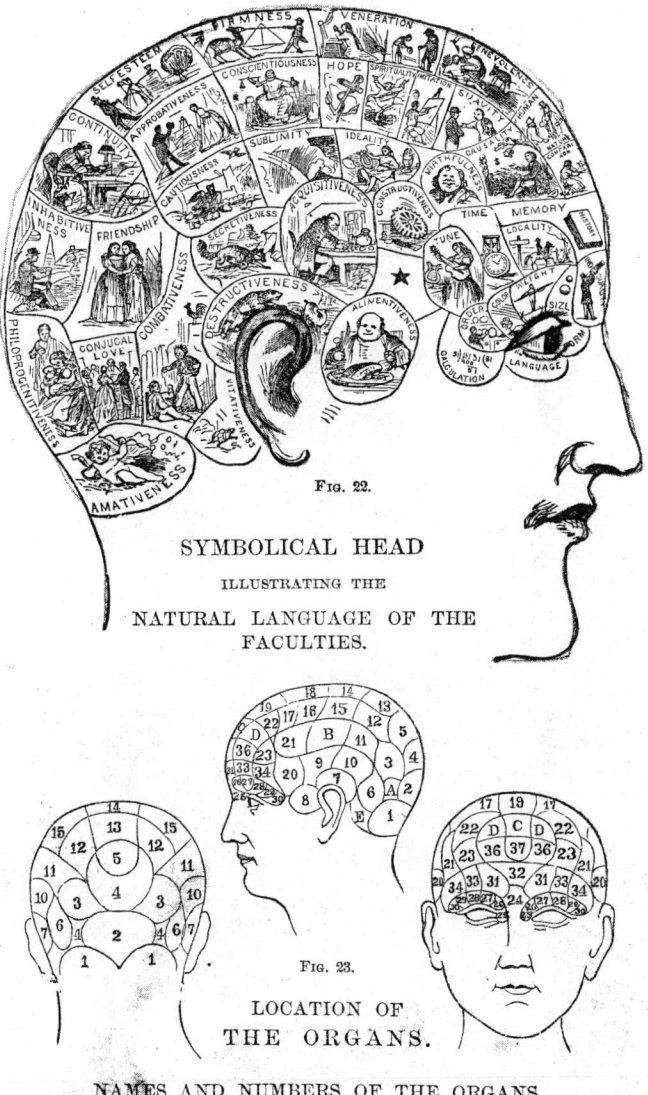

Fig. 22.

SYMBOLICAL HEAD
ILLUSTRATING THE
NATURAL LANGUAGE OF THE FACULTIES.

Fig. 23.

LOCATION OF THE ORGANS.

NAMES AND NUMBERS OF THE ORGANS.

颅相学认为，头骨的特定部位与特定的能力相关。这样的头部绘画被用作指导图示。

1910年在美国使用的一张贝蒂荣卡片。但奇怪的是，除了列出职业是"戏剧宣传者"之外，嫌疑人的身份并没有写明。

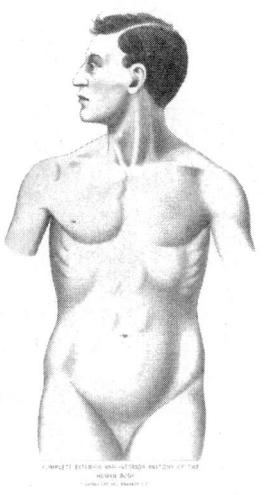

19世纪对性行为的恐惧有时会产生这样的绘图——没有生殖器官的人。这张图出现在一本医学指导书中。

No. 23.

Essentials of Medical Electricity.

BY
D. D. STEWART, M.D.,

Demonstrator of Diseases of the Nervous System and Chief of the Neurological Clinic in the Jefferson Medical College; Physician to St. Mary's Hospital, and to St. Christopher's Hospital for Children, etc.

AND
E. S. LAWRANCE, M.D.,

Chief of the Electrical Clinic and Assistant Demonstrator of Diseases of the Nervous System in the Jefferson Medical College, etc.

Crown 8vo., 148 pages, 65 illustrations.

Price, Cloth, $1.00.   Interleaved for Notes, $1.25.

Med. and Surg. Journal, Boston.
"Clearly written, and affords a safe guide to the beginner in this subject."

Med. Record, New York.
"The subject is presented in a lucid and pleasing manner."

The Hospital, London, England.
"A little work on an important subject, which will prove of great value to medical students and trained nurses who wish to study the scientific as well as the practical points of electricity."

42   Specimen of illustrations.

维多利亚时代充斥着这种别出心裁的糟糕治疗法。

第八章　黑暗中的子弹

"光凭这种子弹就足以送他上绞刑架。"

——夏洛克·福尔摩斯(《空屋》)

夏洛克·福尔摩斯关注细节的双眼从不会闭上。他在《博斯科姆比溪谷秘案》中提醒华生:"我的方法你是知道的。那就是基于对细小事物的观察。"他观察和通过推理进行组织的细小事物不仅包括烟灰痕迹和各种土壤,还包括子弹留下的痕迹。接近真相的福尔摩斯在《跳舞的人》中评论道:"现在咱们必须说明这第三颗子弹。从木头的碎片来看,这颗子弹是从屋里打出去的。"

对子弹路径方向和不同子弹特性的观察是弹道学的基础。福尔摩斯的这些观察,再加上对各种深奥学科的了解,往往使他能够破解复杂案件。在使用子弹弹道证据作为探案工具时,虚构的福尔摩斯遵循的是现实中的侦探们已经开辟的一条道路,这些侦探包括"安全旅"那迷人的维多克和坚毅的"鲍街警探"亨利·戈达德。

很多传记作者都曾写过,维多克1822年命令将一位被谋杀

第八章 黑暗中的子弹

的贵族女性体内的子弹取出，将其与她丈夫所拥有的决斗手枪进行匹配。在注意到死者体内的子弹要大于其丈夫的枪所能装载的子弹后，他将注意力转移到了死者情人拥有的武器上，最后证明两者尺寸相符。这位情人供认不讳，并立即被送上了断头台，丧妻的丈夫终于松了一口气。

十三年后，在海峡另一侧，亨利·戈达德所代表的"鲍街警探"以更严谨的方式调查了一起枪杀案。"鲍街警探"是英国政府授权的第一个侦探组织，由小说家亨利·菲尔丁（Henry Fielding）在1749年创立。在此之前，法律的执行是靠公民们的自觉，住在乡下的人通常会私下雇用警察或守卫来保护自己及财产。对大部分英国公民来说，政府控制警力的想法令人反感，他们认为这是对自由的限制，也是悄悄走向专制政权的迹象。

但伦敦的生活要比乡下复杂得多，在乡下，所有人都认识他们的邻居。随着城市人口的增长，犯罪率与日俱增，很快大家就意识到，他们需要一些专业的帮助来维持秩序。菲尔丁一开始是靠自己的权力组织了一小部分警员。他在自己位于鲍街的住所管理这些人的活动。最终，他获得了来自首相的一些资金，以补助他团队的成员，也就是现在为人所熟知的"鲍街警探"。这个组织在1835年已经稳定下来，那一年，亨利·戈达德被请来参与调查发生在海边城市南安普顿的一宗神秘谋杀未遂案。

戈达德在他的《回忆录》中描写了这场冒险经历，彰显了一位侦探在观察细节上的天分。当地首席治安官被告知，夜深人静时,有独立资产的麦克斯韦(Maxwell)夫人在南安普顿的住所遭盗贼入侵。盗贼试图杀害睡着的男管家时开了枪。子弹射穿了他的枕头和美梦,在剧烈的惊吓中,管家一下从床上跳起,英勇击退了入侵者。在匆忙逃离义愤填膺的仆人的追捕时,小偷们丢下了大量已经包好的珠宝和银盘。

治安官说这是"一件严重的事",于是请求戈达德连夜乘坐邮车来到现场调查。第二天早上九点,戈达德在麦克斯韦家询问了夫人和勇敢的管家约瑟夫·兰德尔(Joseph Randall)相关情况,他发现麦克斯韦夫人极度害怕。

戈达德检查了管家的房间和他的床,床的对面就是关得严严实实的百叶窗。每个百叶窗的顶部附近都有一个允许空气和光线进入的孔,约为茶杯碟大小。

管家向戈达德解释说,发生袭击的当晚,他在睡前照例关上了门窗。大约凌晨一点时,他被食品储藏室窗外的一声怪响惊醒,他说听起来像是在石子路上拖拽链条的声音。他觉得听到了房子里的脚步声,然后听到自己房间的门被慢慢打开。他看到了——反映在卧室门对面墙上的一幅小照片上——举出约一臂长的一盏提灯,以及"提灯前面一个男人的影子和提灯之人后面另一个男人的影子"。

兰德尔说,他假装睡着,然后听到这几个人走开了。完全处于警戒状态的管家伸手摸向枕头下面的枪,但在这时,突然有人从屋外向他房间内开了一枪,子弹正是从百叶窗上的孔飞进来,

第八章 黑暗中的子弹

穿过枕头，射穿了床头板。他激动地告诉侦探，如果当时他没有转过去试图找他的枪，他就会"变成一具尸体了"。然后管家跳下了床，将这几个蒙面大盗追赶至走廊中，在那里与他们搏斗了一番，把他们吓跑并留下了那些赃物。

麦克斯韦夫人迅速招来的当地守卫发现后门被强行打开了，屋内一片混乱。戈达德认真听着，但他对管家关于"提灯前面一个男人的影子"这一描述感到不安。他仿佛福尔摩斯一般专注地检查了后门，发现门是用"杰米"短撬棍（受过良好训练的窃贼撬门时喜欢使用的短型撬棍）撬开的，但他认为门外的状态"与门内的不相符"。

他还发现了另一个矛盾之处。1835 年，子弹还没有批量生产，而是由枪支拥有者用单个模具制成的。在戈达德的要求下，兰德尔提供了他的手枪、模具和那颗射穿床头板的子弹。

检查后发现，包括那颗因为发射而变得较为扁平的子弹在内的所有子弹，都有一个非常小的鼓起的圆点，这与模具上的一个小孔相对应。在戈达德看来，所有子弹明显是同一个人制造的，但他还是征求了当地一位枪匠的意见，后者也表示同意。

这位警探写道，这明显是一桩"闯出，而非闯入"案件。就像四十多年后创作的夏洛克·福尔摩斯的故事《赖盖特之谜》一样，这桩入室盗窃案是假的。

兰德尔被要求做出解释，他最后承认是自己伪造了整件事，以期从麦克斯韦夫人那里获得丰厚报酬并继续被她雇用。但他这两个目的都没有达到。因为麦克斯韦夫人不愿意"小题大做"（19世纪英国生活中最令人厌恶的情况），所以她没有对兰德尔提出任何指控。这个狡猾的仆人也得以过上默默无闻的生活。

在夏洛克·福尔摩斯的故事问世五十年前，鲍街警探就已经在用夏洛克式的方法仔细观察细小事物。兰德尔事件是记录在案的第一桩弹道识别案件，证明管家是肇事者的亨利·戈达德也因此永远被法医史所铭记。

在随后的几年中，作为犯罪调查一部分的枪支子弹研究并不是非常富有成果，而偶然的成功往往来自愉快的意外。1860年，一名警察在被枪杀的受害人尸体附近发现了一个从1854年3月24日《伦敦时报》上撕下的纸团，闻起来有火药味，显然曾经用来将火药和子弹塞入某种前装枪的枪筒中。一名叫理查森的男子受到怀疑，警方搜查他的住所后发现了一只双管手枪，其中一个枪管最近被发射过，另一个还装着纸团，与犯罪现场发现的类似。聪明的警察向《泰晤士报》的编辑核实，确认这个纸团也是来自六年前的同一份报纸。证据确凿，理查森供认不讳。

其他地方也有一些类似的案例，尽管它们在道德上令人满意，但不幸的是，它们并没有带来任何弹道学上的飞跃。19世纪见证了枪支设计和制造方面的诸多变化，包括在枪管内使用螺旋凹槽，使枪支具有更高的准确性和更远的射程。一旦不再需要从枪口装子弹，螺旋凹槽就可以派上用场。它们也会让发射出的子弹带上独特的印记。每个枪械制造商都有不同数量和种类的膛线沟槽,问题关键就在于找出每颗子弹是用哪种枪发射的。但这一关键并没有被系统地使用。

弹道学研究参差不齐且不对等。对于该学科应属于哪一科学分支一直没有达成共识,因此时常会涉及很多不同专业。较早做出尝试的是病理学。1889年,亚历山大·拉卡萨涅教授注意到,他从一位谋杀案受害者身上取出的子弹有独特的条纹。在检查了多名嫌疑人的左轮手枪后,他发现子弹上的七个凹槽与其中一支枪相符。但拉卡萨涅只研究了警察给他的枪,如果子弹是来自其他的枪,那他的结论就不正确了。拉卡萨涅显然能够容忍模棱两可,但不幸被认定犯有谋杀罪的手枪主人就做不到了。

于尔根·托瓦尔德(Jürgen Thorwald)在其著作《侦探世纪》(*Century of the Detective*)中叙述了1898年德国著名化学家保罗·杰塞里克(Paul Jeserich)所做的贡献。当时,杰塞里克博士要确定从谋杀案受害者身上移走的子弹是否来自被告所拥有的枪。他从嫌疑人的枪中发射了一颗测试弹,然后拍摄了测试弹和谋杀案子弹的微缩照片。比较照片后,他观察到两枚子弹的阴线和阳线上都有小瑕疵,他认为这是不寻常的,且两者相匹配。

尽管杰塞里克在枪支方面没有很多经验,并且像拉卡萨涅一样,他只检查了警方提供给他的枪,但他为起诉提供了有力的证词。这位化学家对弹道学只有中等程度的兴趣,也没有进一步主动研究该主题。但被告在因为杰塞里克的证词而不得不面对死刑时,必然认为这一学科值得深思。

1913年，著名医学法理学专家维克多·巴尔塔扎（Victor Balthazard）在《犯罪人类学和法律医学档案》（*Archives of Criminal Anthropology and Legal Medicine*）期刊上发表了一篇论文。他的研究确定了每一颗被发射过的子弹都会因为受枪支不同部位影响而带有相应的识别印记。因此巴尔塔扎教授认为，每颗子弹都有自己独一无二的"指纹"。

从理论上来说，这一结论非同凡响。但在1913年，世界正处在第一次世界大战即将开始的震荡中，对单个枪杀案的研究似乎已不再重要，必须让位给具有大规模杀伤力的武器的制造。

英国著名法医病理学家、夏洛克·福尔摩斯的仰慕者悉尼·史密斯爵士（Sir Sydney Smith）在1959年的回忆录《大多是谋杀》（*Mostly Murder*）中指出，1919年的弹道学还停留在亨利·戈达德时代。"在我看来，"悉尼爵士写道，"这是一个尚未开发的领域。"他认为子弹应成为病理学家的关注点，因为子弹对人体的伤害显然是一个医学问题，他自己也开始致力于研究这一主题。1917年，他被任命为驻埃及的主要法医学专家，那段时间埃及有大量枪杀案，他有足够的机会进行研究。

1923年，比较显微镜的发明使得在比对时，子弹上的图案细节可以前所未有地放大，从而大大减少出错的机会。悉尼爵士迅速开始使用这种显微镜。他在1925年出版了一本非常成功的教科书，他在弹道证据方面的研究在英语世界颇具影响。

但悉尼·史密斯的专业知识也未能阻止1926年发生在苏格

第八章 黑暗中的子弹

兰爱丁堡的一次司法上的溃败。五十六岁的伯莎·梅瑞特(Bertha Merrett)在客厅安静地写一封信时,不幸遭遇了一次可怕的枪击。梅瑞特夫人是一位上层中产阶级英国女性,她的大部分婚姻生活都与工程师丈夫一起在国外度过。丈夫的职业需求指引他到哪里,梅瑞特夫人也就跟着一起去,从新西兰到俄罗斯圣彼得堡。但他们的独生子约翰·唐纳德(John Donald)身体虚弱。俄罗斯的严酷气候影响了孩子的健康,因此他的母亲带他到瑞士休养,也躲过了"一战"和俄国革命。而深陷战乱的丈夫就此没了音信。

1924年,男孩十六岁的时候,梅瑞特夫人将他带回大不列颠以完成学业。1926年(这是梅瑞特的厄运之年),他们住在爱丁堡的一处简朴公寓里,约翰就读于非寄宿制的爱丁堡大学。他们有一名每天早上过来服务的女佣。

所有资料都显示,伯莎·梅瑞特是个智慧高尚的女人,对各种事情都有敏锐的观察力,并且全心全意关爱着儿子。约翰·唐纳德·梅瑞特头脑敏捷,风度翩翩,面貌英俊,但伴随这些优良品质的是过度的自以为是。他生怕过度学习会用尽自己的学术能力,实际上能不去上课就不去。他没有把这些秘密告诉轻信自己的母亲,也没有告诉她自己其实把零用钱都花在了赌博、喝酒和女人上。

1926年3月17日,女佣在早上九点抵达,像往常一样招呼了母子二人,他们看起来也像往日一样开朗。梅瑞特夫人在写信,她的儿子在房间另一侧看书。女佣听到枪声、尖叫声和一声闷响时正在厨房。小梅瑞特走进厨房告诉她:"莉塔,我的母亲开枪自杀了!"

这位吓坏了的女佣来到客厅,看到梅瑞特夫人仰面倒在地板上,她还活着,但头部在大量流血。一把手枪躺在几英尺外的写字台上。

名叫米德米斯(Middlemiss)和伊扎特(Izatt)的两位警员来到现场,但他们不仅没有进行有条不紊的调查,还一个劲儿地制造麻烦。他们随意移动家具、纸张和书本,却没有做任何记录。他们确实注意到,约翰·唐纳德说他母亲写信时突然开枪自杀是因为"她担心金钱问题",并且他是"为了猎杀兔子"买的这把枪。但他们忽略了这位女士写了一半的信,实际上,这是写给朋友的一封简单、亲切的信,字里行间没有丝毫想自杀的迹象。其中一名警察在没有任何记录的情况下将凶器随意塞进口袋,这是对犯罪现场造成的最大破坏。

梅瑞特夫人还有呼吸,但昏迷不醒。她被送往医院,安置在门上了锁、窗户上装有铁条的病房中,这里是用来关押企图自杀的犯罪者的。她恢复了意识,并抱怨右耳剧痛,这是可以理解的,因为X射线显示她的颅骨底部有一颗子弹。伤口的位置使得手术无法进行。医生仅告诉她发生了"小意外",这种状况下对她进行警告是不明智的。

她一再主动地告诉医院工作人员和朋友,她当时在冷静地写信,但她的儿子站得离她太近了,她告诉他,"唐纳德,走开,别来烦我",她还听到自己的脑袋里有一声巨响,"像枪声"。她不记得

第八章 黑暗中的子弹

房子里面有枪。梅瑞特夫人也不知道自己的真实伤情,因此拜托一位朋友为她安排一次与耳科医生的会诊。她还曾以令人钦佩的慈母语气说:"是唐纳德干的吗?真是个淘气的孩子。"所有这些信息都没有被警方调查人员记录下来。

显然,小梅瑞特因为一片孝心而殚精竭虑,于是无法定期去医院探访。他还询问过医生:"她是否有可能康复?"答案很快就来了。4月2日,伯莎·梅瑞特的讣告出现在《苏格兰人报》上。约翰·唐纳德·梅瑞特现在正式获得了一名孤儿应受的同情。

爱丁堡法医学教授哈维·利特尔约翰对死者进行了一次验尸,他曾经也是悉尼·史密斯的老师。直接的死亡原因被确定为枪伤感染导致的基底脑膜炎。利特尔约翰的报告中写道:

> 没有迹象可以指出子弹发射时武器的位置,不论是几英寸外还是更远的距离。就伤口的位置而言,此案确为自杀。

但伯莎·梅瑞特的家人和朋友坚称,她是憎恶自杀这一想法的。在事故发生前,她完全没有任何抑郁沮丧的行为举止。她在医院的陈述也支持他们的观点。而且,当时女性朝自己开枪是极不寻常的(虽然并非闻所未闻),头部后方伤口的角度似乎也不太合理。银行发现这名年轻的孤儿此前曾伪造其母亲的签名来滋润自己的钱包,这一情况不禁令人产生联想。

利特尔约翰重新考虑了此案,他了解自己以前的学生悉尼·史密斯擅长分析枪伤,于是询问了他的意见。悉尼爵士在查阅证据时指出,医院的医生在伤口附近没有发现火药痕迹。他认为问题在于,如果射击距离够短,足以被认定为自杀,那么是否会在伤口处留下火药痕迹?

他建议利特尔约翰用杀死伯莎·梅瑞特的枪进行实验。利特尔约翰设法弄到了这把六发 .25 口径的西班牙自动手枪,并装上射杀梅瑞特所用的同一款子弹。他朝多个靶子进行射击,其中之一是用一条刚截肢的腿的皮肤制成的。他每次都测量了射击距离,发现三英寸或更短时,靶上会有非常明显的火药和灼伤痕迹。六英寸时就会出现这些痕迹,它们不仅肉眼可见,且难以去除。只有在九英寸时才没有痕迹出现,一定没有人能够从这么远的地方朝自己耳朵后面开枪。(夏洛克·福尔摩斯也非常了解火药痕迹的重要性,他在《赖盖特之谜》中说:"我绝对有把握断定:死者身上的伤口是在四码开外用手枪打的。死者衣服上没火药痕迹。因此,很明显,亚历克·坎宁安说什么凶手在搏斗中开了枪,完全是撒谎。")

功不可没的利特尔约翰写了一份新报告,指出事故"难以置信,绝对不可能是自杀",种种情况"指向他杀"。

约翰·唐纳德·梅瑞特现在被苏格兰司法系统全力关注,他被指控犯有谋杀罪和伪造罪。利特尔约翰自然会为皇家检察署做证。有罪判决似乎是板上钉钉的。然而,梅瑞特的律师却发表

第八章 黑暗中的子弹

了惊人的言论。辩方的专家证人是伯纳德·斯皮尔斯伯里爵士。

伯纳德爵士是英国内政部的病理学家,他作为一名出色的凶杀案(尤其是枪击案)专家而享有盛誉。自从早前通过克里彭案被公众所知后,他的名声越来越大。他的官职意味着他在英格兰通常为皇家检察署做证,而这次却在苏格兰为辩方做证,这让人大为吃惊。此外,伯纳德爵士还与著名枪匠罗伯特·丘吉尔(Robert Churchill)联手做证,后者常常与斯皮尔斯伯里在枪击案调查中合作。

他们坚称伯莎·梅瑞特是自杀,有没有火药灼烧痕迹并不重要。他们做证说,他们进行了多次实验,结果表明,即便是近距离开枪,火药痕迹也不一定会在伤口附近出现。

问题在于,他们做实验所用的武器和弹药与杀死伯莎·梅瑞特的完全不同。虽然被激烈地盘问,但斯皮尔斯伯里和丘吉尔都倔强地拒绝重新考虑他们的立场。尽管利特尔约翰的实验具有优越性,但他是后来才改变自己观点的这一事实让评审团认为他的立场较弱。而斯皮尔斯伯里坚定的证词和警方的草率调查都给强硬的辩方帮了忙。

经过一小时五分钟的审议,陪审团回来了。对于谋杀罪,他们宣布了模棱两可的苏格兰式判决:"未经证实。"而对于伪造罪,梅瑞特被判有罪。主法官宣布对其处以有期徒刑一年。

听到判决结果的悉尼·史密斯爵士做了一个著名的回应:"这不会是我们最后一次听到小梅瑞特的名字。"不幸的是,他说中了。

约翰·唐纳德·梅瑞特在一家最低安全级别的监狱服刑。因为没有被判死罪,他依然可以继承他母亲和祖父的财产。他年纪轻轻就结婚了,为了取悦妻子,他将大量遗产留给了她。过了一阵子他感到乏味了,就随便抛弃了妻子。随后的十年中,他从事了走私、私运军火、毒品交易和其他具有"创意"的工作。第二次世界大战期间,他以罗纳德·切斯尼(Ronald Chesney)的名字在英国海军服役。据说他表现得很好。

1954年,梅瑞特/切斯尼和他的情妇住在德国时,发现自己没钱了。他想起来曾给了还没和他离婚的那个女子一笔钱。而她坚决不肯还钱。

梅瑞特/切斯尼认为需要采取强硬措施。他乘船到了英国,从酒吧里一名男子身上偷了护照,然后回到德国,确定他在英国港口的离境已被记录在案。然后他用偷来的护照返回英国,进入被他抛弃的妻子的住所。他把她淹死在浴缸里,将尸体留在现场,把她的死伪装成一次意外。然而他的计划在离开时被破坏了——他在楼梯上碰到了自己的丈母娘。他不由分说残忍地杀害了这位制造麻烦的女士,假装意外成为鳏夫的设想也由此破灭了。

他迅速逃回德国,但警察的脚步比1926年的时候敏捷得多,他们已经盯上了他。梅瑞特知道这次难逃一死,于是朝头部开枪自杀了(也许想到了母亲)。

第八章 黑暗中的子弹

少有人会比聪颖、能言善道、有名望、固执且出了大错的专家证人更危险。伯纳德·斯皮尔斯伯里和罗伯特·丘吉尔二人合力导致了两位无辜女人的死亡。

在《黄面人》中,夏洛克·福尔摩斯罕有地承认了一个错误,他说:

> "华生,如果以后你觉得我过于自信,或在办一件案子时下的功夫不够,请你最好在我耳旁轻轻说一声'诺伯里'①,那我一定会感激不尽的。"

伯纳德爵士也需要有人在他耳边说一声"诺伯里"。

不论剩下什么

关于亨利·戈达德那件案子,有很多不同语种的报道称,这件靠子弹模具破解的案子是一桩谋杀案。但戈达德在

---

① "诺伯里"为《黄面人》中福尔摩斯的委托人的居住地。在这件案子中,福尔摩斯的推理和事实有出入,因此他让华生在他可能做出错误判断时说一声"诺伯里"。

《鲍街警探回忆录》中明确表示这是不准确的。

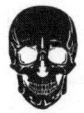

虽然梅瑞特案处理不当,但这一案件所引起的关注成为弹道学研究发展的催化剂。最后一系列福尔摩斯故事于1927年出版后的一段时间,该领域发展迅速。目前,对弹道证据的分析大体分为三个专门领域:内弹道学——研究子弹在枪管内部的运动情况;外弹道学——研究子弹离开枪管后的运动情况;终端弹道学——研究子弹击中目标后所产生的效果。

在《雷神桥之谜》中,夏洛克·福尔摩斯证明了一桩枪击死亡案是伪造成谋杀的自杀。正如著名的福尔摩斯学者莱斯利·S. 克林格(Leslie S. Klinger)在他的《夏洛克·福尔摩斯新注》(The New Annotated Sherlock Holmes)中所述,《雷神桥之谜》的情节和汉斯·格罗斯在其《犯罪调查》中描述的一桩案件惊人地相似。罪案调查员时不时会碰到刻意伪装成谋杀的自杀。通常作案动机要么是像格罗斯所述的案件一样,为了确保近亲能获得保险金,要么是诬陷并惩罚一个仇敌,如《雷神桥之谜》的故事。

第九章　糟糕的脚印

"这是一件谋杀案。凶手是个男人,他高六英尺多,正当中年。照他的身材来说,脚小了一点,穿着一双粗皮方头靴子,抽的是印度雪茄烟。"

——夏洛克·福尔摩斯(《血字的研究》)

夏洛克·福尔摩斯是一个行走的五花八门的知识仓库。他对各种各样的神秘趣闻都感兴趣,但对他而言最重要的就是足迹研究。他在《血字的研究》中说道:"侦探学各个分支中,再没有比足迹学这一门艺术更重要而又最易被人忽略的了。幸而我对于这门科学一向是十分重视的,经过多次实践,它已成为我的第二天性了。"

足迹研究是法医学最早使用的工具之一。(在《回忆录》中,维多克就提到了足迹的记录,但他没有具体讨论它们的用途。)自从我们学会捕猎及互相追捕以来,对痕迹的识别和追踪就成为人类具有的本领之一,因此这项技巧也很自然地被刑事科学这一新领域所采用。在1862年著名的杰西·麦弗森(Jessie M'pherson)谋杀奇案中,虽然方法简陋,但格拉斯哥警方积极运用了这一技巧。

那年7月7日,星期一,受人尊敬的中年会计师约翰·弗莱明(John Fleming)和儿子一起,在乡下过完周末回到位于格拉斯哥桑迪福德广场17号的家中。他发现与他同住的父亲詹姆斯·弗莱明(James Fleming)一个人在家,他父亲无法解释照顾他的女佣杰西·麦弗森为什么不在。老弗莱明说他整个周末都没见到她。

警觉起来的小弗莱明检查了房子的情况。他发现地下室女佣卧室的一扇门从里面上锁了,但和食品储藏室连着的第二扇门可以进入。

杰西俯身躺在床旁的地板上。她几乎赤身裸体,只有一块地毯盖着上半身。她被砍并被殴打了很多次,其中一个伤口深到露出了大脑。房间里有大量血迹,地板上似乎还有三个裸足留下的带血脚印。

老弗莱明惊恐地举起双手,大叫:"原来她一直躺在那里,而我就在这栋房子里!"

他们很快打电话叫医生,在那个秩序井然的时代,家访医生很快就上门了。他的名字也叫华生。他宣布杰西已无生命迹象,在看到屠杀造成的非常血腥的场面后,他即刻指出:"这明显不是自杀,你们最好报警。"

警方外科医生约瑟夫·弗莱明(与桑迪福德广场17号那不幸的居民不是亲戚)与华生医生都注意到,整个厨房和地下室到处是血迹,还有一串血迹通向卧室,说明尸体曾被拖拽过。墙上

第九章 糟糕的脚印

有血指印,但在 1862 年,苏格兰警方工作中还没有用到指纹鉴定,这一线索被忽略了。令医生们震惊的另一发现是,厨房和卧室的地面,以及死者的脖子、胸部和脸部都在不久前被清洗过。地面还是湿的。而沾有血迹的脚印位于被清洗区域之外。厨房的抽屉里有一把屠夫用的砍肉刀,上面也有血迹。

最初,警方高度怀疑年老的弗莱明先生,因为医学判断发现,这些伤口可能是一位体弱的人造成的,而且他的行为匪夷所思。他表示自己在周五晚上曾听到女佣房间传来"尖叫声",但没有去探究发生了什么。他虽然一直声称不知道杰西这三天在哪儿,且他在那个周末接触过不少人,但他没有向任何人提到这一有趣的事实,包括其间曾来过的杰西的那个"年轻男人"。

送奶工曾在周六上门,当时是这位老人开的门,而这平常一直是杰西的工作。当问到他为什么这么做时,老弗莱明回答说:"周六早上,你知道的,杰西死了,她死了怎么来开门!"这显然有悖于他之前声称直到周一下午才得知她命运的说法。老弗莱明被捕入狱。但这位年老的绅士称自己前后说法不一致是因为记性不好,而检查发现,杰西的一些银器和衣服失踪了,这说明盗窃是谋杀的动机。

警察怀疑这三个带血的脚印是一个重要线索,如果他们能确定是谁留下了脚印,或许就能破案。但不像《博斯科姆比溪谷秘案》中仅通过观察就完美破案的大侦探——"这里到处都是你向里拐的左脚的脚印,一只鼹鼠都能跟踪你的脚印"——格拉斯哥的侦探们需要谨慎行事。

困难在于，在罪案调查中，尚无足迹检查和比较的既定规程。侦探们虽然技术与经验不足，却很灵活且善于创新。

格拉斯哥警察局助理警长亚历山大·麦卡尔（Alexander M'Call）将血脚印的尺寸与死者和老弗莱明的进行了比较。由于没有测量脚的尺子，他用一根棍子代替，将手指放在适当的地方测量。他的结论是，它们不是弗莱明家庭成员的脚印。那么这个人是谁，又在哪里呢？

寻找遗失物品的启事得到了一位典当商人的回应，他描述了一位带着这些银器去过他那儿的年轻女子。一名铁路职员则在一个行李箱中发现了丢失的衣服，这个箱子由一位类似典当商人描述的女子寄往一个不存在的地址。老弗莱明思考了一番之后告诉警察，这一描述听起来像杰西·麦克拉克伦（Jessie M'lachlan），她结婚之前曾是弗莱明家的女佣，也是被杀女子的密友。麦克拉克伦夫人说谋杀发生的那个周末她没去过弗莱明家，并称遗失的物品是老弗莱明自己给她的，他还附送了小费，告诉她如何处理这些物品，她后来就照做了。

侦探们认为这一解释站不住脚，为了在提起诉讼时拥有更确实的证据，他们请求警察以科学的方法检查这位嫌疑人的脚，并将其与血脚印对比。格拉斯哥大学外科教授乔治·哈斯班德·贝尔德·麦克劳德（George Husband Baird MacLeod）博士之前建议过警方将沾有脚印的那块地板切下并保留下来作为证据，他现

第九章　糟糕的脚印

在也接受了足迹鉴定的挑战。在1864年发表于《格拉斯哥医学期刊》(Glasgow Medical Journal)上的一篇文章中,他详细解释了此次足迹鉴定的过程:

> 当麦克拉克伦夫人被拘留后,最重要的一件事就是由一位专业人士对犯罪现场的脚印和她的脚之间进行非常仔细的比较……本文作者……用自己的脚试验了不同试剂在木板上留下脚印的效果,以测试它们在与现场的印迹比较时的精准度……结果只有血液的效果是无可指摘的。因此,一小瓶牛血被薄薄地涂在蜡布上,被告则被要求先将左脚放在布上,再在一块木板上踩出脚印。被告毫无异议地重复了几次这个过程……一开始的脚印并不适用,因为……出于其他目的,木板表面上过油。但当作者尽可能模仿原脚印产生的条件时,即,在房间一侧弄上血,中间放一块地毯,另一侧放一块可供站立的干木板(和桑迪福德广场的犯罪现场一样),由此产生的两个脚印与房间中的原脚印相比,有着惊人的相似度。不论是最细微的测量细节还是轮廓,它们都与原脚印吻合,实际上,这两个脚印各自与桑迪福德原脚印之间的相似度还要高于它们两者的相似度。

另外,有几位目击者称,杰西·麦克拉克伦曾告诉他们,她打算在事发的那个周五去桑迪福德广场拜访死者。她整晚都不在家，直到周六早上九点才回来。杰西·麦克拉克伦被控谋杀罪，老弗莱明被释放，且在法庭上指证她为凶手。（根据当时的苏格兰法律，这使他将来免受起诉。）

被告拒不认罪，但检方凭借脚印的证据据理力争。"我们无能为力……无论是善还是恶，无论是祝福还是咒骂，都不会留下印记。"检察官亚当·吉福德（Adam Gifford）宣称。"但我们的脚印留了下来，"他继续大声说道，"不管我们做什么……我们行动的痕迹不论好坏，都有生命，并且会证明我们的清白或罪行。犯罪总会留下脚印。先生们，杰西·麦弗森的卧室里有血脚印！这些脚印是谁的呢？"

尽管对麦克拉克伦夫人的指控似乎证据确凿，但其中仍存在着一个巨大的矛盾。她似乎没有合理的作案动机。受害人的姐姐做证，这两个女人是很好的朋友。她们之间没有发生过争吵。并且，丢失的银器几乎不值钱，房子里更有价值和更便携的东西却一件都没有少。

如果案件是周五晚上发生的，而老人不知不觉中独自与尸体待在同一个屋檐下直到周一下午，那么是谁清洗了地面和死者的脸？为什么这么做？如果麦克拉克伦夫人在犯罪后做了这些以掩盖血迹的话，为什么到周一地面还是湿的？还有那些精心保存下来的脚印。如果清洗地面是为了消除证据，为什么不擦掉那些显然会带来麻烦的脚印？另外，死者的一位朋友做证说，老弗莱明让这位女佣生活得很痛苦,因为他对她有不正常的兴趣。

关于最后一点,法官戴斯勋爵(Lord Deas)从审判一开始就明确决定不让这场诉讼和公平扯上关联,他全力防止陪审团得知老弗莱明放荡习惯的不堪细节,尽管格拉斯哥有一半的人都对此说长道短。他的一些老相识坚称,他并不是自己所声称的八十七岁,而是个精神矍铄的七十八岁老人,这也许可以解释他的精力。

可以肯定的是,老弗莱明经常酗酒,而他喝醉的时候(显然是在不可救药的乐观情绪下)就会色眯眯地盯上一些年轻女人。十年前,安德斯顿联合长老会最年长的成员老弗莱明曾在教会会议(Kirk Session)上因"通奸罪"被谴责,因为他让女佣珍妮特·邓斯莫尔(Janet Dunsmore)不幸怀孕。

这些尴尬的问题都在审判中被有意避开了。检察官讽刺地声明:"詹姆斯·弗莱明的罪行不属于本次调查的内容。"法官向陪审团宣读了长达四个小时的指控,其中没有一个字对被告有利,而且滔滔不绝地讨论了"带血的赤脚印"。

审判持续了三天。陪审团经过仔细考虑,在短短十五分钟后回到法庭,做出了有罪判决。辩护律师表示被告希望宣读一份陈述,已经拿着给死刑犯戴的黑帽回到法庭的法官对此感到不快,觉得这是在拖延诉讼的时间,但也不得不同意,这是她的权利,尽管在审判过程中被告不得做证。

杰西·麦克拉克伦的读写能力有限,因此辩护律师卢瑟福·克拉克(Rutherford Clark)代表其在法庭上宣读了她的口述记录。

被告承认自己事发当晚拜访过死者,晚上大部分时间,她们两人还有老弗莱明先生都在厨房里喝威士忌。十一点时他们的酒喝完了,弗莱明派她去酒吧再买一些,然而酒吧关门了。回来后,她发现杰西·麦弗森半裸着躺在卧室的地上,表情惊恐,额头和鼻子上的伤口正在流血。麦克拉克伦要求她的主人拿点水来,这样她可以照顾这位受伤的女人。当弗莱明在准备水时,受害人恢复了意识,透露老弗莱明试图性侵她,这种情形发生过多次,但她再一次断然拒绝。愤怒之中,老弗莱明用某种尖锐的东西袭击了她。

弗莱明带着一盆水回来了,有一些洒了出来,弄湿了麦克拉克伦的衣服、鞋子和袜子,因此她脱掉了袜子,赤着脚清洗朋友的伤口。弗莱明拒绝了她叫医生的请求,说他会在早上请一位医生过来,他还会赔偿这位受伤的女人,让她余生都过上舒适的生活。他们一起把她挪到了暖和一点的厨房,杰西·麦弗森躺在火炉前,但看起来越来越虚弱了。

这时麦克拉克伦夫人还是决定要请一名医生,她穿好衣服打算自己出门找,但发现前门被锁上了。她听到厨房传来一阵喧闹声,便迅速跑了回去。她说:"我看到老人在砍她,后来我看到那是把砍肉刀……他朝着她的头砍去……他拽着她的腋下,拖着她……(走到卧室)……拿起床单擦血……我看到砍刀上沾满了鲜血。我哀求他让我离开,我发誓永远不会泄露我看到的。"

麦克拉克伦夫人的陈述继续:老人声称确信自己的女佣无论

第九章 糟糕的脚印

如何都会死，如果有医生听到她的故事，他就会被逮捕，所以他不得不杀了她；如果麦克拉克伦夫人将这件事告诉别人，她也会受到惩罚；他还要求她把银器拿去卖了，这样他就可以伪装成发生了盗窃案。

1938年，伟大的法律史学家威廉·拉夫黑德（William Roughead）曾对这桩案件做出精准的评论："依据麦克拉克伦夫人陈述中每一个能够被证实的点，已经可以确定这是真相无疑了；陈述没有任何矛盾之处。它完美地符合所有已被证明的事实，因此不可能是编造的。"

然而，戴斯勋爵已经把黑帽带了过来，便一心要用上它。他斥责杰西·麦克拉克伦的陈述是"一派胡言"，并宣布在三周内执行绞刑。他以传统的方式表达了他的祝福："主将怜悯你的灵魂。"麦克拉克伦失声痛哭："是的，他会怜悯，因为我是无辜的！"

这份陈述被公开，人们的观点迅速倾向了被定罪的女人那一方。支持她的来信淹没了报社，其中一些指出，地面潮湿一定是因为老人在尸体被发现之前清洗过一次，而且他故意保留了脚印来诬陷麦克拉克伦夫人。夏洛克·福尔摩斯在《雷神桥之谜》中曾说："一旦你的观点转变过来，原来最不利的证据也就变成引向真相的线索。"在桑迪福德案中正是如此。

一个月内，法院的正式调查裁定，出于法律道德，必须要免除麦克拉克伦夫人的死刑。但她后来成了案件的从犯，按司法准则必须判处终身监禁并服苦役。她服刑十五年后被释放。服刑期间，她是一位模范囚犯，且一直坚持自己是清白的。她的儿子在她被判刑时才三岁，出狱时已经十八岁，麦克拉克伦夫人后来移民到美国，1899年在密歇根州去世。

老弗莱明没有受到任何法律指控，但这位好色的一家之主面临的耻辱让他在格拉斯哥的社交生活变得不愉快。因此，他和家人搬离了桑迪福德广场17号这处有着特别氛围的住所。

尽管麦克拉克伦事件中的足迹指向了错误的方向，但此案的曝光率引发了人们对足迹作为证据的兴趣。1882年，英国病理学家查尔斯·梅默特·泰迪的著作《法律医学》出版，其中包含了一个题为《手和脚的痕迹》的长篇幅章节。他写道，经过多次实验，他确定足迹可能会与产生这一痕迹的靴子或脚的实际尺寸有出入。他指出，柔软的沙子或泥土中的脚印边缘的颗粒可能会在脚抬起时塌陷进脚印中。湿黏土中的脚印会更大一点，因为脚是从与踩下时相反的方向抬起的。因此，不但脚印是重要的，它所在表面的质地也有很大关系。

泰迪提出了制作石膏足迹模型（这也是夏洛克·福尔摩斯精通的技术，正如他在《四签名》中的谦虚暗示，"这就是我写的关于跟踪脚印的专论，里边还提到使用熟石膏保存脚印的方法"）及检查血迹和其他生物标志物的方法，并建议将留有血脚印的地板拆下，作为证据保存，就像桑迪福德案中所做的那样。

泰迪必然会就桑迪福德案中的脚印证据提出异议，因为他对赤脚印的价值存疑。他写道："在赤脚的情况下，假设脚上的血迹

第九章 糟糕的脚印

已经洗掉,且脚掌与脚趾的形态和血迹相比并不一致,则留在地上的血脚印可能在身份识别上没什么用处。"(当然,这是在皮肤纹理研究出现之前。)

关于脚印和留下该脚印的脚之间的关系,医学法理学专家们也存在很多分歧。泰迪写道:"比利时的马斯卡(博士)认为脚印通常比脚小,而科塞(博士)称脚印通常更大。"

尽管在 19 世纪大多数鞋子都是单独定做的,因此靴子和鞋子留下的足迹是特殊的,但它们并未在法庭上被有效使用。到 19 世纪末,仍然没有产生被普遍认可的足迹收集和研究的规程。如果是夏洛克·福尔摩斯,或许能够从脚印中推理出有关个体身材尺寸的明确结论,但医生们的看法没能达成一致。法国人类学家保罗·托皮纳尔(Paul Topinard)的著作《人类学》(英文版出版于 1890 年)中有一章标题为《手和脚的比例》,其中包含了一张关于脚的大小和身高之间比例的表,但变数太大,在法医工作中几乎没有实际用处。

足迹证据的法律效力进一步遭到富有创意的犯罪分子的干扰,他们利用脚印来给调查员增加麻烦。美国私家侦探艾伦·平克顿(Allan Pinkerton)在其 1884 年的回忆录《侦探三十年》(Thirty Years a Detective)中写道,聪明的盗贼在试图进入"周围有柔软或易于产生痕迹的地面"的房屋时,"会穿上超大号的鞋子(作为一种伪装)"。他们会在完成犯罪后把这双误导性的鞋子扔在附近的井里。

偶尔让执法人员感到高兴的是，会有不太精明的盗贼留下自己的鞋子。1937年秋天，苏格兰福尔柯克（Falkirk）发生了一个有启发性的案子。一个特别敏捷的盗贼被发现非法进入了一家商店。他穿着袜子，鞋放在了外面排水管附近，他就是靠着这些管道爬了进来。警察之前曾在该地区发生的另外两起类似盗窃案中收集到被丢弃的鞋子，但这位盗贼表示对此一无所知。病理学家悉尼·史密斯爵士被问到是否可以确定另外两起案件中留下的鞋子被同一个人穿过。

悉尼爵士观察到，每起案件中左右脚的鞋子磨损程度都大不相同，因此他怀疑鞋子所有者的左脚畸形。他用明胶复制了鞋子的内部模型。经过仔细评估后，悉尼爵士发现两宗案件中鞋子的内部模型完全相同，是同一个人穿的。他还写道："检查他的鞋后，我能够清楚地想象出这个人的模样……他走路一瘸一拐的。"尽管悉尼爵士在出庭做证前从未见过这位被指控的盗贼，但他对这个人脊柱弯曲和残疾的短腿的详细描述的确是精准的。

盗贼供认道，他严重畸形的脚是小儿麻痹症的后果，而他敏捷地爬上排水管纯粹是靠坚定的决心。被定罪后，他同意拍照和拍X光片，以此为法医工作中鞋的使用做出了有益的贡献。

但这是一个特殊情况。在20世纪初，足迹研究一直只是医学法理学的一个被冷落的继子，多数医生在被要求就此提供证据时，都没有悉尼·史密斯那般兴趣或创造力。

汉斯·格罗斯在19世纪末曾写过关于足迹证据的重要性，

第九章　糟糕的脚印

他提出了一条明智的建议——足迹不应该属于医生的专业范畴，尽管他同意"对此有兴趣的"医务人员的观点或许能帮上忙。他指出，"聪明的鞋匠"也许在匹配鞋子与其所有者上大有帮助，他还坚持认为，将所有证据汇总的最终责任必须由刑事案件的调查员承担。尽管格罗斯博士相信足迹是有用的刑侦证据，但足迹比较的发展仍落后于法医学其他领域的研究。在这门学问上，夏洛克·福尔摩斯明显领先于他的时代。

在索德曼与奥康奈尔（O'Connell）于1940年出版的《现代犯罪调查》（Modern Criminal Investigation）中，关于足迹的一章写道："足迹通常都没有被犯罪调查员充分使用。这需要经验……一旦眼睛习惯于观察微小的细节，由有趣的事实合成的图像将会如立体模型般在脑中清晰显现出来。"

夏洛克·福尔摩斯无疑也会同意这一点。

不论剩下什么

1969年7月人类首次登月，宇航员尼尔·阿姆斯特朗拍下了人类在月球表面留下的穿着鞋的脚印。

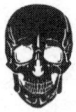

　　足迹仍然是犯罪调查的一个重要部分，但对犯罪现场的足迹鉴定可能会被案件发生后来到现场的第一个人的脚印所混淆。解决此问题的方法包括在鞋上系上带有识别标记的塑料带、穿鞋底有特殊花纹的警鞋，以及套上塑料鞋套。

　　包括联邦调查局在内的许多执法机构现在都使用可以将未知的脚印与鞋类品牌和制造商进行匹配的电脑程序。

　　因为死者在油门上留下了一个明显的脚印，佛罗里达州的一位医学检验员确定了这起发生在沉没的汽车中的溺水死亡事件是自杀。

　　洛杉矶首席医学检察官野口恒富（Thomas Noguchi）对一具尸体前额上的枪伤感到疑惑，没有射出口，头部也没有找到子弹。他的结论是，伤口是由一只高跟鞋的鞋跟造成的。随后，一只与伤口形状吻合、沾有干掉血迹的高跟鞋在附近被找到。

第十章 真实的尘土

地质学知识——偏于实用,但也有限。但他一眼就能分辨出不同的土质。他散步回来后,曾把溅在他的裤子上的泥点给我看,并且能根据泥点的颜色和坚实程度说明是在伦敦什么地方溅上的。

——节选自华生在《血字的研究》中对福尔摩斯能力的描述

夏洛克·福尔摩斯痴迷于受害者或犯罪嫌疑人出于习惯而留下的微妙痕迹,同样痴迷于对遗留在犯罪现场的尘土和纤维的细察。他在《四签名》中告诉华生:"这里还有一篇新奇的小论文,说明一个人的职业可以影响到他的手形,附有石工、水手、木刻工人、排字工人、织布工人和磨钻石工人的手形插图。这些对于讲究科学精神的侦探是很有实际意义的,特别是在遇到无名尸体的案件和探索罪犯身份时。"

福尔摩斯完全正确。在柯南·道尔创作福尔摩斯故事的那个时期,微量迹证已成为犯罪学的重要组成部分。

1893年,《血字的研究》问世六年后,汉斯·格罗斯曾强调过"职业性尘埃"的重要性。他写道:"有大量从业者会在他们的衣服和指甲缝中留下职业的痕迹。烟囱清扫工的衣服上会有煤烟、粉末状的煤渣，也许还有少量砂浆。"他讨论了矿工、瓦工、美发师、酿酒工人和鸽子饲养员的衣服上会存在的各种灰尘，以及在犯罪现场可能发现的纤维、头发、植物甚至排泄物的重要性。收集此类物质的首选方法是：首先使用放大镜在良好光线下仔细检查衣物，小心移除表面肉眼可见的物质并贴上标签，然后将衣物放入一个袋子中，用力摇晃或敲打，这样能甩出一些黏附在上面的碎屑，再用显微镜进行检查。（后来，吸尘器大为简化了这一步骤。）

到1904年，格罗斯博士的这本革命性著作已加印多次，它对微量迹证领域所做的贡献有目共睹。那年10月，在德国的维尔塔尔镇（Wildthal）附近，一名被勒死的妇女的尸体在豆田中被发现。她手上微小的针刺痕迹说明她以缝纫为生计。她鲜艳的红蓝色真丝围巾在脖子上绑了致命的一圈。她很快被确认为当地的裁缝伊娃·迪什（Eva Disch）。她显然是在发现尸体的地方被杀的。搜查现场后，警方唯一发现的疑似证据是一块沾满泥土的手帕。如果是在几年前，这块手帕可能没什么用，但汉斯·格罗斯的概念已经影响了负责该案的弗莱堡地区的检察官。他们联系了在法兰克福拥有一所商业咨询实验室的化学家格奥尔格·波普（Georg Popp）。波普博士的专长原本是对烟草、灰烬和疑似纵火案中残留物的分析。在向几件法医案例提供了有关这些物质的咨询之后，他对警察科学产生了浓厚兴趣。

现在，波普博士把警方给他的那块在豆田里找到的手帕放在

第十章 真实的尘土

显微镜下仔细观察。手帕上有亮晶晶的鼻涕粘住的红色和蓝色的丝线，它们与勒死伊娃·迪什的围巾相吻合。鼻涕还粘住了一些沙子、煤粒、鼻烟和一种叫角闪石的矿物晶体。

警方对前法国外籍兵团军人卡尔·劳巴赫(Karl Laubach)产生怀疑。他有两份不同的工作，一份是在煤气厂，还有一份在砾石坑，这意味着他能接触到手帕上存在的不同物质。劳巴赫也常常吸鼻烟。

正如夏洛克·福尔摩斯在《爬行人》中建议的："华生，看人先看手。然后看袖口、裤膝和鞋。"波普刮下劳巴赫指甲缝中的物质，放在显微镜下观察后大有所获：他发现了煤尘、沙子和角闪石晶体，还有与围巾相符的红色和蓝色纤维碎屑。嫌疑人的裤子提供了更多的证据，上面沾有壤土、云母煤碎颗粒和少量植物残留，它们都与犯罪现场的土壤成分相符。从犯罪现场通往劳巴赫家的一条路上也找到了类似的痕迹。劳巴赫起初拒绝承认，但最后还是屈服于科学并认罪。

格奥尔格·波普的显微镜继续为法律效力，并帮助确立了德国作为主要的法医分析推动者的地位。他影响了众多下一代的科学家，包括瑞典的哈里·索德曼。索德曼在他的回忆录《警察的命运》(Policeman's Lot)中告诉我们，虽然波普为德国的声望做出贡献，他和他妻子生命中的最后几年却是在黑森林的一间猎人小屋中度过的。他们厌恶纳粹政府，对他们因拯救犹太儿媳而被迫要忍受的困难感到愤恨。格奥尔格·波普于第二次世界大战爆发前去世。

当波普在德国确立化学和自然科学在法医学中的有用性时，法国里昂法医实验室负责人埃德蒙·罗卡也在追求类似的想法。和夏洛克·福尔摩斯一样，罗卡博士是个兴趣广泛的人，并且也对音乐充满热情。在发展法医实验室的同时，罗卡还为里昂的报纸撰写音乐和戏剧评论。（据说造访他办公室的不安的演员比犯罪嫌疑人还多。）广泛的兴趣让他能够将不同的材料和技术应用于法医学领域。他收集了很多土壤、矿物、纤维和动物毛发的样本，便于辨识在犯罪现场发现的微量迹证。

人体的每个缝隙和开口都被认为是可以隐藏微量迹证的地方。耳垢尤其受到关注，因为即使是在严格的卫生条件下，上面也会附着一些小颗粒灰尘。嫌疑人的耳朵经常会被擦拭，取得物则会被放在载玻片上置于显微镜下观察。如果观察到与案件相关的残屑，就会进行微化学分析。罗卡认为："附着在我们的衣服和身体上的微小残屑是无声的目击证人，它们精确而忠实，对我们所有的动作和遭遇都了如指掌。"

1912年，这一方法的实用性在里昂的一宗案件中得到了证实。当地一位年轻的居民玛丽·拉特尔（Marie Latelle）被发现死在父母家中，原因不明。从尸僵的程度来看，她在前一天的午夜之前已经死亡。

她的追求者、当地一家银行的职员埃米尔·古尔宾（Emile Gourbin）受到警方审讯，但他有确凿的不在场证明：他那晚在几

第十章 真实的尘土

英里外的地方和几个朋友打牌至凌晨一点。那些朋友证实了他的说法,他们看起来都没有撒谎。

警方咨询了罗卡博士的意见。检查尸体后,罗卡发现死者脖子上有明显的勒痕。他又对古尔宾进行了检查,小心地擦拭了这个年轻人的指甲缝,并将结果带到实验室做显微镜检查,就像福尔摩斯在《肖斯科姆别墅》中所做的那样:

> 夏洛克·福尔摩斯弯着腰在一个低倍显微镜上面看了许久,现在他直起身来,胜利地看着我。
>
> "华生,这是胶,"他说,"毫无疑问是胶。看看这些散布在视野中的东西!"
>
> 我俯身到目镜前对好焦距。
>
> "这些纤维是花呢上衣的。这些不规则的灰色团块是灰尘。左边还有上皮鳞层。中间这些褐色的黏团无疑是胶。"

罗卡的运气也很好。通过显微镜,他看到了一片片上皮组织,也许来自受害者的脖子,但这不能确定,也有可能来自古尔宾。然而,附着在皮肤细胞上的还有一片不寻常的粉红色粉尘。罗卡发现其中含有硬脂酸镁、氧化锌和氧化铁颜料,也称为威尼斯红。样本中还有微量的米粉。精于世故又爱好戏剧的罗卡认为这片粉尘来自一种化妆品。

几个世纪来,欧洲对化妆的接受度起起落落。在18世纪,甚至男人也会化妆。在维多利亚时代初期,女性对化妆持谨慎态度。而1890年后,化妆在"体面的"女性中间被认为是有伤风化和过时的,虽然稍稍用一点白色淀粉粉末来制造一种"有趣"且时髦的苍白感是被接受的。

女士们会用燃烧过的火柴让睫毛变黑,用花瓣给嘴唇染色,有时还用含砷的蝇纸改善肤色。在20世纪初,购买化妆品还只能偷偷摸摸进行。

1910年,情况开始发生变化,谢尔盖·佳吉列夫(Sergei Diaghilev)的俄罗斯芭蕾舞团(Ballets Russes)在欧洲造成轰动,舞者们使用的夸张妆容也影响了时尚风潮。中产阶级妇女开始尝试使用乳霜、美容粉甚至睫毛膏。但由于这些时髦的东西还没有大量生产,化妆品的来源就成了一个重要线索。

经过不懈的搜索,人们在里昂找到了为玛丽·拉特尔定制美容粉的化学家。面对这一信息,古尔宾招供了。他伪造了不在场证明,通过将时钟调快一个半小时,他让自己在案件发生时看起来是跟朋友在一起。他那些喝多了酒还兴奋地打牌的朋友没有注意到时间的问题。古尔宾的这一时间诡计为控方提供了蓄意谋杀的直接证据。

埃德蒙·罗卡以及他位于里昂的实验室因拉特尔案声名鹊起,吸引了许多学生和研究资金。罗卡撰写了一部七卷本的经典法医学著作《犯罪学》(*Traité de criminalistique*),影响了之后几代科学家。他写道:"考虑到罪行的严重程度,犯罪分子不可能在采取行动的时候不留下痕迹。"他在法医学家中以"罗卡交换定律"(Locard's Exchange Principle)的创始者而闻名。这条定律指出,每次接触必会留下痕迹。虽然罗卡从未以这种方式表达过他的概念,但这隐含在他著作的根本理念之中。就像夏洛克·福尔摩斯在《黑彼得》中所说的:"只要罪犯生有两条腿,就一定有踩下的痕迹、蹭过的痕迹,以及不明显的移动痕迹,一个运用科学方法的侦探全看得出来。"

1949年,在雅致的伦敦南肯辛顿翁斯洛酒店,一桩案件为交换定律和基础地质学在法医侦查中的价值提供了有趣的实例。该酒店是许多体面的退休人士的住所,其中包括六十九岁的寡妇亨利埃塔·海伦·奥利维亚·罗伯茨·杜兰德-迪肯(Henrietta Helen Olivia Roberts Durand-Deacon)女士。虽然杜兰德-迪肯女士手头宽绰,但她还是保持着进取心,想要制造人造指甲。友善的她和另一位住客,四十岁、衣冠楚楚的约翰·乔治·黑格(John George Haigh)分享了这一想法。黑格先生听得很专心,他建议杜兰德-迪肯女士参观他位于西萨塞克斯郡克劳利(Crawley)的一家工厂,看那里是否适合生产美容指甲。她接受了这一提议,并定于2月18日成行。

两天后,在翁斯洛酒店的早餐时间,黑格向其他客人表达了对杜兰德-迪肯女士下落的担忧。他解释说,他曾安排在一家军用物资商店会见这位女士,因为她要去那里办事,见面后他再开车带她去工厂,但她没有赴约。其他客人也对此表示惊讶,决定与警方联系。

兰博恩(Lambourne)女警官询问了黑格。他油滑的态度立刻让她感到不安,她全力检查警察档案里是否有他的名字。真的有。他在诺丁汉、萨里和伦敦曾多次因欺诈和盗窃入狱。也许杜兰德-迪肯女士对黑格的信任是不明智的。

现在对黑格非常怀疑的警方来到了他在萨塞克斯利奥波德路的工厂,发现它不过是一间储藏室。储藏室中确实有一些值得关注的东西:一把.38口径恩菲尔德左轮手枪、八发匹配的子弹、一些橡胶防护服、一张2月19日的干洗收据(一件波斯羊毛大衣,很有可能是杜兰德-迪肯女士的),以及三个装着硫酸的细颈大玻璃瓶(用来装强酸的特殊容器)。

警方检查完"工厂"几天后,这名失踪女士曾佩戴的珠宝在一家商店里出现,商店是以一百英镑买下它们的。黑格先生被请去"协助警方调查"。

2月28日,在接受韦布(Webb)探长的询问时,黑格突然向前倾,问道:"坦白告诉我,从布罗德莫(Broadmoor,一家关押精神疾患犯罪者的机构)出来的可能性有多大?"

韦布没有回答。黑格告诉他,真相是难以置信的。韦布发出了正式警告,黑格回答说:"杜兰德-迪肯女士已经不存在了。她彻底消失了,再也找不到她的踪迹。我用酸销毁了她的尸体。你会发现遗留在利奥波德路上的污泥。""但是,"他自信地微笑着

第十章 真实的尘土

说,"没有尸体的话无法证明谋杀。"

与很多人一样,黑格对这一点有错误理解。法律并不要求一定要有尸体才能证明谋杀,需要的是犯罪事实(corpus delicti),即确定犯罪已发生的事实证据。不了解这一点的黑格虚荣心急速膨胀,继续口述了复杂的供词。这些年来,他杀害了杜兰德-迪肯女士和其他至少五人。但关于这一恶行,他有一个好理由。

他解释说,他是一个吸血鬼,急需他们的血液。他在克劳利的储藏室朝杜兰德-迪肯女士的后脑勺开了枪,在她脖子侧面切开一个口,收集了一杯血喝掉。他脱下她的毛皮大衣和首饰,将穿着衣服的尸体放进一个大桶中,倒进硫酸,然后去茶歇,吃了一个水煮蛋。接下来的几天中,他继续这么干,多次向桶中加酸,在认为大功告成之后,他将桶内的物质倾倒在街上。他以同样的方法处理了所有的受害者,他开心地说道,这些人的尸体都无法复原了。

警察不为所动。他所报告的受害者中有几位确实失踪了,但其他的似乎完全是虚构的。黑格从真正的受害者那边骗取了金钱。警察认为他的动机纯粹是钱,吸血鬼的故事只是在为精神障碍辩护做准备。夏洛克·福尔摩斯曾在《吸血鬼》中说过:"吸血鬼的说法在我看来是荒诞不经的。这种事在英国犯罪史上没有发生过。"调查黑格的警察们也正是这么想的。

大量的间接证据已经到位,警方在此基础上还找到了新证据。著名法医病理学家基思·辛普森(Keith Simpson)对克劳利

"工厂"外的污泥进行了检查,和《博斯科姆比溪谷秘案》中检查地面的福尔摩斯一样一丝不苟:

> 他(福尔摩斯)在那里待了好久,翻动树叶和枯枝,把在我看来像是泥土的东西放进一个信封里。他用放大镜检查地面,还检查他够得到的树皮。在苔藓中间有一块锯齿状的石头,他也仔细检查了,还把它收藏了起来。

辛普森博士观察了二十四平方英尺的油腻污泥附近地面上的小卵石。他用放大镜检查着这些小卵石。他后来写道:"我拿起一块,放在放大镜下检查。它大概有樱桃大小,和其他石头看起来差不多,但它有着被打磨过似的光滑表面。"这种石头不是当地的,辛普森得出结论,这块不寻常的样本是胆结石,属于已故的杜兰德-迪肯女士。胆结石似乎很耐酸。

运到实验室的污泥总重475磅,里面发现了假牙、塑料手提包的一部分、一些骨头碎片和更多的胆结石。杜兰德-迪肯女士的牙医确定假牙是这位受害者的。

被告提出了精神障碍辩护,并提供了精神病学证据:黑格曾在宗教狂热和暴行的恶劣环境中长大,他从小就做着血腥的梦,还常常被想要喝自己尿液的强烈欲望所困扰。

对此无动于衷的陪审团毫不犹豫地做出了有罪判决。被判

第十章 真实的尘土

处死刑的黑格的遗愿是进入杜莎夫人蜡像馆,并规定他的蜡像要着装得体,裤缝笔挺,露出衬衫袖口,头路分得适中。这位"吸血鬼"对细节非常关心。

正如基思·辛普森、埃德蒙·罗卡和他们在虚构世界中的同行夏洛克·福尔摩斯所展示的,微量迹证的价值与日俱增。1974年,在第二版《犯罪调查》中,犯罪学家保罗·柯克(Paul Kirk)对罪犯有过这样一段描述:

> 他踩过的地方、触碰过或不自觉留下的东西,都会成为指控他的无声的目击证人。不仅是他的指纹或脚印,还有他的头发、衣服上的纤维、他打碎的玻璃、他留下的工具痕迹、他刮过的油漆、他留下或收集的血液或精液——所有这些和更多其他东西都是对他不利的证人。这是不会遗忘的证据。它们不会因一时激动而迷惑,它们不会因为人类目击者缺席而缺席。它们无法做伪证。它们不会完全消失。只有对它们的解释会出错。只有人类在寻找、研究和理解时的错误会削弱它们的价值。

当然,福尔摩斯一定会让这些"无言的证人"开口说话。就像他在《诺伍德的建筑师》中对雷斯垂德警官说的:"我对细节非常注意,这一点你也许发现了。"

不论剩下什么

在《红圈会》中,当夏洛克·福尔摩斯被介绍给美国平克顿侦探事务所的莱弗顿先生时,他询问道:"就是长岛洞穴奇案的那位英雄吗?"福尔摩斯这句话引发了夏洛克迷们无尽的猜测,因为一般认为美国长岛上没有洞穴。但从地质学定义上来说,这是有争议的。"洞穴"有一个比较旧且模糊的定义是指所有"凹陷"之处。大约一万五千年前,在长岛的北半部,大块的冰从冰川上掉落,嵌入了地面。最终这些冰融化,因此地面出现了巨大的坑。也许这些被称为"冰穴"的就是神秘的"长岛洞穴"。

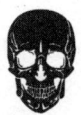

研究柯南·道尔的学者们常常提到的另一种可能性是,这里所说的长岛并不在纽约。如果这样的话,那么最有可能的是巴哈马的长岛。它长八十英里,宽一至三英里,拥有崎岖多岩的海岸和许多石灰岩洞穴。

第十章　真实的尘土

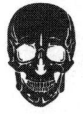

病理学家阿尔弗雷德·斯温·泰勒早在1873年就写过溺水案中收集尸体上硅藻和微观植物的重要性，以便于和发现尸体的水体相匹配。他提到了一件案子，其中尸体上的硅藻和发现尸体的水箱中的硅藻不一致，表明溺水发生在其他地方。

第十一章 魔鬼来信

"现在让咱们来看看信吧。"

——夏洛克·福尔摩斯(《歪唇男人》)

夏洛克·福尔摩斯对意义含糊的文件的兴趣堪比他对脚印的兴趣。擅长挖掘细节的夏洛克之眼在这一方面看得尤为深入，正如他在《歪唇男人》中向失踪男人妻子所说的那样：

"这人名，您看，完全是用黑墨水写的，写出后自行阴干。其余的字呈灰黑色，说明写后是用吸墨纸吸过的。如果是一气写成，再用吸墨纸吸过，那么有些字就不会是深黑色的了。这个人先写人名，过了一会儿才写地址，只能说明他不熟悉这个地址。这自然是件小事，但是没有比一些小事更重要的了。"

福尔摩斯对手写信件中所含证据的兴趣是有先见之明的。伪造术历史悠久，对可疑文件的评估也是法医学中最复杂的学科

第十一章 魔鬼来信

之一。英国法律诉讼中很早就开始对这一主题加以关注,出生于苏格兰的阿瑟·柯南·道尔在上学时一定就听说过影响了苏格兰女王命运的臭名昭著的"匣中信"(Casket Letters)。

英格兰的伊丽莎白一世在1569年1月的宫廷文件中提到了这件事。当时的苏格兰女王玛丽·斯图亚特(Mary Stuart)逃离了祖国的政治和军事动乱,她来到英格兰,希望得到表亲伊丽莎白的支持和救助。玛丽受到英格兰贵族们的指控,说她参与杀害了第二任丈夫达恩利勋爵(Lord Darnley)。据说证据就在她与第三任丈夫博斯维尔伯爵詹姆斯·赫本(James Hepburn, the Earl of Bothwell)的来往信件中,这些信在博斯维尔伯爵的财产中被发现。

玛丽否认了她的罪名。她和她的顾问们只被允许查看信的复制件,而证明它们真实性的侍臣们并没有辨别书信真伪的专长。复制件中字母的排列和语言的使用不符合玛丽的习惯。(几世纪后,福尔摩斯在《血字的研究》中注意到了类似的异常情况:"你如果注意一下,就可以看出字母 A 多少是仿照德文样子写的。但是真正的德国人写的常常是拉丁字体。因此我们可以十拿九稳地说,这字母绝不是德国人写的,而是出于一个不高明的模仿者之手。")

出于政治原因,伊丽莎白当时想避免玛丽被定罪,因此做出了一个模棱两可的判决:"没有充分的证据证明英格兰女王应对她的好妹妹怀有恶意的看法。"但信件的公开让公众对玛丽失去同情，最终使处决变得更合公众胃口。

原始信件已经遗失，因此无法就英格兰宫廷是否造假提供科学的见解。然而可以确定的是，伊丽莎白一世在玛丽被斩首后，曾给玛丽的儿子詹姆斯寄去一封特别的慰问信。"我亲爱的兄弟"，她写道，假装整个悲惨事件是那些王室贵族在违背她意志的情况下谋划出来的，"我想你会知道（尽管感觉不到）我难以忍受的极度悲伤，因为那场悲惨的事故（与我的想法背道而驰）的降临。"（这场"事故"中有一个非常无能、砍了三斧头才完成任务的刽子手。）几页类似的嘘寒问暖之后信就结束了，落款是"绝对爱你的姐姐和表亲，伊丽莎白·R."。

皇室成员和社会精英都无法避免被怀疑伪造。19世纪中叶，发生在马萨诸塞州波士顿荒郊的一起谋杀案引起了大西洋两岸公众的关注，这起案件与可疑文件密切相关。

1849年，哈佛医学院位于查尔斯河边的一座两层楼砖房中。建筑物背面由陷入河床深处的木桩支撑。解剖室和地下废料房就在房子后面，都是泥土地面。涨潮时，河水会流入地下室，浸没里面的人体残骸，这些被丢弃的零碎儿就会随着起伏的潮水漂走。

感恩节前夕，著名医师、商人和慈善家乔治·帕克曼（George Parkman）失踪了。他最后一次露面是走进医学院的时候，警察对学院进行了搜查，但没有任何收获。

随着搜查的深入，当局收到了几封为此案提供建议和想法的

第十一章 魔鬼来信

信件。其中有三封信尤其引起了波士顿执法部门负责人弗朗西斯·图基(Francis Tukey)执法官的关注。其中一封署名为"西维斯"(Civis)，明显是一位受过良好教育的人所写，建议对河流和附属建筑进行搜查。另外两封信字迹模糊不清，看起来是不识字的人的潦草涂写：一封信说，帕克曼也许被绑架上了一艘船，另一封认为帕克曼的尸体会在布鲁克林高地被发现。但这些推测均未给搜查带来任何进展。

警方也许陷入了僵局，兢兢业业的解剖室搬运工埃弗莱姆·利特尔菲尔德(Ephraim Littlefield)却相反。他后来声称，化学教授约翰·韦伯斯特(John Webster)曾送给他一张感恩节火鸡优惠券，这份不寻常的礼物让他心生怀疑。也许这位搬运工被提供失踪者信息就能获得奖赏的心理所驱使。无论是出于什么原因，一天深夜，学生们都已离校，实验室空空荡荡，医学院的寂静被利特尔菲尔德凿子的叮咚声打破，他不停地凿着韦伯斯特博士的实验室中一间地下密室的砖墙。他在那里找到了韦伯斯特的罪证：一块骨盆和其他人体部位。原来，韦伯斯特博士欠了帕克曼一大笔钱无法偿还。

在审判中，检察官乔治·贝米斯(George Bemis)称韦伯斯特博士特意写了信来转移对自己的怀疑。这一案件的审判记录中有现存最早的关于笔迹的专家证言。第一位做证的专家是纳撒尼尔·D. 古尔德(Nathaniel D. Gould)，他说：

我是这座城市的居民……我认识被告，早就见过他，但并不相熟……我从未见过他写字，但我应该见过他的笔迹。我对他的签名很熟悉。二十年来，我都会在医学院的文凭上见到他的签名，因为我是填写这些文凭的缮写员……我尤其关注书法，已经以各种方式实践及教授书法约五十年了。我还就这一主题发表过作品。

贝米斯先生随后指示这位证人："请看一下这三个字母，说说能否看出是谁的笔迹。"

辩方律师爱德华·索希尔（Edward Sohier）辩称，这一证词站不住脚。他指出，这位证人没有亲眼见过被告写字，"此类证词极易出错"。

法庭允许古尔德先生做出回答。"我想，"古尔德说，"这是韦伯斯特博士的笔迹……有一些细节也许对不注意这个方面的人来说微不足道，但对我来说很重要。"（此处似乎预示了福尔摩斯在《巴斯克维尔的猎犬》中对印刷品字体证据的评论："因为那是我的特殊嗜好，所以那些区别是很明显的。"）

古尔德说："每个想伪装字迹的人要么会……完全随意放开了写……要么就一笔一画小心翼翼地模仿。"他继续说，要保持这一状态很长时间是不可能的。"单个笔画或字母就会暴露真正的写字者……（比如）在这些字母中，小写字母'a'和小写字母'r'……以及字符'&'，韦伯斯特总是用一种特有的方式书写这个符号,而且总是用它来代替'和'这个字。"

古尔德还指出了信中字迹的其他特殊之处。"我看得出的相似之处也许其他人看不出,就像博物学家可以看到贝壳上的特别之处,而我看不到……我在比较笔迹时首先会看的是……有多少字母相似,多少不相似。"

控方叫来了另一位专家,乔治·G. 史密斯(George G. Smith)。"我是一位镌版工,"他说,"我时常被传唤过来对字迹发表见解,作为法庭专家……关于这封'西维斯'信,我不得不说……这是韦伯斯特教授的笔迹……我很遗憾,但我对此很有信心。"史密斯对其他信件的来源则没有这么确定。

关于这些信件的证词虽然不是这一案件中最关键的部分,却对被告方极为不利。尽管韦伯斯特博士争辩说,利特尔菲尔德是盗尸者,并把尸体残余物邪恶地放在他的密室中栽赃他,但他还是被判谋杀罪。韦伯斯特随后向一位乐于助人的牧师做出了某种形式的供认,称杀人是一次无计划的冲动行为。但因为尸体已被肢解,且一部分被烧毁,没有任何证据可以证明这是一次情节较轻的过失杀人。尽管证据和供词中还有很多矛盾之处,犯罪史学家至今也没有确定的答案,但马萨诸塞州没有犹疑不定,韦伯斯特博士在 1850 年 8 月 30 日被处以绞刑。

在 19 世纪,对书面证据进行科学评估的基础尚不稳定,但其重要性已开始得到认可。然而,之后法国发生的一起爆炸性案件严重影响了该学科的发展。

1894年，有人在德国大使馆的废纸篓中发现了一张列有数条法国军事秘密的备忘清单。在物色谁来承担这一罪行时，一个由法国军官组成的阴谋小集团认为较方便的替罪羊是阿尔弗雷德·德雷福斯（Alfred Dreyfus）上尉。尽管有证据证明这张备忘清单是一位叫艾什泰哈齐（Esterhazy）的军官所写，但德雷福斯还是被选为最佳嫌疑人，因为他德语流利（出生于阿尔萨斯），行为保守，且最重要的，他是一名犹太人。当时，一个坚定的法国爱国者私下也可能奉行反犹太主义。

笔迹专家就这张备忘清单的书写者身份给出了相互矛盾的证据，而著名的阿方斯·贝蒂荣也被征求了意见。尽管鉴别可疑文件不属于他的专业领域，但他认为这不是拒绝的理由。他发表了复杂又不着边际的见解，还附上了示意图。他的结论是，这份可疑文件是德雷福斯写的，但与德雷福斯平时的笔迹有一些差异，因为他伪造了自己的笔迹。贝蒂荣额外提供了一些概率公式。哪怕裹着科学确定性的大衣，他还是暴露了自己的偏见。

没人能理解贝蒂荣的观点，但因为他的地位，德雷福斯被定罪了。他被剥夺军衔并与家人分离，被送到魔鬼岛隔离监禁。看守他的警卫也被禁止跟他说话。

整个法国都在围观这场审判，激烈的示威抗议很快爆发。著名小说家兼记者埃米尔·左拉（Emile Zola）以一封致法兰西共和国总统公开信的形式，在《黎明报》（*L'Aurore*）上情绪激昂地剖析了整个事件。这篇题为《我指控》（"J'Accuse"）的文章写到案件中

第十一章 魔鬼来信

的证据:

> 多么站不住脚!因这项指控而被定罪是极度不公正的。想到魔鬼岛上进行的不应有的惩罚,任何正派的人在读到这里时都一定会心生愤慨和憎恶。他掌握多种语言,这是罪!他没有可疑的文件,这是罪!他偶尔会回出生地,这是罪!他很努力且博闻多识,这是罪!他没有感到困惑,这是罪!他感到困惑,这也是罪!

在列举完反对操控这场审判的军方的观点后,左拉将关注点放在几位笔迹专家身上:

> 我指控三位笔迹专家——贝洛姆、瓦里纳和库阿尔先生提交虚假欺诈的报告,除非医学检查发现他们患有损害视力和判断力的疾病。

左拉的指控中不知为何没有提到贝蒂荣,或许他也同意当时的流行观点:这位人体测量学之父一定是疯了。

最终,支持德雷福斯的民意占了上风,他被重新审判。难以置信的是,他仍然被判有罪。暴动随之而来。最终,法国情报部门诬陷德雷福斯的证据被发现,他才正式被"赦免"。对他的有罪判决于1906年撤销。

贝蒂荣的声誉因此受损，公众也难以再信任文件检验。而这一切要靠埃德蒙·罗卡的才干来改变。

1917年第一次世界大战期间，法国蒂勒市（Tulle）的居民开始收到恶意的匿名信。收信人发现自己被指控犯有各项令人反感的罪行，通常与性相关。女人们被告知，她们在外参战的丈夫不忠；而在服役的蒂勒男人们收到的信则指控他们的妻子过着放荡生活。

这些信件和信封都被仔细检查，就像福尔摩斯在《歪唇男人》中所做的那样（"信封的纸很粗糙，盖有格雷夫森德地方的邮戳，发信日期就是当天，或者说是前一天，因为此时已过了午夜很久了；'字迹潦草'，福尔摩斯喃喃自语"），但没有找出答案。第一批邮件是通过邮局寄出的，但在邮局处于监视之下后，第二批信则被人偷偷亲自投递。所有人都受到怀疑，但没有人被捕。

索德曼在描写这桩案件时告诉我们，有一天，一名牧师走在街上，发现了一封塞在药剂师门缝里的信。他认为这也许很重要，便拿着信走进了屋里。他把感谢酒先推到一边，坚持要求药剂师先读一下信，因为可能是重要的新闻。药剂师打开信，伴着一声痛苦的哀号，他跃向牧师，显然打算对其施行人身伤害。听到激烈打斗和药瓶破裂声音的邻居们赶来，把两人分开。似乎信上指控了这位无辜的牧师与药剂师的妻子睡觉。此外还有位男人在收到信后变得无比抑郁，以至于被送进精神病院，最终死在了那里。

第十一章　魔鬼来信

整个战争期间,直至20世纪20年代初,人们持续收到此类信件,当地变得乌烟瘴气。最后终于出现了一条线索。安吉尔·拉瓦尔(Angèle Laval),一位有着良好声誉和坚定宗教原则的年轻女子,被人听到讨论一封信的内容,然而此时这封信还未被收到。怀疑集中在她身上,但没有证据。罗卡博士被要求提供建议。他仔细阅读了三百多封匿名信,以及安吉尔·拉瓦尔和与她同住的母亲的笔迹样本。

这些可疑信函是用大写字母书写的,因此罗卡需要看到拉瓦尔母女所写的类似样本。他花了将近一天时间给安吉尔做听写,并在她写完之后迅速拿走样本。她间歇性地歇斯底里。很快就可以确定,大部分信件就是她写的。虽然她试图掩饰自己的笔迹,但时不时会忘记即兴发挥的笔迹,因此一个很有个人特征的"Y"出现了。罗卡还以类似的方式确定了其他信件是安吉尔的母亲所写。在得知即将被捕后,这两个女人决定跳入水库自杀。老人当场溺亡,而安吉尔被路人打捞上来,受到了审讯。她仅被判两个月监禁并被罚款五百法郎。

在谈到罪犯所吹嘘的宗教虔诚时,罗卡说道:"没有什么比圣人的梦更肮脏了。"

到19世纪末,毒恶之笔常被机器取代。但如果作恶者认为这能掩饰罪行,那他们的希望就破灭了。1891年《身份案》发表时,柯南·道尔让福尔摩斯直言:

> "奇怪的是……打字也像手书一样表现出一个人的个性。除非打字机是新的,否则两台打字机打出来的字是不会一模一样的。有的字母比别的字母磨损得更厉害些,有的字母只磨损了一边。"

这是极为机智的见解,能够同时打出大小写字母的打字机直到1878年才普及,而写作《身份案》时,它们作为证据的用处还未被认可。但这一见解并不准确,因为有时全新的打字机也能展现出足以确立身份的个人打字癖好。作为福尔摩斯的忠实仰慕者,罗卡设法证明了这一点。

里昂开始出现钉在房屋门口的恶意信件,因为引起了太大的关注,"安全旅"被请来参与调查。有些信件是用打字机打的,有些是用报纸上剪下的字母拼贴的。罗卡(正如福尔摩斯在《血字的研究》中所推理,人在墙壁上写字或钉东西的时候,会很自然写在或钉在和视线平行的地方)集中调查了一对父子,他们身高与案件相符,并能接触到打字机。辨识发现,这位父亲办公室里的一台打字机就是用来打这些恶意信件的,其中一封信上的指纹也提供了进一步的证据。

这对父子共同犯下的罪行和蒂勒的那一桩很像,且他们都没有明确的动机。刑罚也完全一样,监禁两个月并罚款五百法郎。(就像福尔摩斯在《血字的研究》中观察到的:"日光之下,并无新事,都是前人做过的。")

第十一章 魔鬼来信

柯南·道尔讲故事的技巧激发了科学家的想象力,并在向公众普及犯罪实验室的作用上做出了巨大贡献。但在谈到笔迹或"书体"(19世纪的说法)时,夏洛克·福尔摩斯有时会显得过于激动。虽然人们乐于这样想象,但就连一位训练有素的法证文件检验员也无法从笔迹中准确判断出写字者是惯用左手还是右手,以及其性别或年龄。可以从笔迹中破译心理特征的说法(主要由笔迹学家提出)更没有事实依据,像占星术一样,是伪科学。

受过科学训练的法证文件检验员会测试墨水、纸张、书写风格和在不同书写材料上留下的印痕。他们为样本拍下照片并放大,以便观察细微的差异。他们在下结论时会相当明智谨慎。

想一想被要求检查在达沃斯世界经济论坛英国首相托尼·布莱尔的桌上发现的涂鸦时,笔迹学家们的窘境。2005年1月,路透社欣喜地报道,"笔迹专家们"得出结论,布莱尔先生"努力集中精力……倍感压力和紧张",最糟糕的是说他"并非一位天生的领导人"。后来发现,涂鸦不是布莱尔的作品,而是微软创始人比尔·盖茨的,他当时在峰会上和首相同桌。

正如福尔摩斯在《六座拿破仑半身像》中所说:"只要你懂得怎样使用,华生,媒体可是大有用处的工具。"

不论剩下什么

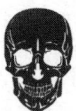

1910年,阿尔伯特·S.奥斯本(Albert S. Osborn)出版了有关笔迹检查和辨识的参考书,此书在美国成为该领域的非官方圣经。

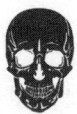

1935年,在布鲁诺·理查德·豪普特曼(Bruno Richard Hauptmann)绑架并谋杀查尔斯·A.林德伯格(Charles A. Lindbergh)上校襁褓中儿子一案的审讯中,奥斯本关于勒索信的证词给了辩方致命一击。

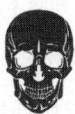

1945年,一名叫弗朗西丝·布朗(Frances Brown)的女性被发现死在自己的床上,尸体惨遭肢解。尸体上方的墙壁上用口红潦草写着:"看在上帝的分上,在我杀掉更多人之前

第十一章 魔鬼来信

抓住我吧，我控制不了自己。"一名叫威廉·海伦斯（William Heirens）的学生被捕。他供认了自己杀害布朗及其他几位被害者的事实。就像福尔摩斯和罗卡会建议的那样，墙上的文字被拿来和海伦斯的笔迹对照，同时也考虑到了嫌疑人的身高。这些都被认为是确凿的证据。仍在监狱中的海伦斯现在却坚称他是被胁迫认罪的，而且笔迹专家是错的。

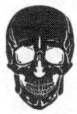

在1950年对被指控做伪证的叛国者阿尔杰·希斯（Alger Hiss）的审判中，这位年长的美国政治家被判有罪，判决主要依据文件专家提供的证据——失窃的文件是用希斯的老式伍德斯托克打字机打的。联邦调查局实验室的检验员拉莫斯·菲恩（Ramos Feehan）认为这台机器打出的"e"和"g"很有辨识度。

第十二章　血中的讯息

"咱们弄点鲜血。"

——夏洛克·福尔摩斯(《血字的研究》)

夏洛克·福尔摩斯宣布研究出一种检验血红蛋白的化学测试时,他对科学的热情和他创造性的才智展露无遗。华生在出版于1887年的《血字的研究》中描述了这一精彩事件:

几张又矮又大的桌子纵横排列着,上边放着许多蒸馏器、试管和一些闪动着蓝色火焰的小小的本生灯。屋子里只有一个人,他坐在较远的一张桌子前边,伏在桌上聚精会神地工作着。他听到我们的脚步声,回过头来瞧了一眼,接着就跳了起来,高兴地欢呼着:"我发现了!我发现了!"他一面对我的同伴大声说着,一面手里拿着一个试管向我们跑来:"我发现了一种试剂,只能用血红蛋白来沉淀,别的都不行。"即使他发现了金矿,也不见得会比现在看起来更高兴……

第十二章 血中的讯息

"怎么,先生,这是近年来实用法医学上最重大的发现了。难道您还看不出来这种试剂能使我们在鉴别血迹上百无一失吗?"

福尔摩斯的激动是可以理解的,确定一块污渍是否为血渍是犯罪调查中一个古老而困难的问题。科学家们曾进行过各种尝试来确立一种可靠的测试法。在 19 世纪初的法国,安布罗斯·塔迪厄(Ambrose Tardieu)甚至试验过一种嗅觉法,虽然有很多蒙上双眼的志愿者努力地嗅闻了各种血液标本,但因为结果过于不稳定,该方法无法投入使用。

血液是一种异常多变的液态物质。新鲜的血液通常呈鲜红色,但它的气味和外观会随着很多因素而变化,包括它所接触的表面材料的种类。比如光亮金属表面的血液会闪闪发光,而在柔软的织物上,血液会被迅速吸收并变硬。血液变色很快,从红色变为棕色,再变成灰绿色。如果尝试用水或化学物质清除污渍,颜色也会受影响,而且血渍可能不容易看出来。血液中经常掺着其他体液,或被毒物污染,这也会影响血液的外观。一些食物(例如大蒜)会影响其气味。即使用放大镜对可疑污渍进行夏洛克式的细致检查,也不一定能够肯定地辨别出血液。

当时的医学法理学一般以三种基本方式处理该问题。夏洛克·福尔摩斯了解其中两种,从这句话中就可以清楚看出:"过去用愈创木脂测试的方法,既难用又不准确。用显微镜检验血球的方法也同样不好。如果血迹已干了几个钟头，再用显微镜来检验就不起作用了。"

福尔摩斯不屑一顾的愈创木脂测试基于的科学事实是：西印度群岛的愈创木在氧化时会变成蓝宝石般的深蓝色。如果将血和过氧化氢的混合物加进愈创木脂，也会产生这种颜色变化。但该测试的困难之处在于，除了血液，很多物质也能使其产生阳性结果，包括胆汁、唾液和红酒。酒要比血多花好几小时才能变成这种蓝色，因此细心的操作员能够将其与血液区分开。愈创木脂测试仍然无法直接确定血液的存在，而是通过阳性结果推断可能有血红蛋白存在。当时还有其他一些化学方法，但没有比愈创木脂法更为准确的。

如福尔摩斯所说，对血液的显微镜检查的价值也很有限。查尔斯·梅默特·泰迪1882年曾描述过这一费力的过程，他建议实验人员切下一小块有污渍的织物，将其放在载玻片上，再用适当的溶液使其润湿并盖上盖玻片。他警告不要用水，这会导致血球细胞膨胀。（泰迪列出了水合氯醛溶液和其他一些适当的选择。）

他说，应以四分之一英寸放大率观察玻片，再用测微计测量血球尺寸。"所有与血渍有关的结构都应仔细检查"，他指的是，如果发现样本中混有头发、胆汁或粪便、精子、上皮细胞或脑组织等，也许有助于确定血渍的来源。有图表基本准确地列出了各种生物体中血球细胞的大小和形状。研究人员会将显微镜下的细

第十二章 血中的讯息

胞与图表进行比较,以尝试鉴定血液来源。但问题在于,可能性有很多。泰迪写道:

> 人和所有哺乳动物(除了骆驼)的血球细胞都是圆形、扁平、透明的无核细胞,呈现出(如一般所见到的)两侧凹陷、中央有一个亮点的状态。但如果稍微改变焦距或光线,这个亮点则可能变为阴影。
>
> 人的血球直径从两千八百分之一到四千分之一英寸不等。
>
> 不同动物的血球大小和形状各不相同。

这是一个非常复杂的系统,细胞脱水时会变形,使辨识变得更加困难。但干了的血迹往往正是罪案中的问题所在,就像福尔摩斯告诉华生的那样:

> "许多刑事案件往往取决于这一点。也许罪行发生后几个月才能查出一个嫌疑人。检查了他的衬衣或者其他衣物后,发现上面有褐色斑点。这些斑点究竟是血迹呢,还是泥迹,是铁锈还是果汁的痕迹呢,还是其他什么东西? 这是一个使许多专家都感到为难的问题,可是为什么呢? 就是因为没有可靠的检验方法。现在,我们有了夏洛克·福尔摩斯检验法,以后就不会有任何困

难了。"

他说话的时候，两眼显得炯炯有神。他把一只手按在胸前，鞠了一躬，像是在对许多想象之中正在鼓掌的观众致谢似的。

哎呀，大侦探在这里夸大了情况。1887 年，当福尔摩斯在《血字的研究》中说出这段话的时候，已经有一种他没有提过的非常可靠的方法用来测试血液是否存在，即光谱分析。泰迪博士在他的著作中告诉我们，早在 1864 年，在著名的弗朗茨·穆勒（Franz Müller）谋杀案中，伦敦医院的化学教授亨利·勒斯比（Henry Letheby）就使用了这种方法。

那年 7 月 9 日晚十点一刻，两名银行职员在北伦敦线的哈克尼站登上空荡荡的头等车厢。其中一人随便将手放在座位上，但感觉手上沾到了一种令人讨厌的黏糊糊的物质。在油灯的昏暗光照下，他只能看出这是红色的。火车开动前，警卫被叫来对车厢进行了搜查，在坐垫、窗户、一个车门把手和一根手杖上发现了更多疑似血的物质。现场还找到了一个黑色的小袋子和一个印有制造商名字 J. H. 沃克（J. H. Walker）的黑色海狸皮帽子。如果黏性红色液体确实是血，那它是哪儿来的？

没有人看到车厢里发生了什么。在那个时期，火车车厢之间既不相通也没有窗户。（有时很暴力的）抢劫案常常发生，特别是在夜间。警方怀疑这可能也是一起类似的抢劫案，便命令将车厢

第十二章 血中的讯息

锁上,与其他车厢分离,送至粉笔农场站(Chalk Farm),之后再送至堡站做进一步检查。帽子、手杖、袋子和坐垫都移交伦敦大都会警察局,以检测上面的污渍是否有可能是血液。

大约在搜索车厢的同一时间,一辆向相反方向行驶的火车的驾驶员看到一个人重重地倒在一片六英尺宽的地上,在哈克尼维克(Hackney Wick)和堡站之间的轨道旁。司机停下火车,下车后发现一名明显遭严重殴打的昏迷男子。该男子被带到附近一家酒吧,口袋里的物品显示他是托马斯·布里格斯(Thomas Briggs),伦巴第街罗伯茨银行的七十岁首席办事员。布里格斯先生多处受伤,颅骨骨折,第二天早上他就在昏迷中去世。布里格斯心急如焚的儿子被警察叫来,他辨认出袋子和手杖是父亲的物品,但他说从未见过车厢中找到的帽子。布里格斯上车时所戴的高顶礼帽失踪了,同样消失的还有他的一块金表和一条金链。

督察迪克·坦纳(Dick Tanner)认为这宗案件是一次临时起意的抢劫,处于慌乱中的袭击者拿错了帽子。他公开了对遗留在现场的帽子和金表及金链的描述。对布里格斯先生的袭击是已知的第一起发生在英格兰火车上的命案,因此引发了巨大的关注。很快,一名有着相当应景的名字的珠宝商提供了线索。这位名叫迪斯(Death,和"死亡"是同一个词,但令人失望的是,它读作"迪斯")的商人带来了案中失踪的珠宝,并解释称,一位顾客将它们带过来换成了另一套同等价值的类似的珠宝。

听闻此事,一位名叫马修斯的出租车司机告诉警方,他们家的朋友弗朗茨·穆勒曾给过自己十岁的女儿一个饰有"迪斯"标签的珠宝盒玩,而且这位穆勒也拥有 J. H. 沃克制造的海狸皮帽。他给了警方一张穆勒的照片,迪斯认出照片上的人正是那位顾客。

但是穆勒失踪了。坦纳督察询问了穆勒的女房东,她说穆勒已乘"维多利亚号"轮船前往纽约。坦纳登上"曼彻斯特城号"汽船,并在"维多利亚号"抵达之前数周就来到纽约,这似乎也预示了四十五年后迪尤督察在克里彭案中所做的类似努力。穆勒被捕时仍随身带着布里格斯先生的帽子,但帽子已被剪去一部分,去除了布里格斯的名字。这名嫌疑人被迅速引渡回英格兰,于 10 月 27 日在伦敦中央刑事法院受审。

亨利·勒斯比博士就血液证据出庭做证。他直到 7 月 26 日才检查了血迹斑斑的犯罪现场,而手杖则到 10 月 6 日才被交给他细查。那个时候,污渍已经干透且难以辨认。这个问题很重要,因为血斑和污渍的位置与形状能够帮助勒斯比重构案件的发生过程。

福尔摩斯在《布鲁斯-帕廷顿计划》中依赖了类似的证据。他对华生说:"尸体要么是从车顶上掉下来的,要么就是非常奇妙的巧合。现在,考虑一下血迹的问题吧。如果身体里的血流在别的什么地方了,路轨上当然就不会有血。每件事本身都是有启发性的。累积在一起,力量就大了。"

勒斯比博士使用了几种技术来确定哪些污渍是血。他做

第十二章　血中的讯息

证说：

> 我测量了血球的尺寸,我相信这是人类的血……窗玻璃上有血迹……它有人类血液的特征,并且,从其中的凝结物来看,它弄脏玻璃的时候细胞还是活的。其中包含了大脑物质的颗粒。有两个像飞溅上去的斑点,约为六便士大小。如果一个人坐在车厢那个位置,其头部左侧受到撞击并破裂,可能就会产生这一结果;当他倚靠着窗玻璃时,便可能留下这种血迹。

勒斯比博士说:"我使用了显微镜(我们从后来由泰迪继承的勒斯比的笔记中得知,显微镜上还附有一个光谱仪)和化学测试来确定污渍的特性。"

无疑,污渍会变干这一点促使这位化学家在测试时使用了光谱仪。这一技术有着悠久的历史。早期的一些实验是由镜片制造商和物理学家约瑟夫・冯・弗劳恩霍夫(Joseph von Fraunhofer)进行的。19世纪初,他在艾萨克・牛顿(Isaac Newton)和威廉・沃拉斯顿(William Wollaston)等前人的基础上设计出一种由透镜、棱镜和小型望远镜组成的装置。他将这些镜片放在窗帘前,窗帘上有一个允许光线通过的缝隙,然后他在望远镜中观察依次穿过透镜和棱镜的光线。弗劳恩霍夫不仅观察到了分离的色带,还观察到了贯穿其中的深色线条。尽管这位镜片制造商的兴趣在于理解色彩而非犯罪学,但他无意间为后者做出了巨大贡献。他观察到的这些深色线条(现在称为弗劳恩霍夫线)为光谱仪血液鉴定提供了理论出发点。

1859年,海德堡大学的化学教授罗伯特·威廉·冯·本生(Robert Wilhelm von Bunsen,他就是福尔摩斯经常使用的本生灯的发明者)和他的同事物理学家古斯塔夫·罗伯特·基希奥夫(Gustav Robert Kirchoff)将光谱仪装到显微镜上,由此创造出一种非常精确的检测血红蛋白的方法。19世纪的美国病理学家亨利·查普曼(Henry Chapman)描述过这个概念:

> 用来检测血迹的光谱法基于以下事实:血液会干扰某些光线的透射,形成所谓血液光谱的暗吸收带……光通过棱镜时会分解为七种颜色:紫、靛蓝、蓝、绿、黄、橙、红。但是,如果将浓度不高的……血液溶液放置在光源和棱镜之间,暗带就会出现(其位置取决于血液是静脉血还是动脉血)。

这个方法的另一位提倡者是阿尔弗雷德·斯温·泰勒,他解释道:

> 我们仅需检查穿过含有红色物质的溶液的光线,然后在显微镜上接上适当的光谱目镜,即可观察到彩色光

第十二章 血中的讯息

谱所发生的变化。如果红色液体的颜色来源于近期的或氧化的血液,则会看到两条破坏色谱连续性的暗吸收带。它们分别位于黄色和绿色光线的交界处,以及绿色光线的中间。如果血液很新鲜并且是鲜红色的,两条吸收带则会很清晰。

光谱分析法非常敏感,并且可以检测出陈年污渍中的血液成分。虽然其他物质(例如深红色染料)也会产生深色线条,但它们出现在光谱的不同位置。这个方法对技术要求很高,但很有效。

在穆勒案的证词中,勒斯比博士明确指出了血迹的位置,并生动地描述了布里格斯先生的遇害细节。陪审团裁定弗朗兹·穆勒有罪,1864年11月,他被公开绞死在新门监狱外。

受穆勒案的影响,英格兰的火车发生了很多变化:火车车厢前后安装了小窗户,乘客不再被危险地隔离起来,这些小窗户有时也被称为"穆勒灯"。此外,《铁路管理法案》要求到1868年,所有火车都要安装警报索。而被穆勒剪短的受害者的高顶礼帽在年轻人中引发了新的时尚风潮,让这名死刑犯以时尚之名被记住。

在法医界,光谱仪的重要性愈发显著,但并未被普遍使用。那个时期,信息和技术训练的传播速度缓慢。阿尔弗雷德·斯温·泰勒在1873年曾发表这样的见解:如果"一名受过良好训练、精通微光谱观察技术的人"使用该方法,"连细微的血迹都会显露"。尽管如此,我们却发现许多具有重要历史意义的案例中只采用了更旧的、不太精准的技术。

发生在马萨诸塞州福尔里弗(Fall River)的臭名昭著的博登谋杀案,让我们了解了1892年新英格兰法庭中对血证的处理方式。博登一家不和谐地住在第二街一处狭窄、建造不合理的房子中。这家人包括:七十岁的安德鲁·博登(Andrew Borden),他曾是一名殡仪员,现在是一名成功的商人,却吝啬成疾;他与第一任妻子的两个女儿,四十二岁的艾玛和比艾玛小十岁的莉齐;安德鲁的第二任妻子阿比·博登(Abby Borden),六十四岁;以及一位叫布丽吉特的女佣,博登一家人都叫她玛吉,他们之前也这么称呼前女佣,显然觉得换个名字来称呼女佣太麻烦了。

博登家的女儿们极其讨厌她们的继母,以至于拒绝与其一起用餐,并称她博登夫人。家庭成员之间互相猜忌的情况愈发严重——胃不舒服会猜测有人下毒,博登夫人房间有物品丢失就导致房门上锁。1892年8月4日,天气炎热,艾玛出城拜访朋友。老博登夫妇和玛吉正从肠道疾病中恢复,他们勉强用了早餐:热过的羊汤、香蕉和咖啡。莉齐起床比较晚,只喝了咖啡。博登夫人上楼换床单;博登先生进城办事;玛吉在阵阵恶心中擦了窗户。

十点四十五,博登先生回到家,瘫在客厅的沙发上打了个盹。玛吉也回到她令人窒息的阁楼房间休息。大约十一点时,玛吉被楼下莉齐的喊叫声惊醒。

"玛吉——快下楼! 父亲死了! 有人进来杀了他!"

第十二章 血中的讯息

莉齐没有夸张。博登先生躺在沙发上，他的头部大量出血，一只眼珠垂出眼眶晃荡着，鼻子被割断了。他的脸起码被打过十一次，伤口仍然流着鲜血。她们叫来了医生和一位邻居，在快速检查过尸体后，医生用一块床单将其盖住。

莉齐告诉玛吉，博登夫人在收到一张纸条后便出门拜访城里一位不知道名字的病人，但莉齐觉得后来又听到继母回来了。邻居和玛吉上楼查看，发现博登夫人躺在客房的地板上。她的头部被斧头反复砍伤。这位死去的女人脸朝下倒在一大摊已经凝结和干掉的血中。

莉齐对案发时她的去向提供了几种矛盾的说法。当地的一位药剂师告诉警方，谋杀案前一天他曾拒绝把普鲁士酸（即氢氰酸）卖给莉齐，后者称她要用来保养皮草披肩。莉齐是唯一既有作案动机（她是父亲遗产的继承人）又有机会实施犯罪的人，因此成了警方关注的焦点。

他们想知道，莉齐是否为了表达对她吝啬的父亲和麻烦的继母的不满而用斧头杀死了他们。医学观点认为，博登夫人的死亡时间至少比她丈夫早一个小时。是否有可能，受人尊敬、定期去教堂的莉齐·博登曾蹲在这座狭小房子（屋里一定还散发着羊肉汤和血的味道）的楼梯上，等着她父亲回家后将其暴力砍死？有大量证据表明她曾这么做过，出身良好的莉齐·博登因双重谋杀罪的指控受到审判，让整个福尔里弗震惊。

我们在此讨论这个案件并非为了津津乐道其中的人事阴暗。

我们关注的是血中的讯息，所以我们仅会提及在博登家餐桌上进行的首次粗略的尸检。（在家中进行尸检当时还很普遍。也许尸检过程中，殡仪员使用的工作板能够保护桌子不受污染，因而这项工作变得容易接受得多。）

葬礼仪式结束后，追悼者们都已离开，第二次更彻底的尸检在户外的墓地进行。此时距离案发已有一周时间，尸体多少有些腐烂，还好露天环境让气味能够忍受，而且也有足够的光线来拍摄照片。尸体的头部被取下，上面的肉被剔除，以便更好地在法庭上展示头部的伤口。

在审判中，血是非常重要的主题。现场哪些污渍是血渍，哪些不是？哪里有血迹？哪里没有？凝结速度如何？这些都是问题所在。谋杀案发生当天，莉齐身上没有肉眼可见的血渍，这是否就意味着她是清白的？还是说，这正是有罪的证据？因为一个无辜且充满爱意的女儿必然会接近受伤的父亲，身上不免会沾上他的血。凶器是什么？现在在哪里？

布里斯托县的医学检验员威廉·多兰（William Dolan）是最先来到事发现场的人之一。因为一次难以置信的巧合，他在十一点四十五分路过博登家，正好在尸体被发现之后。他在预审和审判中的证词能够让我们了解物证是如何被评估的：

> 我已在福尔里弗从事医学工作十一年；在宾夕法尼亚大学接受了医学教育。我一直是全科医生，也许和内

第十二章 血中的讯息

科相比,更擅长外科。我处理过几例颅骨骨折。我在布里斯托县当了两年医学检验员,这些谋杀案就发生在这期间……

他(安德鲁·博登)的衣服上只有很少的血,除了他的胸部,他衬衫的胸部,当然还有背部——血沿着背部流下来——也就是他开衫的背面,血从他的脸部流到沙发上,因为他躺在沙发上,他的衣服被血浸透了……

地上的血不是很多。我在那儿的时候血还在滴,从沙发上的两个位置滴到地毯上……

(多兰接着描述了一些单独的血斑。)首先从沙发后面的墙开始,那里有一大块呈放射状的血迹,形成一个圆弧形,有七十八个血斑……

我相信那儿有八十六个血斑。那一堆里面最高的一个血斑,我认为距离地面有三英尺七英寸。

有一些非常小,有些是针头大小,有一些豌豆大小,各不相同……然后我在沙发上方的一张纸上发现了最高的一个血斑,除了天花板上的那个,那个血斑离地面有六英尺四分之三英寸。

我没有精确测量那些血斑的尺寸(很多细节多兰医生都没有准确测量),但它们中最大的一定有半英寸长、四分之一英寸宽……

那张照片和相框上一共有四十个血斑。最高的血斑离地面五十八英寸……

我在沙发前端下方的地毯上发现了两摊血迹。我在沙发前端西侧的客厅门上发现了大约七滴血迹,分别在门和门框上。

我想大概离地面五英尺……我没有准确测量(又一次没有测量值,没有照片,没有示意图——毫无疑问,夏洛克·福尔摩斯和汉斯·格罗斯对此都会不悦)……门上方的两块嵌板中央有一个很大的血斑……顶部那个确实相当大……如果我刚刚说的沙发上面那个半英寸长的是最大的血斑,这个大概有它的三分之二大小……

我们在天花板上看到两个血斑,不是沙发前端的正上方。我认为那不是人类的血,应该是之前在那里被杀死的昆虫的血迹。还有另一个血斑……那很可能是人类的(但不能确定)……

那不是一个血斑,而可以说是一条血线。不是一个点,而是很长的一条,如果测量的话,长度应该是两英寸到两英寸半……

凹槽中是一个中等大小的血斑。我无法给出测量值……大概是一颗越橘的大小,一颗小的越橘……

其他的都是血斑,真的是点状的,可以从它们的样子看出。它们下坠的方式就像水滴在一张纸上的样子。先有一个较大的点,再往下坠,形成细颈。那边还有一

第十二章 血中的讯息

条血迹是线状的,没什么宽度。

可能这是在转动谋杀博登先生的凶器时形成的。

显然多兰医生关注的主要是血的实际分布情况。即便如此,他也没有进行精确的测量,并且现场拍摄的照片也模糊不清。

关于阿比·博登夫人的尸体,多兰医生的证词如下:

她躺在一摊已经凝结的血中,头部下方以及胸部下方均有血,血的颜色很深,应该已经有一段时间了,不像博登先生的那种液态血。

衣服前面都被血浸透了,也就是说,一直到胸部的位置,和背部的一半,当然还流到右侧的内衣里面。

正上方的枕套正面约一英尺或十八英寸处大约有三个血斑。床栏上我觉得大概有三十到四十个,或五十个血斑。

爱德华·伍德(Edward Wood)医生的医学证词如下:

我是一名医师和化学家,自 1876 年起在哈佛医学院任化学教授。我尤其关注药物化学,以及涉及毒物和血迹的法律医学案例。我已参与数百起审判,包括大量死刑案件。

伍德医生做证说,他检查了死者的肠胃,发现一切正常,没有中毒的迹象。但我们应该还记得,化学家只会寻找他所怀疑并能够进行专门测试的毒药。伍德医生的证词中没有任何其他药物或镇静剂的测试报告,而这类药物或镇静剂可能是博登家的成员犯恶心和嗜睡的原因。

伍德医生继续做证:

> 8月10日在福尔里弗,我从多兰医生那里收到一把称作羊角斧的大短柄斧、两把长柄斧、蓝色裙子上身和下摆、白色裙下摆(莉齐的衣服)、客厅的地毯、卧室的地毯……三个小信封,一个标着"博登夫人的头发,1892年8月7日中午12:10",一个标着"A. J. 博登的头发,1892年8月7日中午12:14",还有一个标着"短柄斧上的毛发"。
>
> 在羊角斧的手柄、侧面和边缘上有几处像血渍的污渍。我对短柄斧头部所有的污渍进行了化学和显微镜测试,结果均为阴性。我标记为A和B的两把长柄斧上也有看起来像血渍的污渍,但测试结果表明其中完全没有血。(伍德医生说,毛发很有可能是母牛的。)……
>
> 蓝色裙子的口袋附近有一处褐色污渍,看起来像血,但测试证明不是。(伍德医生没有说明是什么测试,也没有人对此提出任何疑问。在这一时期,通常不会有

第十二章　血中的讯息

人对专家证人所说的科学性内容进行详细询问。）另外再低一点位置的一处污渍也不是血。裙子上身没有任何疑似血迹的污迹。白色裙子下摆有一处小血斑，离裙子底部六英寸。血斑直径十六分之一英寸，尺寸差不多是一个小的大头针。在高倍显微镜下观察到的血球平均直径为三千二百四十三分之一英寸，因此与人类的血液一致。某些动物的血球直径也与此类似：海豹、负鼠和一种豚鼠。兔子与狗也很接近。（伍德医生提到了血球的尺寸，但没有提到光谱分析）……

我对客厅和客房的地毯进行了测试，结果显示血液在这两种地毯上的干燥速度相同……

还有把小的短柄斧，我应该在提到羊角斧时说过了。羊角斧的斧刃是四又二分之一英寸，小的这把是三又八分之一英寸……

问：我会问您和涉及另一把短柄斧时一样的问题。在您检查后，您认为是否有可能这把斧头曾被使用，但之后以某种方式被清洗干净，去除了任何以您的能力可以发现的血迹？

答：快速的清洗无法做到这一点。

问：为什么？

答：它会以某些角度粘在上面，无法被彻底去除。凝结的血块会粘住。只有非常彻底的清洗才能将其去除。虽然毫无疑问可以用冷水做到这一点,但粗略的清洗无法做到……

(一把手柄断裂的短柄斧被展示给伍德医生看。)这把斧头的两面都已生锈。侧面有几个可疑的污点,但不是血。当我收到它的时候,上面有一层白色的像灰似的薄膜。

谋杀案的凶器一直未能确定,尽管大部分博登案学者都认为是那把无柄短柄斧。血液检测阳性结果的缺失引发了对法医程序完整性的质疑。博登先生在去世前几周曾用短柄斧砍去了莉齐养在谷仓中的一些鸽子的头,因为他说这些鸽子招来了蓄意破坏者。那为什么斧头上面没有鸽子的血迹?斧头和剁肉刀一般用来切肉,这可以解释短柄斧上的母牛毛发,但血在哪里?手柄是木质的,血会留在缝隙中。也许人们认为,像光谱分析一样敏感的测试能够提供有用的信息。当然,如果缺少确定无疑的凶器的话,陪审团就很容易做出他们明确想要的选择——认为莉齐无罪(毕竟她是年轻女子基督教禁酒联盟的司库),且可以与她姐姐艾玛一起自由分享博登家的遗产。

正如夏洛克·福尔摩斯告诉华生的那样,确定血液的存在只是问题的一部分。甚至光谱分析也无法告诉检验员样本是不是人类的血液。第一种解决该难题的方法依赖于摄影术。保罗·杰塞里克博士在这一领域做出了重要贡献。他在1893年的《奥

第十二章 血中的讯息

尔巴尼法律期刊》(Albany Law Journal)中讨论了他的方法：

> 发生了一起谋杀案，嫌疑人是 D，对他的怀疑由于发现了一把属于他的斧头而更为确凿，斧头上沾有血，但有一部分被擦掉了。D 否认自己有罪，他说这件武器上有血迹是因为他那天用它杀了一只山羊，并且懒得擦干净。显微镜观察得到的血球尺寸证明他的说法是假的。审判中提供了血球的显微照片和山羊的血，供法官和陪审团做比较。还有另一张斧头刀刃局部的显微照片，上面的条痕清楚表明，凶手尽了最大的努力来清除犯罪痕迹。这些照片对侦查来说，要比原始显微图像有用得多，因为受过一定训练的眼睛才能正确地通过显微镜观察，而要从显微镜中估量出这些证据的价值则需要更多经验。可以肯定的是，双方的律师会以很不一样的视角观察显微镜下的东西。

这是一次重要的进步，但仍然没有解决两个问题：如果血已经不新鲜且干掉了，血球就会变形；还有些动物和人类的血球形状相似。显微照片作为证据是有用的，但并非绝对可靠。

到 1900 年，欧洲开始出现解决这些问题的方法。维也纳病理与解剖学研究所助理教授卡尔·兰德施泰纳(Karl Landsteiner)发现，早期输血经常失败是因为存在不同类型的血液。向患者输入错误类型的血液，会导致被输血者的血液结块或凝集，产生致命后果。起初，人们以为只有两种血型存在。兰德施泰纳发现了第三种，最终，四种不同的血型都被区分了出来。

直到 1915 年，血型在法律事件中的实用性才被发现。当时，都灵大学的莱昂内·拉特斯(Leone Lattes)确认，伦佐·吉拉迪(Renzo Girardi)衬衫上的血是他自己的血型，而非如吉拉迪太太所指控的，是与不幸的吉拉迪先生发生暴力性关系的女人的血型。1916 年，拉特斯博士在《犯罪人类学、精神病学和法医学档案》(*Archivo di Anthropologia Criminale, Psichiatria, e Medicina Legale*)中就这一案件做了报告。

1901 年，一项新成就刺激了法医界的发展。德国格赖夫斯瓦尔德卫生研究所助理教授保罗·乌伦胡特(Paul Uhlenhuth)发明出一种区分人类血液和动物血液的方法。该方法的科学依据是，当一种动物——例如一只兔子——被注射另一物种的血液时，兔子的血中就会产生对外来物种血液的防御反应，这种防御性血清叫沉淀素(precipitin)。先前因注射人血而产生的兔子血清会对另一次这样的接触产生同样的反应，并且对人的血迹也会产生同样强烈的反应。但兔子血清只会对其先前接触过的外来物种的血液产生反应，这样就可以准确判断血迹的来源。

1901 年底，当吕根岛(Rugen)上发生一起骇人听闻的案件时，这一新发现的有效性得到了最终验证。吕根岛位于波罗的海，在德国波美拉尼亚省的西北海岸附近。岛的形状不规则，上

第十二章 血中的讯息

面有很多小海湾和海滩。岛上树木繁茂,到处是森林和白垩峭壁,史前墓地也很常见。吕根岛曾被很多不同的民族所征服和统治,其中包括丹麦人和斯拉夫人,其复杂的民间传说也反映出了这一历史。侏儒和矮人、巨人和异教神灵都是岛上居民所迷信的传说。

即便在 20 世纪初,对狼人的执念仍然掌控着部分岛民。在当地版本的狼人传说中,人们可以从吊死的人背上切割下一条肉束在身上,使自己变成狼人。大家相信,狼人会攻击或杀死马、绵羊与儿童,并如狼般疯狂地将其肢解。

1901 年 7 月,这一古老的传说似乎让当地生活陷入恐怖之中。赫尔曼(Herman)和彼得·斯图伯(Peter Stubbe)分别是八岁和六岁的孩子,他们没有回家吃晚饭。当晚,一支搜寻队出发寻找孩子们,他们拿着火把走入森林深处,但一无所获。第二天早上,搜寻者们在日光的指引下发现了一块沾有血迹的大石头。空气中散发的臭气将他们带向不远处的一片灌木丛。在那里他们发现了孩子的遗体。男孩们的四肢被切断,身体被割开,内脏被掏了出来,散落在森林各处。孩子们的头部也被砍下。痛苦万分的搜寻队拖着缓慢沉重的步伐在森林中收集血腥的身体残块。

人们还记得,仅仅一个月前的 6 月 11 日,在吕根岛的一片田地里,一群绵羊也惨遭杀害。这些动物被割开,它们的器官到处都是。拥有这些绵羊的农民见到肇事者逃走,但没能抓住他。

这些血案血腥得令人发指,且没有任何可以理解的动机,因此不可避免地使人们想起了那些古老的狼人传说。吕根岛陷入恐慌和混乱之中，人们互相猜疑。

一位水果小贩告诉警方，她曾看到木匠路德维希·特斯诺（Ludwig Tessnow）在孩子失踪前的那个下午与他们交谈。到处做零散木工活的特斯诺在案件发生后不久也被另一个人看到过。这位目击者称，当时特斯诺的衣服上沾满褐色污渍。特斯诺被逮捕，他穿的衣服上确实沾有各种褐色污渍。他解释说，这些是木材着色剂，是他工作时弄上去的，除了他帽子上的污渍，那是牛血。

提到木材着色剂时，地方检察官想到了 1898 年 9 月发生在莱希廷根（Lechtingen）一个小村庄中的另一起谋杀案。两个小女孩——七岁的汉内洛蕾·海德曼（Hannelore Heidemann）和八岁的埃尔泽·朗迈尔（Else Langmeir）——没有从学校回家。忧心忡忡的父母发现那天早上孩子们并没有去学校。傍晚时分，一支搜查队在附近的一片森林中发现了小女孩们的尸体。和吕根岛的案子一样，尸体被肢解，内脏散落。一名举止可疑且衣服上有暗色污点的男人被逮捕。小镇上没有法医设施，嫌疑人解释称这些黑点是木材着色剂后，就因证据不足而被释放。嫌疑人的名字正是路德维希·特斯诺。

吕根岛当局将特斯诺带去给被肢解的绵羊的主人看。这位农民迅速认出且坚称特斯诺就是杀死绵羊的凶手。吕根岛的检察官现在坚信特斯诺是一位有强迫冲动的虐待狂杀人犯，但他苦于寻找能够证实他推断的方法。

第十二章　血中的讯息

格赖夫斯瓦尔德的一名地方执法官获悉了这桩案件。他了解测试人血的最新方法，因此安排将可疑衣物送到乌伦胡特那里。衣服上有超过一百处污渍待检查。经过四天的努力，其中九处污渍被确认为绵羊血，十七处是人血，尽管大量污渍确实是木材着色剂。路德维希·特斯诺被定罪并被判处死刑。从此，岛上再也没有儿童虐杀事件。科学证明了吕根岛上没有狼人，有的是更恐怖的捕食者——一个扭曲的人。

到1904年，沉淀素测试已成为法医实验室的基本工具。科学正在学习如何理解血中的讯息。

夏洛克·福尔摩斯也许忽视了一些细节，但他对可靠的血液测试之有用性的信念得到了确证。遗憾的是，这一试验方法花了很长时间才出现。福尔摩斯向华生描述的虚构的"福尔摩斯测试"完全符合乌伦胡特的方法："现在，不论血迹新旧，这种新试剂看来都一样会产生作用。假如这个试验方法能早些发现，那么，现在世界上数以百计的逍遥法外的罪人早就受到法律的制裁了。"

不论剩下什么

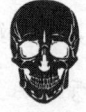

博登案中，在家里进行的尸检并非美国所独有的医学实

践。19世纪末,该方法在英国也颇为常见,这印证了希姆斯·伍德豪斯(Sims Woodhouse)教授出版于1883年的《实用病理学》(Practical Pathology)中一章的内容。他在书中写道,在坚实的厨房桌面盖上"厚实的防水布"很有用,医生应使用水和松节油洗手,之后再洒上一点苯酚。

橡胶手套到1890年后才开始被广泛用于医疗工作。

家庭验尸需要使用与医生包中不同的工具。理想的便携式设备包括锯子、脊椎扳手、剪刀、各种手术刀和其他的刀,以及事后整理需要的针线。用于验尸的大多数工具都是从手术室淘汰的。

弗朗茨·穆勒也许是第一个在英格兰的火车上杀人的,但不是最后一个。1881年,从伦敦开往布莱顿的火车上,短篇小说作者珀西·马普尔顿(Percy Mapleton)枪击并捅死了弗里德里克·戈尔德(Frederick Gold),动机似乎是抢劫。

第十二章 血中的讯息

1887年,从费尔塔姆开往伦敦滑铁卢车站的火车的一节二等车厢中,发现了一具女尸。尽管警方确认其为坎普小姐,并在铁轨上找到了一根沾有血迹的杵,但这一直是一桩悬案。1910年,在抵达阿尔恩茅斯站时,一名行李员注意到火车的一个座位下面在流血,顺着血迹,他找到了一具蜷缩的尸体。死者是约翰·内斯比特(John Nesbit),他被枪击了五次。内斯比特随身带着的一大笔钱失踪了。随后,约翰·亚历山大·迪克曼(John Alexander Dickman)被判谋杀罪并被处决。

第十三章　迷思①、药剂和谋杀

"是血统中遗传的吗?"

——《吸血鬼》中弗格森对福尔摩斯说的话

犯罪调查中一个很大的未解之谜是,为什么有些人好像就是会有犯罪的念头,受其驱使。夏洛克·福尔摩斯必然知晓19世纪试图解释该问题的一次创造性尝试,即最初被称为颅相学或颅骨学的"科学"。这一体系是由维也纳解剖学家弗朗茨·约瑟夫·加尔(Franz Joseph Gall)在18世纪晚期创立的,基于这样的观点:智力和道德特性都是与生俱来的,并且可以从颅骨的形状中观察出来。(福尔摩斯在《蓝宝石案》中说"有这么大脑袋的人,头脑里必定有些东西"时,就是在说这个概念。)

加尔在1796年发表了他的观点。1804年,在他的解剖师兼

---

① 原文"myth"一词更常见的译法是"神话",但作者更多是在文化研究和社会学的意义上使用该词,即某种用来了解社会现实与自然的叙事和认知方式以及相关的意识形态,而非传说或神话故事。本章中,该词多用来表示现代科学认为错误或偏颇、人们却曾信以为真的观念,因此采用了"迷思"这一文化研究文本中较为常见的译法。

第十三章 迷思、药剂和谋杀

门徒 J. G. 斯普鲁兹海姆(J. G. Spruzheim)的陪同下,他开始就这一主题在欧洲展开巡回演讲。到 1814 年,斯普鲁兹海姆已经带着颅相学抵达英国,在那里引发了很大争议。后来公众对这一体系的兴趣逐渐退去,但是当夏洛克·福尔摩斯和他的放大镜在阿瑟·柯南·道尔的笔下出现时,这一主题再次得到青睐。

在《最后一案》中,福尔摩斯描述了与他的克星——终极罪犯莫里亚蒂教授的首次会面:

"我对他的容貌十分熟悉。他个子特别高,瘦削,前额隆起,双目深陷,脸刮得光光的,面色苍白,有点像苦行僧,保持着某种教授风度。他的肩背由于学习过多,有些佝偻,他的脸向前伸,并且左右轻轻摇摆不止,样子古怪而又卑鄙。他眯缝着双眼,十分好奇地打量着我。

"'你的前额并不像我所想象的那样发达,先生。'他终于说道。"

以颅相学的标准看来,上面这段评价绝非赞美之词。颅骨的特定部位与特定的能力相关,"前额"意味着与比较或分析能力相关的区域。塞缪尔·威尔斯(Samuel Wells)在其 1873 年的著作《如何阅读性格:生理学、颅相学与面相学图解手册》(*How to Read Character: A New Illustrated Hand-Book of Physiology, Phrenology, and Physiognomy*)中解释了为什么前额的大小是重要的:"(如果)相较之下,(前额)非常大,(这表明)你具有非凡的分析能力;具有举一反三和通过归纳发现真理的能力;能够清楚地找出普通调查者无法发现的关联,从已知抵达未知。"这正是福尔摩斯引以为傲的特质。显然,莫里亚蒂不仅是"犯罪界的拿破仑",而且和当时大量受过教育的人一样,是颅相学的信徒。

英国颅相学会成立于1881年。来自美国的倡导人洛伦佐·富勒(Lorenzo Fowler)所设计的阐明不同"能力器官"的独特头部模型在医生的诊疗室中很常见。年轻夫妇在结婚前会先"看"颅相,以确定二人能否和睦相处,"绅士科学家们"会收集带有"凸起"的有趣头骨,这能看出头骨主人的一些神秘特质。

詹姆斯·摩梯末(引起福尔摩斯对巴斯克维尔猎犬的兴趣的外科医生)就是这样一位收藏家。他在第一次咨询福尔摩斯时就曾直截了当地说:

"您使我很感兴趣,福尔摩斯先生。我真想不到会看见这样长长的头颅或是这种深深陷入的眼窝。您不反对我用手指沿着您的头顶骨缝摸一摸吧,先生?在没有得到您这具头骨的实物以前,如果按照您的头骨做成模型,对任何人类学博物馆来说都会是一件出色的标本。我并不想招人讨厌,可是我承认,我真是羡慕您的头骨。"

第十三章 迷思、药剂和谋杀

颅相学或许在19世纪后期被重新接受,但这一理论的科学基础非常靠不住。如加尔最初所假设的那样,大脑各个部分确实控制着特定的功能,但他得出的结论是没有根据的:头骨的形状是受到大脑影响的结果,人的才能和道德品质可以通过测量头部轮廓来判断。

为什么这么多聪明的研究人员和医生会将这种伪科学作为解释性格的一种实在的方法?令人不安的事实是,医学有很长一段与迷思和魔法共舞的历史。在古代,因为恐惧死亡和疾病,并且对两者的成因几乎一无所知,人们拼命寻找能够驱赶恐惧的解释。他们很想要理解造成威胁的原因,但没能够找到合理的方法。仅仅靠传闻逸事和草药来治疗的江湖郎中、炼金术士,以及早期的医师都是危险的向导。他们说服了容易上当的大众,让他们相信一些迷信说法,比如谋杀犯在场时,死者的伤口会流血;如果人是被毒死的,心脏就会变黑;来自远方爱人的一瓶纪念尿液可以为了解他的情绪和身体状况提供线索。

在中世纪,当一波又一波的黑死病消灭了数百万欧洲人时,没有人注意到,随船而来、携带跳蚤的大量老鼠也带来了可怕的瘟疫。相反,舆论对这一疾病的成因提出了各种具有创意的解释。其中一种观点将此归咎于年老的妇女所散播的巫术。(幸免于瘟疫的老人就会被怀疑,但他们能幸存很有可能是因为在之前一轮疾病暴发时已经获得了抵抗力。)第二种解释是基于龙会传播瘟疫这一普遍的迷信。根据一些黑暗的民间传说,有翅膀的龙只会在空中交配。它们青睐的幽会地点是在平静的水面之上：湖泊、池塘或水井。正在交配的龙盘旋于空中、在狂喜中颤抖时，龙的精液——众所周知有剧毒——有时会掉入下方的水中，使得水源成为死亡的源头。不那么精于世故的人们则坚持认为水中的毒要怪犹太人，这也导致了焚烧犹太人的大屠杀。

当时对疾病的研究很大程度上是从一两个事件推导出更具普遍性却错误的结论。17世纪中叶，英格兰骑士凯内尔姆·迪格比爵士（Sir Kenelme Digby）在尝试用一种新方法治疗战争中留下的伤口时，向后人完美展示了此种推演过程。他知道，这种伤口曾经是用一种成分复杂的软膏来治疗的，包括阉人的脂肪和鳄鱼的粪便等，有时还用尿液来使其湿润。虽然人们坚持认为这是最先进的药物，但有一些伤者就是对这种治疗没有反应。

军医后来转向使用武器软膏，这种方法是让病人休息，然后把造成伤口的武器用一种不祥的万灵药浸洗。该方法取得了明显的成功，因为死亡人数减少了。但在战后的混乱中很难确认哪个才是造成伤口的武器，因此该技术逐渐被弃用了，军医重新将令人讨厌的软膏直接涂在伤口上，死亡率旋即攀升。

在这个关头，凯内尔姆爵士有了一个突破性的想法。他直接处理伤者的衣服，这样就不用费心去寻找武器，并将主要由硫酸铜制成的粉末涂在衣服上，免去了寻找鳄鱼和阉人的麻烦。这一实验起到了作用，军队中的死亡率直线下降。1658年，骄傲的迪格比出版了《晚间论述，发表于法国蒙彼利埃贵族和学者的庄严

第十三章 迷思、药剂和谋杀

集会上,关于用同情之粉治疗伤口,附有如何制作上述粉末的说明,以揭示自然界的很多其他秘密》(*A Late Discourse, Made in Solemne Assembly of Nobles and Learned Men at Montpellier in France, Touching the Cure of Wounds by the Powder of Sympathy, with Instructions how to make the said powders whereby many other Secrets of Nature are unfolded*)。这本书最初是用法语写的,由"R. 怀特"翻译成英文。

"迪格比效应"是福尔摩斯在《赖盖特之谜》中警告过的一种错误推理:"在侦探艺术中,最主要的就在于能够从诸多事实中,看出哪些是要害问题,哪些是次要问题。"

然而,福尔摩斯并非完全免疫,他也会将某些迷信当成科学。我们可以从《最后一案》中清楚地看出这一点——他将莫里亚蒂的道德缺陷视作生物遗传的结果:"可是这个人秉承了他先世的极为凶恶的本性。他血液中奔流着的犯罪的血缘不但没有减轻,由于他那非凡的智能,反而变本加厉,更具有无限的危险性。"福尔摩斯对莫里亚蒂的评价完全符合19世纪的犯罪学理论,而后者又受到前代那些错误的研究技术的影响。

意大利医生切萨雷·隆布罗索在1876年出版过一本名为《令人失望的人》(*L'uomo delinguente*)的小书,后来他将此书的内容扩充,解释了他对一些罪犯的看法:这些返祖生物的独特生理特征能反映他们的缺点。他的观点招来了国际恶名,他后来或多或少进行了修改,但最初的著作还是赢得了很多拥护者。1906

年,他在意大利都灵举办的第六届犯罪人类学会议上发表了一篇论文,让我们得知了他惊人的方法:

> 1870年,我为了找出疯子和罪犯之间的实质性区别,在帕维亚的监狱和精神病院中对尸体和活人进行了研究,但进展不是很顺利。最终,我在一名强盗的头骨上找到了很长的一系列返祖性的异常特征,最明显的是中央有一处巨大的枕骨凹陷(抑郁)和小脑蚓部(小脑中部)肥大,这和较低等的脊椎动物的特征相似。
>
> 鉴于这些异常特质,在我看来,罪犯的天性和犯罪原因的问题就迎刃而解了。原始人类和劣等动物的特质在我们的时代再现了。许多事实似乎都证明了这一假设。
>
> 最明显的是罪犯的心理;刺青和脏话出现的频率,激烈且转瞬即逝的热情,匹夫之勇与怯懦交替,怠惰与贪玩交替。

显然,隆布罗索的研究并不是我们今天所认为的正确的科学方法:陈述问题,提出假设,预测未来的观察结果,以及让独立研究人员来实现这些结果。隆布罗索的观点是基于很小的样本,他也很有可能混淆了因果关系,将刺青和俚语这样的文化性产物扔进了人类学漏斗中。

第十三章 迷思、药剂和谋杀

隆布罗索还声称，犯罪行为是受了新闻界的煽动。他写道：

> 真正罪恶的报纸的激增让病态的刺激物增加了一百倍，这些报纸只是为了卑劣的收益，传播了最令人厌恶的社会瘟疫的病毒……刺激下层阶级的病态胃口和更病态的好奇心……1851年在纽约，一个女人谋杀了她的丈夫，几天后，其他三个女人也做了同样的事情。

也许腐化下流的媒体确实对社会造成了不良影响，但认为纽约一起独立的杀人事件的报道直接引发了接下来的案件，这无疑太过轻率。毕竟在报纸出现前的几个世纪中，配偶们互相谋杀的案例也屡见不鲜。

隆布罗索总是很快接受新的想法，并且成为第一个使用初代测谎仪的人。他也是纽约州阿尔斯特县的"绅士社会学家"理查德·L.杜格代尔（Richard L. Dugdale）著作的狂热粉丝。后者在1877年出版了《朱克斯家族：犯罪、贫穷、疾病与遗传研究》（*The Jukes: A Study in Crime, Pauperism, Disease and Heredity*），描述了一个据说是罪犯和精神缺陷者家族的几代人。隆布罗索在《犯罪：成因及措施》（*Crime: Its Causes and Remedies*）中写道："有关犯罪的遗传性及其与卖淫和精神疾病的关系最精彩的证明，可以在杜格代尔对朱克斯家族的详尽研究中找到。"为公平起见，隆布罗索提到了恶劣的环境是造成朱克斯家族犯罪的主要原因之一，但希望通过控制繁殖来"改善"人类物种的优生学支持者们攥住杜格代尔的研究以及隆布罗索对他的仰慕，将其作为支持优生学的武器。在美国，这导致了很多被判低能和智障的人被迫绝育。

近几年，历史研究发现了一些旧档案，其中清楚表明，朱克斯家族并非都有亲属关系，而是由多个家庭组成的，而且他们并非都是罪犯或精神障碍者。困扰他们的是贫穷。然而在19世纪晚期，人们普遍相信遗传是犯罪的主要原因。这也反映在福尔摩斯故事《博斯科姆比溪谷秘案》中。特纳说他坚决反对他女儿的一名求婚者，是因为这个小伙子的父亲不道德。他对福尔摩斯说："我决不同意让他那该死的血统和我们家的血统混到一块去，并不是我不喜欢那个小伙子，而是因为他身上有他老子的血，这就够受的了。"

这种伪装成科学的偏颇逻辑在19世纪末期并不局限于犯罪学领域。就像凯内尔姆·迪格比的时代一样，对疾病根源的理解，以及诊断和治疗常常陷入误区。比如"脑炎"不仅是医生常用的万能诊断，对小说家来说也是很有用的叙事工具。这种病症在福尔摩斯的故事中也出现了好几次，包括《桐山毛榉案》《马斯格雷夫礼典》《驼背人》《海军协定》和《硬纸盒子》。福尔摩斯在《驼背人》中提到的状况非常典型："巴克利夫人因急性脑炎发作，暂时神志不清，无法从她那里了解情况。"

最有可能导致"暂时神志不清"的病症是脑炎，即大脑或脑膜

第十三章　迷思、药剂和谋杀

(即包裹脊髓和大脑的膜)发炎。症状包括头疼、发烧、呕吐、虚弱和易怒。常见的治疗方法包括水蛭、热足浴和广受欢迎的强力泻药。脑炎实际上并不像小说中那样频繁发生(小说里脑炎似乎和感冒一样常见),也不像过时的医学书籍中所讨论的那么常见,因此可以合理地怀疑,所有能引起发烧及神志混乱的疾病都曾被诊断为脑炎,或按脑炎的方法治疗。

做出准确诊断和避开未知疾病的困难带来了一种医疗恐怖主义,任何从业者都可以就疾病起因做出异想天开的论述,暗示是病人自己的习惯触发了这些疾病,然后再开一些令人不快的方子。

19世纪对自慰的过度关注就是一个典型例子。1891年版的《沃伦家庭医生》(*Warren's Household Physician*)就有以下这段称为"自我污染或自慰"的段落:

> 没有哪种恶习会像自我污染一样让这么多男孩和年轻男子,甚至女孩和年轻女子上瘾,并因此体格崩溃……
>
> 症状……有很多……主要是头疼、虚弱、夜间不安、懒惰、学习障碍、忧郁、沮丧、健忘、背部及私人器官衰弱、对自己的能力缺乏信心、怯懦、无法直视他人。

治疗方法包括服用补药和常用冰水清洗生殖器。《沃伦家庭医生》中还建议避免独处，严肃地提议"与朋友一起睡"。

更让人恐惧的是——除了沃伦医生描述的多种症状——自慰也许预兆了一些更具有威胁性的症状：梦遗或"遗精"。根据R. V. 皮尔斯（R. V. Pierce）医学博士1889年版《大众医学常识顾问》（The People's Common Sense Medical Advisor）中的描述，这一可怕的状况会导致阳痿、早衰、痨病、舞蹈症、癫痫、瘫痪、脑软化、完全性痴呆和精神失常。"这种精神失常很难治愈，常常会导致自杀。"为了防止这种事情发生，穿着宽松的衣服很重要，每天"向肠内注射冷水"也很有帮助。（有趣的是，皮尔斯是美国国会议员，他于1880年辞去了这份工作，以便"为病人服务"。天马行空的他也是"皮尔斯博士令人愉快的泻药药丸"的发明者和供应者。）

维多利亚时代充斥着诸如此类异想天开的糟糕的治疗方法。为了使患者镇静或是缓解小肠痉挛，用含有尼古丁的烟熏直肠的方法被认为是有益的。乔治·B. 伍德（George B. Wood）博士在出版于1860年的《关于治疗学、药理学或本草学的论述》（A Treatise on Therapeutics and Pharmacology or Materia Medica）中解释了如何掌握适当的剂量。他建议医疗从业者点燃一个烟斗或一支雪茄，然后用漏斗将烟引入（为了将烟导入患者体内而设计的）诸多巧妙工具中的一种（最简单的一种是一对风箱，喷嘴用皮革覆盖，以免损伤患者肠部）。

其他身体部位也从能从烟草中获益。伍德博士接着描述了

第十三章　迷思、药剂和谋杀

一位因下颌脱臼而忍受剧烈疼痛的女人。她的医生认为，首先必须放松她紧张的脸部肌肉，但这位女士总体的健康状况不适合放血（这是当时制造放松状态的主要疗法）。因此医生给了她一品脱杜松子酒，她喝完了。医生满怀希望地等待结果，但她的脸部还是很紧张。愈发绝望的医生给了她一支雪茄，她抽了几口，一下就放松地从椅子上摔了下来。这位机敏的医生抓住这一快乐时光，跳向她，调整了她的下颌骨。

尽管尼古丁烟雾在别无他法的状况下也许有用，但仍是很危险的。尼古丁是一种强力的毒药，夏洛克·福尔摩斯对此很了解。（他在《魔鬼之足》中说："华生，我想我要继续研究你经常指责而且指责得很正确的烟草中毒。"）很难掌握合适的治疗剂量，一旦烟雾进入体内，即使病人出现不良反应，也没有退路。已知有一些病人就因吸入过量烟雾而死亡。

于尔根·托瓦尔德在《外科医生世纪》（*The Century of the Surgeon*）中告诉我们，为了避免这种问题，一些聪明的医师不用烟，而是直接把一根烟味浓烈的雪茄插入患者的直肠中，如果需要的话，可以迅速把雪茄抽出来。托瓦尔德没有说明这种方法的有效性，但病人毫无疑问觉得这很有趣。

夏洛克·福尔摩斯也许对颅相学有过一些想法，但涉及其他的迷思时，他都会维护自己的科学主张。在《吸血鬼》中，福尔摩斯被描述成逻辑怀疑论的化身。他收到了那封著名的信：

有关吸血鬼事由

敬启者：

敝店顾客——敏兴大街弗格森&米尔黑德茶叶经销公司的罗伯特·弗格森先生，今日来函询问有关吸血鬼事宜。因敝店专营机械估价业务，此项不属本店经营范围，故特介绍弗格森先生造访台端以解疑难。足下承办马蒂尔达·布里格斯案件曾获成功，故予介绍。

福尔摩斯对此很恼火，他做出了如下知名的回应：

"但是咱们跟吸血鬼有什么相干？……

"胡扯，华生，这都是胡扯！那种非得用夹板钉在坟墓里才不出来走动的僵尸，跟咱们有什么相干？纯粹是精神失常。"

"不过，"我说道，"吸血鬼也许不一定是死人？活人也可以有吸血的习惯。比方我在书上就读到有的老人吸年轻人的血以葆青春。"

华生和福尔摩斯指的不仅是民间传说，也是19世纪的吸血鬼文学，比如布拉姆·斯托克（Bram Stoker）出版于1897年的小说《德拉库拉》（*Dracula*）。

在现实生活中，对号称是吸血鬼的坟墓的挖掘为医学提供了

第十三章　迷思、药剂和谋杀

有用的信息。在18世纪中欧的吸血鬼恐慌中，奥地利占领军的医师们挖了很多坟墓。他们的报告详细介绍了埋葬会对尸体产生的意想不到的影响，这些影响在教育程度较低的人看来，更是增加了吸血鬼传说的可信度。比如男性的尸体有时会展现出"野性特征"，即生殖器的勃起，而这无疑是气体膨胀导致的。相同的气体也会让尸体裂开，有时声音大得地面上都听得见。有些尸体葬在单宁酸含量很高的土中，即便在地下过了数百年，也依旧保存完好。所有这些都让民间对"不死族"（指吸血鬼，肉体已经死亡但还能活动）的存在坚信不疑。

皮尔斯博士也许相信"痨病"或肺结核是由单人性行为引起的，但在19世纪的许多村庄中，人们认为这一疾病和吸血鬼有关。病症变得明显之前的潜伏期意味着，死者们被感染的后代通常在他们的祖先被埋葬之后才表现出生病的症状。人们没有意识到，这一疾病是家族内传染的结果。肺功能衰弱与咳血所引起的身体虚弱和贫血的症状让人们相信，死者又回来以年轻躯体为食了。

有时，人们打开疑似吸血鬼的死者的坟墓后会发现，尸体的位置发生了改变，这是尸体腐烂和随之产生的气体所导致的。昆虫的活动会影响死者的容貌，皮肤的收缩让头发和指甲看起来还在生长，而在口腔和胸腔中会发现类似新鲜血液的液体。人们当时还没有意识到，死后凝结的血液也可以变回液态，因此当人们把木桩打入尸体胸部，血液喷涌而出时，旁观者们会心满意足地觉得吸血鬼被镇压了。

（有些人认为，直接把尸体的头部去除更有效。在18世纪和19世纪的新英格兰地区，这是肺结核爆发时所采用的方法。在罗德岛、佛蒙特州和康涅狄格州最近发掘出的坟墓中，头骨都被发现埋在死者的脚下。）

夏洛克·福尔摩斯无法容忍这些迷信想法。他在《吸血鬼》中直言："但是咱们能信这种事吗？这位经纪人是两脚站在地球上的，那就不能离开地球。"他接着直戳问题核心，指出对小孩造成伤害的罪魁祸首不是吸血鬼，而是他那有着病态嫉妒心的同父异母的兄弟。

华生经常提醒我们，福尔摩斯对收藏记录过往犯罪案例的书籍和文章大有兴趣。也许他能这么轻松地解决吸血鬼问题，是因为想起了《吸血鬼》出版前六十四年发生在英格兰的一桩臭名昭著的案件。1860年6月，塞缪尔·萨维尔·肯特（Samuel Savile Kent）四岁的儿子弗朗西斯·萨维尔·肯特（Francis Savile Kent）失踪了。全家人醒来后，发现小弗朗西斯不在他们威尔特郡三层豪宅的儿童房里。房屋没有被闯入的迹象。这家人包括塞缪尔·肯特有孕在身的第二任妻子，她的三个年幼的孩子，肯特已故的第一任妻子所生的三个超过十五岁的孩子，还有几位仆人。家人们、当地警察和村民们疯狂寻找弗朗西斯的下落，但一无所获。这时有人想到去一间废弃已久的仆人小屋看看，这间屋子半掩在杂草丛生的花园的灌木丛中。

第十三章 迷思、药剂和谋杀

小屋的地面沾满了血迹。失踪孩子的尸体嵌在屋顶的储藏空间中，他穿着睡衣，裹着毯子。他的胸部有一道伤口，喉部被深深切开，头几乎要掉下来。

当地警方逮捕了一名没有任何动机的女佣。因为没有任何指向她的证据，她最终被释放了。一块窗户玻璃上发现了一枚带血的手印，但为了"不让这家人感到不安"，手印被擦去了。衣橱也没有被搜查，免得"侵犯这家人的隐私"。肯特先生在当地非常不受欢迎，他举止恶劣，而且有传言说是他出于未知的原因杀了自己的小儿子。骚动的媒体要求有个结果。

当地警方显然在苦苦挣扎。伦敦警察厅派他们最有天分的调查员之一，探长乔纳森·惠彻（Jonathan Whicher）来掌控局面。他了解到现在的肯特夫人，也就是死去男孩的母亲，一开始是作为那些较年长的孩子的家庭教师进入这个家的，当时第一任肯特夫人已经病入膏肓。惠彻开始密切关注起十六岁的康斯坦斯（Constance），她是第一任肯特夫人的孩子。她母亲有精神失常的病史，是否有可能遗传给她？而且，弗朗西斯一直是他母亲的最爱，嫉妒和报复心是否可能成为动机？是否有可能像《吸血鬼》中焦虑的父亲弗格森所疑惑的，"是血统中遗传的"？

康斯坦斯的三件睡衣中有一件不见了。当地警察在锅炉房附近发现的一件带血的连衣裙一直被留在那儿，但惠彻想去拿的时候不见了。惠彻相信，这件连衣裙就是失踪的睡衣。对这个女孩的卧室进行搜查后发现，她床垫下有一堆各种旧报纸的剪报，都是关于1857年因毒杀情人而接受审判的苏格兰女子玛德琳·史密斯(Madeleine Smith)的报道。媒体详细描述了史密斯小姐面对原告时冷静镇定的举止,以及最后做出的"未经证实"的判决。

也许鉴于康斯坦斯的读物选择和失踪的睡衣,惠彻探长在7月16日逮捕了康斯坦斯,震惊了全镇居民。和玛德琳·史密斯一样,康斯坦斯表现镇定,略带悲伤。她立刻成为大家同情的对象。虽然进行了司法质询,但很混乱。肯特先生雇来为康斯坦斯辩护的出庭律师将惠彻探长形容为"一个急切想要捉拿凶手、急于获得报酬的人"。

因为证据不充分,康斯坦斯未经审判就被释放,而那位女佣再一次被逮捕,后来也因证据不足被释放。死去孩子的尸体被掘出,人们认为失踪的睡衣也许不小心和尸体埋在一起了,结果并非如此。受尽谣言折磨的肯特一家搬走了,康斯坦斯被送到了法国的一家女修道院。惠彻则因拘捕了英格兰少女的一位典范而受到严厉指责,于是从伦敦警察厅辞职。一段时间之后,人们忘记了这一事件。

谋杀案发生五年后,康斯坦斯·肯特再次出现在英格兰布莱顿的一间宗教静修所中。静修所是很多未婚母亲的家,有证据表明,康斯坦斯在那里协助助产士的工作。可以肯定的是,她在静修所中花了很多时间与一位牧师交谈。也许是受其影响,二十岁的康斯坦斯·肯特在牧师的陪同下去了警察局,最终承认谋杀了

第十三章 迷思、药剂和谋杀

自己同父异母的弟弟——小弗朗西斯。

她描述自己刺死他的过程。"我以为血不会流出来。"她说。法院因此判处她死刑。但由于她犯罪时还年轻,并且这次是自首,她的刑罚很快被减为终身监禁。她服刑二十年,1885年出狱时,她面对的是一个完全陌生的世界。在她被释放的时候,媒体再次报道了这个悲伤的故事。(一位叫阿瑟·柯南·道尔的年轻医生肯定读过这个故事的细节。也许这就是《吸血鬼》的灵感来源。)

康斯坦斯出狱时四十一岁,她的头发已经花白。她掌握一些有用的技能,接受过助产士的培训。我们知道她时不时会被宗教所吸引。(我们也知道她曾经用起刀子来很有两下子。)没有资料记录她后来去了哪儿、如何生活或是凭借哪项技能度日。三年之后,开膛手杰克谋杀案就让整个伦敦城陷入恐慌,并且开膛手被认为是具有一定医学知识的持刀犯,这很容易让人推测是否有某种关联,但没有证据显示康斯坦斯如何度过余生。

当时惠彻已成为一名私家侦探,他参与调查了"蒂奇伯恩遗产请求人"的过往,还有其他案件。康斯坦斯·肯特认罪后,他曾被提供奖赏,但拒绝了。在肯特事件中,他揭露了一个可怕的家族缺陷,这和夏洛克·福尔摩斯在苏赛克斯吸血鬼案中发现的很类似。福尔摩斯面对那位痛苦不已的父亲时说:"你必须面对现实,弗格森先生。这是特别痛苦的,正因为它是出于被歪曲了的爱,一种夸张的病态的对你的爱,还可能有对他死去的母亲的爱,正是这种爱构成了他行动的动机。他的整个心灵充满了对这个婴儿的恨。"弗格森虽然悲痛,但勇敢地接受了福尔摩斯的结论。然而,惠彻探长就没这么好运了。作为带来糟糕消息的诚实信使,他是站在对的那边,但也正因为此,他受到了大家的误解。

乔纳森·惠彻是一位充满才华的调查员,他根据可观察到的事实进行了仔细的推理,并且和夏洛克·福尔摩斯一样,对吸血鬼故事不屑一顾。但在19世纪和20世纪初,这种对事实的执着并不是普遍的做法。受过良好训练的医疗专业人员非常乐意接受迷思,并用科学的语言进行表述,令警方的调查变得棘手。

比如,在一些原始的农村社群中,人们相信,死后头发和指甲还会继续生长就是吸血鬼存在的证据。有些病理学家虽然拒绝吸血鬼理论,但他们也认为这种死后的生长是已被证实的现象。查尔斯·梅默特·泰迪平时是个非常细心的观察者,但也一直持这种观点,直到19世纪末,哪怕哈勒(Haller)或查普曼等病理学家已发表过周密论文表达反对意见。泰迪曾在他的著作《法律医学》中写道:"死后头发会继续生长吗?仔细观察证明,死后一段时间头发和指甲都会继续生长。"

为了支持这一有趣但错误的说法,他还引用了《法国医学词典》中的内容,包括古德博士、帕里塞博士、维拉美博士和比沙博士的一致观点。泰迪解释说:"在肉体死亡一段时间后,表皮的分子还有生命力和繁殖力,因此自然也包括毛囊,这是我们根据理论会设想的,而且大量观察也证明了这一点。"为了进一步支持自己的观点,他还描述了《纽约医学记录》中发生于1877年8月18日的一起案例。一位来自爱荷华州的考德威尔(Caldwell)医生说,1862年"挖掘一具已经下葬四年的尸体"时他在场。"棺材的接合处已弯曲,死者的头发长了出来。(考德威尔)有证据证明死者在下葬前被剃过头,但死者的头发(在挖掘时)长18英寸,胡须长8英寸,胸毛则有4至6英寸长。"

因为已经证实,人死后头发和指甲不会继续生长,它们仅是由于皮肤收缩而看起来变长,所以我们也许可以怀疑,考德威尔医生所说的这具尸体要么受累于一个非常无能的理发师,要么就是他们开错了棺材。

当时,律师和医生广为接受的另一个错误观念是,被谋杀者的视网膜会保留住他或她死前所见到的最后图像,幸运的话也许就是凶手。安德烈·蒙森斯(Andre Moenssens)在1962年的论文《法律摄影的起源》("The Origin of Legal Photography")中引述了1877年的埃博恩与齐佩尔曼案——一桩涉及摄影证据可采纳性的民事案件。在这场诉讼中,一位律师兴奋地宣传有关死前视网膜图像的了不起的想法:

> 之所以肉眼可以看到每样东西,是因为这样东西显影在视网膜上。人活着的时候,这些图像都是转瞬即逝的,只有在即将死亡的时候,图像才会永久地固定在视网膜上……科学发现,映在垂死之人眼睛里的物体的完

美照片,人死后也会留在视网膜上(参阅伏格尔博士在1877年5月号的《费城摄影期刊》上发表的最新实验结果)。以公路上发生的一起谋杀案为例:受害者的眼中固定着一张人脸的图像……我们认为,死者的眼睛将提供最好的证据,证明罪行发生时被告在场,因为这是一个事实,不需要动用任何记忆来保留它……这是大自然的笔迹,并以大自然的相机留存了下来。

虽然文中说得很夸张,"科学"却并没有发现过任何此类现象。但事实并不总是能够阻碍激情澎湃的法律辩护。关于垂死者的视网膜图像的想法已经牢牢固定在很多人的脑海中,也许这就是为什么在这个时期,很多凶手会在离开犯罪现场前损毁受害者的眼睛。

这种想法是如此顽固,以至于1920年,它还出现在纽约市一桩著名的神秘谋杀案中。那年6月一个温暖的上午,刚过八点,玛丽·拉森(Marie Larsen)太太前往曼哈顿的约瑟夫·鲍恩·埃尔韦尔(Joseph Bowne Elwell)家中从事管家工作。埃尔韦尔是著名桥梁专家,人们认为他是《埃尔韦尔论桥梁》和《埃尔韦尔进阶桥梁学》这两本书的作者。他当时已与妻子海伦分居(很多人认为这些畅销书大部分其实是海伦写的),独自居住。他是一个狂热的投资者、赛马拥有者和流连于社交场所的浪荡子。他充满魅力的迷人笑容、油亮的栗色头发,以及精湛的牌技,都让他成为

第十三章 迷思、药剂和谋杀

备受追捧的晚餐同伴。拉森太太为受雇于这样一位名人感到高兴。

这位管家知道主人前晚和朋友玩到很晚，于是悄悄地把钥匙插进锁中。她走进房子时，听到右边小房间中突然传来一阵拼命呼吸的声音。声音来自一位坐在高背扶手椅里上了年纪的秃顶男子。他赤着脚，穿着红色丝质睡衣。他张着嘴，露出三颗分得很开的牙齿。他前额正中央有一个弹孔，伤口流下的鲜血滴在他膝盖上一封打开的信上，这颗致命子弹的弹壳躺在地板上。这位受伤男子身后的墙上满是血迹、骨头碎片和因为子弹穿出而带出来的脑组织。子弹穿过这位垂死男人的头骨时，击中了墙壁并反弹到高背扶手椅旁的桌子上。

拉森太太迅速跑出屋子，碰到了正在送牛奶的牛奶工，她请他去找警察。一辆救护车将呼吸急促的男人送到医院，两小时后，他在没有恢复意识的情况下死去。

警方对房子进行搜索后，受害人的身份得到了确认。约瑟夫·鲍恩·埃尔韦尔的衣橱后面藏着四十多顶昂贵的假发，由短到长都有，因此它们的主人可以按次序戴上，制造出逐渐生长头发的感觉。还有一组经过精心设计的洁白发亮的假牙放在一杯水中，用来佩戴在三颗真牙上面。

这位风度翩翩的桥梁专家从来没有以真面目出现在他的朋友面前。他如此小心地守护自己的秘密，以至于警察立刻想知道，他是否非常信任某个人，才会让其见到自己这个样子。

警方认为有可能是自杀。但杀死他的那把.45口径的枪失踪了,而且没有明显的自杀动机。膝盖上那封打开的信是上午七点半送到的(在那个幸福的年代,还有清晨派件的服务),因此枪杀一定发生在那以后。

纽约首席医学检验员查尔斯·诺里斯(Charles Norris)需要判断这桩案件是事故、自杀还是他杀。整个纽约城都对该案着迷,而且每个人似乎都有自己的推理(毕竟这一案件与很多其他案件一起,被媒体描述为"世纪之案"),因此诺里斯背负着很大的压力。

大多数侦探都认为该案是自杀,枪在案发后被身份不明的人偷走了。这一信息泄露给了报纸,于是媒体宣称这就是事实。但诺里斯坚信这是谋杀。在尸检报告中,他仔细注明了外伤的外观,他像福尔摩斯一样用放大镜对其进行了观察。伤口周围有三英寸的火药颗粒,但没有火药灼伤的痕迹。诺里斯认为,这意味着子弹至少是从四至五英寸远的地方发射的,因此不可能是自杀。

为了说服警方和地方检察官,诺里斯拜访了纽约第一警探部部长科内列斯·W. 威廉姆西(Cornelius W. Willemse),让他帮助证明这不是自杀造成的伤口。在助理地方检察官杜林(Dooling)、诺里斯和一位美军枪支专家等人面前,威廉姆西上尉用与杀死埃尔韦尔的那把枪类似的.45口径左轮手枪反复对着太平间捐赠的一块人肉开火。距离四到五英寸时,射击所产生的伤口与死者的

第十三章 迷思、药剂和谋杀

伤口完全吻合。而更近的距离会引起火药灼伤。警方因此接受了这是他杀，但这也意味着他们有更多的工作要做。

然而，已经浪费了很多时间，事态也变得越来越糟。报纸争相报道，现在还出现了一位名叫罗兰·库克（Roland Cook）的老医生的戏剧性言论。他主动出现在谋杀案发生的房子门前，对着一大群记者发表自己的见解。犯罪历史学家乔纳森·古德曼（Jonathan Goodman）在他的书中讲述了埃尔韦尔案。他写道，库克医生坚定地认为，诺里斯没有在尸检时拍摄死者眼球的照片而严重失职，因为死者视网膜上会保留最后看到的图像。古德曼告诉我们，《纽约时报》得知此消息后非常激动，刊登了一篇题为《巴黎会如何处理埃尔韦尔案》的文章，暗示诺里斯确实忽略了这一重要医学步骤。

记者随后就此观点采访了助理地方检察官杜林，他表示对此一无所知，但承诺会调查一下这个"非常有趣"的理论，还说他会"与摄影专家和医务人员讨论此事"。然而，这个问题给已经处于困境中的医学检验员又增加了一件耗费时间的分心之事。他明确指出，视网膜图像的观念完全是无稽之谈，即便是真的，因为受害者没有立刻死亡，他视网膜上保留的图像也一定会是送他去急救的救护车上的医护人员。我们从此案中可以肯定的是，到20世纪，这一医学迷思仍然在被讨论。

约瑟夫·鲍恩·埃尔韦尔谋杀案至今是一桩悬案。

也许人们会欣慰地认为，如今迷思与医学之间的关联已经结束,现在谋杀案仅会以科学的方法来处理。但这还没有变为现实。在过去的十年中,英国一位备受尊重的儿科医生就原因不明的婴儿突发性死亡提出了他的一条"定律":"一个家庭中发生一起这样的死亡是悲剧,两起就很可疑,三起就构成了谋杀。"这像很多格言一样言简意赅,容易记住,然而是错误的。这句话假定的前提是,这种情况不会是某些尚未被发现的潜在遗传病症引起的。

这位医生接着说,在一个家庭中反复出现婴儿猝死的概率很小,只有七千三百万分之一。鉴于这一观点,哪怕缺乏任何确凿的犯罪证据,很多曾有婴儿猝死的英国妇女之后所生的孩子也会被从她们身边带走,安置在收养家庭中。包括律师莎莉·克拉克(Sally Clark)在内的三名妇女被判谋杀罪,并被送去监狱。统计学家们出面证明七千三百万分之一这个数据是严重错误的,于是这些案子在上诉时被推翻。实际上,曾有婴儿猝死的家庭更容易失去第二个孩子,而这种可怕的事情再次发生的概率高达七十七分之一。

这位著名的儿科医生就像德雷福斯案件中的贝蒂荣一样,已经涉足了一个他并没有专业经验的领域,而且和德雷福斯案一样,最终波及无辜。如福尔摩斯在《血字的研究》中所说:"掌握全部证据之前,先做出假设来,这是极大的错误。"

但如果不是因为司法系统的轻信,单凭一个出于好意却大错特错的医生,是不会造成这样一场灾难的。仅仅因为一个人把科

第十三章 迷思、药剂和谋杀

学当作他的挡箭牌,人们就轻易接受他的观点,这样做是很危险的,就像被当成科学事实的迷思一样危险。我们需要牢记夏洛克·福尔摩斯在《空屋》中对华生所说的:"这一点咱们只能推测了,不过在这方面,就是逻辑性最强的头脑也可能出错。"

不论剩下什么

玛德琳·史密斯试图在热可可中撒上砷,坚决要谋杀自己的情人埃米尔·朗热利耶(Emile L'Angelier)。这名年轻女子曾接受颅相学检查,虽然并不清楚这件事发生在她有趣人生的哪个阶段。检查结果出现在对她的审判的公开报道中。颅相学家称赞她在数学、工程学和建筑学上的才能。他总结道:"考虑到她深厚的情感和健康的性情,她一定会成为与其相配的丈夫的好妻子。"

为了提高效率,19世纪的颅相学家设计出一种叫作心理记录仪的极其复杂的仪器——在一个核桃木盒中装有1954

个部件，以及用来测量受试者头部的卡钳。心理记录仪会印出一条列有二十八种人格特征的纸带，包括善心、谨慎和夫妻之爱。在美国还有三台处于良好工作状态的心理记录仪。

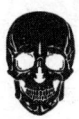

1873年，作家和诙谐大师马克·吐温在到访伦敦时注意到一则广告，宣传的是美国同胞洛伦佐·N.富勒的颅相技术。马克·吐温用化名拜访了富勒，离开这位大人物的检验室时拿着一张绘有吐温头部的图表。三个月后，吐温用另一个名字回到了富勒的巢穴，又做了一次测试。他带走了第二张图表，这张图表看不出和第一张有什么相似之处。

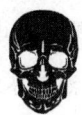

在19世纪的美国，失去亲人的人们有时会从坟墓中掘出他们的挚爱，希望能防止吸血鬼引起的疾病。这些事件不仅在新英格兰地区有过报道，甚至在1875年的芝加哥也出现过。

词　汇

尸冷（algor mortis）：死后尸体温度下降至环境温度。

托法纳仙液（Aqua Tofana）：一种含砷的有毒混合液，据传由17世纪的商人蒂法尼亚·迪·阿达莫在罗马和那不勒斯调制并贩卖，可快速致命。

验尸（autopsy）：对人类尸体的医学检验。"autopsy"一词源自希腊语，意为"亲自见证"。

活动桁架（bascule）：断头台上一块可以翘起的木板，用来固定即将被行刑的犯人。

牛黄（bezoar stone）：山羊等动物的消化器官内形成的结石，旧时被认为是毒物的解药。

盗尸者（body snatchers）：盗墓者；也是人体解剖样本的非法来源之一。

备忘清单（bordereau）：表格、摘要、清单或备忘便条；常用来指代1894年在德国使馆找到的一份法国军事机密清单，德雷福斯上尉当时被错误地指控为写下这一清单的罪犯。

尸体痉挛(cadaveric spasm)：死亡时尸体瞬间僵直的情况。极为少见。

细颈大玻璃瓶(carboy)：专门用于保存腐蚀性液体的大号绿色玻璃瓶，常附有藤编保护套或置于箱盒中。

书体(chirography)：书法，或书写艺术。

验尸官(coroner)：源于"crowner"一词，原本是代表王室负责验尸的官员。在某些辖区，验尸官与法医意思相同；在其他地方，验尸官则是指没有医学背景的外行，需要时负责联络法医专家为案件提供意见。

犯罪事实(corpus delicti)：证明犯罪已发生的事实证据。

颅骨学(craniology)：颅相学的旧称。

指纹鉴定法(dactyloscopy)：指纹鉴定科学。

松扣(declic)：断头台上用以释放闸刀的控制杆。

渗出物(exudates)：从腺体、毛孔、膜或伤口中流出的液体或释放出的气味等。

法医的(forensic)：法庭的，与法律程序相关的；有时用作"法医学"的简称，或指将科学应用于裁夺诉讼程序中所出现的问题。

法医学(forensic science)：法律诉讼中所应用的科学研究。

笔迹学(graphology)：通过笔迹判定个人心理特质的学问。

愈创木(guaiacum)：一种来自西印度群岛的树，其树脂可用于检测血液的存在。

血红蛋白(hemoglobin)：动物血细胞的组成部分，负责运输氧气并使血液呈红色。

杀人罪(homicide)：一人杀害另一人的罪行。

东莨菪碱(hyoscine)：一种生物碱镇静剂。

梗死(infarct)：心脏病发作等导致的突然供血不足而引起的组织坏死。

"杰米"(Jemmy)：盗贼入室偷盗使用的短撬棍，今天在美国被称为"吉米"(Jimmy)。

尸青色(lividity)：死后因血液沉积而形成的灰蓝色变色。

尸斑(livor mortis)：血液循环停止后产生的尸体变色的情况。

半月形木孔(lunette)：断头台上用来固定脖颈的一对半月形木孔。

卢茨骨(luz bone)：古时候，人们认为在审判日那一天，用死者的这块骨头就可以将整个身体复活。

医学法理学(medical jurisprudence)：法医学原来的名字，人们至今仍偶尔使用这个说法。

未经证实(not proven)：苏格兰的陪审团除了可以做出有罪或无罪判决，还可以做出"未经证实"的判决，具有宣告无罪的效力。

死时(perimortem)：死亡时间前后。

颅相学(phrenology)：试图根据颅骨形状判定智性特征和性格的伪科学。

说话的照片(portrait parlé)：这是阿方斯·贝蒂荣在1882年设计的一种系统，用以辨识曾在警局留有犯罪记录的个人。

尸检(postmortem)：对死者的医学检验，源自拉丁文，意为"死后"。

沉淀素(precipitin)：被注射进其他物种的血液时，原血液在防御反应下产生的血清。

普鲁士酸(prussic acid)：氢氰酸，氰化氢与水的混合溶液。

冥界引导者(psychopomp)：陪同人类前往冥界或发出灾难临近警告的灵界存在。

单宁(tannin)：单宁酸，通常在植物类物质降解过程中产生，尤其是泥炭藓。单宁酸会让皮肤和皮革变黑，常作为防腐剂使用。

呕吐物(vomitus)：通过口腔排出的胃内容物。

参考文献

PUBLISHED MATERIALS

Adams, Norman. *Dead and Buried? The Horrible History of Bodysnatching.* New York: Bell Publishing Company, 1972.

Ashton-Wolfe, H. *The Forgotten Clue: Stories of the Parisian Sûreté with an Account of Its Methods.* Boston: Houghton Mifflin Company, 1930.

Atholl, Justin. *Shadow of the Gallows.* London: John Long, 1954.

Bailey, James A. "Iodine Fuming Fingerprints from Antiquity." *Minutiæ* (Lightning Powder Company, Jacksonville, FL), issue number 76 (Summer 2003).

Barber, Paul. *Vampires, Burial, and Death: Folklore and Reality.* New Haven: Yale University Press, 1990.

Baring-Gould, William S. *Sherlock Holmes of Baker Street: A Life of the World's First Consulting Detective.* New York: Bramhall House, 1962.

Barker, Richard, ed. *The Fatal Caress: And Other Accounts of English Murders from 1551 to 1888.* New York: Duell, Sloan and Pearce, 1947.

Belin, Jean. *Secrets of the Sûreté: The Memoirs of Commissioner Jean Belin.* New York: G. P. Putnam's Sons, 1950.

Bell, John. *Engravings Explaining the Anatomy of the Bones, Muscles, and Joints.* London: Bell and Bradfute, and T. Duncan; and J. Johnson, and G.G.G. & J. Robinsons, 1794.

Bemis, George. *Report of the Case of John W. Webster: Indicted for the Murder of George Parkman.* Boston: Charles C. Little and James Brown, 1850.

Beneke, Mark. "A Brief History of Forensic Entomology." *Forensic Science International* 120 (2001): 2–14.

Birkenhead [Frederick Winston Smith], Earl of. *More Famous Trials.* Garden City, NY: Sun Dial Press, 1937.

Bishop, George. *Executions: The Legal Ways of Death.* Los Angeles: Sherbourne Press, 1965.

Blundell, R. H., and G. Haswell Wilson, eds. *Trial of Buck Ruxton*. London: William Hodge & Company, 1950.
Bolitho, William. *Murder for Profit*. New York: Harper & Brothers, 1926.
Bond, Raymond T., ed. *Handbook for Poisoners: A Collection of Famous Poison Stories; Selected with an Introduction on Poisons*. New York: Rinehart & Co., 1951.
Boos, William F. *The Poison Trail*. Boston: Hale, Cushman & Flint, 1939.
Booth, Martin. *The Doctor and the Detective: A Biography of Sir Arthur Conan Doyle*. New York: Thomas Dunn Books/St. Martin's Minotaur, 2000.
Bradley, Howard A., and James A. Winans. *Daniel Webster and the Salem Murder*. Columbia, MO: Artcraft Press, 1956.
Bridges, Yseult. *Poison and Adelaide Bartlett: The Pimlico Poisoning Case*. London: Hutchinson of London, 1962.
Brophy, John. *The Meaning of Murder*. London: Ronald Whiting & Wheaton, 1966.
Browne, Douglas G. *The Rise of Scotland Yard: A History*. New York: G. P. Putnam's Sons, n.d., ca. 1955.
Browne, Douglas G., and E. V. Tullet. *Bernard Spilsbury: His Life and Cases*. London: George G. Harrap & Co., 1951.
Brussel, James A. *Casebook of a Crime Psychiatrist*. New York: Bernard Geis Associates, 1968.
Buchan, William. *Domestic Medicine; Advice to Mothers: Treatise on the Prevention and Cure of Diseases by Regimen and Simple Medicines*. Boston: Joseph Bumstead, 1811.
[Bulfinch, Thomas]. *Bulfinch's Mythology: The Age of Fable, The Age of Chivalry, The Legends of Charlemagne*. London: Hamlyn Publishing Group, 1969.
Burroughs Wellcome & Co. *Wellcome's Excerpta Therapeutica*, U.S.A. edition. London: Burroughs Wellcome & Co., 1916.
Burton, John Hill. *Narratives from Criminal Trials in Scotland*, vol. 2. London: Chapman and Hall, 1852.
Byrnes, Thomas. *1886 Professional Criminals of America*. New York: Chelsea House Publishers, 1969.
Caesar, Gene. *Incredible Detective: The Biography of William J. Burns*. Englewood Cliffs, NJ: Prentice-Hall, 1968.
Camps, Francis E. *The Investigation of Murder*. With Richard Barber. London: Michael Joseph, 1966.
Carey, Arthur A. *Memoirs of a Murder Man*. With Howard McLellan. Garden City, NY: Doubleday, Doran, and Company, 1930.
Carr, John Dickson. *The Life of Sir Arthur Conan Doyle*. Harper & Brothers, New York, 1949. Reprint, New York: Vintage Books, 1975.

参考文献

Cassity, John Holland. *The Quality of Murder: A Psychiatric and Legal Evaluation of Motives and Responsibilities Involved in the Plea of Insanity as Revealed in Outstanding Murder Cases of This Century.* New York: Julian Press, 1958.

Chapman, Henry C. *A Manual of Medical Jurisprudence and Toxicology.* Philadelphia: W. B. Saunders, 1893.

Ciba Foundation. *The Poisoned Patient: The Role of the Laboratory.* Amsterdam: Associated Scientific Publishers/Elsevier, 1974.

Costello, A. E. *Our Police Protectors: History of the New York Police from the Earliest Period to the Present Time*, 2nd ed. New York: A. E. Costello, 1885.

Cullen, Tom A. *When London Walked in Terror.* Boston: Houghton Mifflin Company, 1965.

Dale-Green, Patricia. *Lore of the Dog.* Boston: Houghton Mifflin Company, 1967.

De La Torre, Lillian, ed. *Villainy Detected: Britain in 1660 to 1800.* New York: D. Appleton-Century Company, 1947.

De Quincey, Thomas. *Miscellaneous Essays.* Boston: Ticknor, Reed, and Fields, 1851.

Devlin, Patrick. *The Criminal Prosecution in England.* London: Oxford University Press, 1960.

de Vries, Leonard. *'Orrible Murder: An Anthology of Victorian Crime and Passion Compiled from the Illustrated Police News.* With Ilonka Van Amstel. New York: Taplinger Publishing Company, 1971.

Dewberry, Elliot B. *Food Poisoning: Its Nature, History and Causation: Measures for Its Prevention and Control.* London: Leonard Hill, 1943.

Dilnot, George, ed. *The Trial of Professor John White Webster.* New York: Charles Scribner's Sons, 1928.

Doyle, Arthur Conan. *The Annotated Sherlock Holmes: The Four Novels and Fifty-six Short Stories Complete.* Edited by William S. Baring-Gould. New York: Wings Books, 1992.

———. *The Complete Sherlock Holmes: The A. Conan Doyle Memorial Edition*, 2 vols. Garden City, NY: Doubleday, Doran, and Company, 1930.

———. *The New Annotated Sherlock Holmes.* Edited, with a foreword and notes, by Leslie S. Klinger. Additional research by Patricia J. Chui; introduction by John le Carré. New York: W. W. Norton & Company, 2005.

Dreyfus, Alfred. *Five Years of My Life: The Diary of Captain Alfred Dreyfus.* New York: Peebles Press, 1977.

Duff, Charles. *A New Handbook on Hanging: Being a Short Introduction to the Fine Art of Execution.* Chicago: Henry Regnery Company, 1953.

Duke, Thomas S. *Celebrated Criminal Cases of America.* San Francisco:

James H. Barry Company, 1910. Reprinted with corrections and index added. Montclair, NJ: Patterson Smith Publishing Company, 1991.

Dumas, Alexandre. *Celebrated Crimes*, 8 vols. Translated from the French by I. G. Burnham. Philadelphia: George Barry, 1895.

Edwards, Samuel. *The Vidocq Dossier: The Story of the World's First Detective*. Boston: Houghton Mifflin Company, 1977.

Esterow, Milton. *The Art Stealers*. New York: Macmillan Publishing Company, 1973.

Evans-Pritchard, E. E. *Witchcraft, Oracles, and Magic among the Azande*. Abridged with an introduction by Eva Gillies. Oxford: Clarendon Press, 1983.

Fabian, Robert. *Fabian of the Yard: An Intimate Record by Ex-Superintendent Robert Fabian*, 5th ed. London: Naldrett Press, 1954.

———. *London After Dark: An Intimate Record of Night Life in London and a Selection of Crime Stories from the Case Book of Ex-Superintendent Robert Fabian*. New York: British Book Centre, 1954.

Fatteh, Abdullah. *Handbook of Forensic Pathology*. Philadelphia: J. B. Lippincott Company, 1973.

Faulds, Henry. "On the Skin-furrows of the Hand." *Nature* 22 (October 28, 1880): 605. Available at http://www.galton.org/fingerprints/faulds-1880-nature-furrows.pdf and http://www.eneate.freeserve.co.uk/page3.html.

Felstead, S. Theodore. *Shades of Scotland Yard: Stories Grave and Gay of the World's Greatest Detective Force*. New York: Roy Publishers, n.d., ca. 1951.

Finger, Charles J. *Historic Crimes and Criminals*. Girard, KS: Haldeman-Julius Company, 1922.

Franklin, Charles. *They Walked a Crooked Mile: An Account of the Greatest Scandals, Swindlers, and Outrages of All Time*. New York: Hart Publishing Company, 1969.

Frazer, James George. *The Golden Bough: A Study in Magic and Religion*. Abridged. New York: Macmillan Company, 1941.

Furman, Guido, ed. *Medical Register of the City of New York for 1865: For the Year Commencing June 1, 1865*. New York: New York Medico-Historical Society, 1866.

Gaute, J. H. H., and Robin Odell. *The Murderers' Who's Who: Outstanding International Cases from the Literature of Murder in the Last 150 Years*. Montreal: Optimum Publishing Company, 1979.

Glaister, John. *Medical Jurisprudence and Toxicology*, 9th ed. Edinburgh: E. and S. Livingstone, 1950.

———. *The Power of Poison*. London: Christopher Johnson Publishers, 1954.

Glaister, John, and James Couper Brash. *Medico-Legal Aspects of the Ruxton Case.* Baltimore, MD: William Wood & Company, 1937.
Goddard, Henry. *Memoirs of a Bow Street Runner.* London: Museum Press Limited, 1956.
Gonzales, Thomas A., Morgan Vance, and Milton Helpern. *Legal Medicine and Toxicology.* New York: D. Appleton-Century Company, 1937.
Gonzalez-Crussi, F. *Notes of an Anatomist.* New York: Harcourt Brace Jovanovich, 1985.
Good, John Mason. *The Study of Medicine,* 6th American ed., vol. 1. New York: Harper and Brothers, 1836.
Goodman, Jonathan. *The Slaying of Joseph Bowne Elwell.* New York: St. Martin's Press, 1988.
Gordon, Richard. *The Alarming History of Medicine.* New York: St. Martin's Press, 1994.
———. *Great Medical Disasters.* New York: Dorset Press, 1986.
Gribble, Leonard. *Great Manhunters of the Yard.* New York: Roy Publishers, 1966.
Gross, Hans. *Criminal Investigation: A Practical Textbook for Magistrates, Police Officers and Lawyers; Adapted from System Der Kriminalistik of Dr. Hans Gross,* 4th ed. Translated from the German and edited by John Adam and J. Collyer Adam. Edited by Ronald Martin Howe. London: Sweet & Maxwell, 1949.
Guiley, Rosemary Ellen. *Vampires Among Us.* New York: Pocket Books, 1991.
Guttmacher, Manfred S. *The Mind of the Murderer.* New York: Grove Press, 1962.
Haggard, Howard W. *Devils, Drugs, and Doctors: The Story of the Science of Healing from Medicine-Man to Doctor.* New York: Harper and Row, 1929.
Haining, Peter, ed. *The Gentlewomen of Evil: An Anthology of Rare Supernatural Stories from the Pens of Victorian Ladies.* New York: Taplinger Publishing Company, 1967.
Halasz, Nicholas. *Captain Dreyfus: The Story of a Mass Hysteria.* New York: Simon and Schuster, 1955.
Hall, Angus, ed. *The Crime Busters: The FBI, Scotland Yard, Interpol—The Story of Criminal Detection.* London: Treasure Press, 1984.
Hall, John, ed. *Trial of Adelaide Bartlett.* New York: The John Day Company, 1927.
Hamm, Ernest D. "Track Identification: An Historical Overview." *International Symposium on the Forensic Aspects of Footwear and Tire Impression Evidence.* June 27, 1994. Quantico, VA: FBI Academy, 1994.

Hardwick, Michael, and Mollie Hardwick. *The Man Who Was Sherlock Holmes.* Garden City, NY: Doubleday & Company, 1964.

Harrison, Shirley, and Michael Barrett. *Diary of Jack the Ripper.* New York: Hyperion, 1993.

Hartman, Mary S. *Victorian Murderesses: A True History of 13 Respectable French and English Women Accused of Unspeakable Crimes.* New York: Schocken Books, 1976.

Helman, Cecil. *The Body of Frankenstein's Monster: Essays in Myth and Medicine.* New York: W. W. Norton Company, 1992.

Helpern, Milton. *Autopsy: The Memoirs of Milton Helpern, the World's Greatest Medical Detective.* With Bernard Knight. New York: St. Martin's Press, 1977.

Henry, E. R. *Classification and Uses of Fingerprints.* London: His Majesty's Stationery Office, 1913.

Heppenstall, Rayner. *French Crime in the Romantic Age.* London: Hamish Hamilton, 1970.

———. *Reflections on the Newgate Calendar.* London: W. H. Allen, 1975.

Hertzler, Arthur E. *The Horse and Buggy Doctor.* New York: Harper & Brothers, 1938.

Higham, Charles. *The Adventures of Conan Doyle: The Life of the Creator of Sherlock Holmes.* New York: W. W. Norton, 1976.

Hodge, Harry, and James H. Hodge, eds. *Famous Trials: From Murder to Treason—The Sensational Courtroom Dramas Which Make Up Legal History.* Selected and introduced by John Mortimer. Abridged. Harmondsworth, Middlesex, England: Penguin Books, 1984.

Hoeling, Mary. *The Real Sherlock Holmes: Arthur Conan Doyle.* New York: Julian Messner, 1965.

Holmes, Oliver Wendell. *Medical Essays, 1842–1882*, Riverside ed., vol. 9. New York: Houghton Mifflin Company, 1911.

Holmes, Paul. *The Trials of Dr. Coppolino.* New York: The New American Library, 1968.

Holton, Gerald. *Introduction to Concepts and Theories in Physical Sciences.* Cambridge, MA: Addison-Wesley Publishing Company, 1955.

Honeycombe, Gordon. *The Murders of the Black Museum, 1870–1970.* London: Hutchinson & Company, 1982.

Hoover, John Edgar. *The Identification Facilities of the FBI.* Washington, DC: Federal Bureau of Investigation, U.S. Department of Justice, 1941.

Houde, John. *Crime Lab: A Guide for Nonscientists.* Ventura, CA: Calico Press, 1999.

Houts, Marshall. *Where Death Delights: The Story of Dr. Milton Helpern and Forensic Medicine.* New York: Coward-McCann, 1967.

Hunt, Peter. *The Madeline Smith Affair.* London: Carroll & Nicholson, 1950.
Hussey, Robert F. *Murderer Scot-Free: A Solution to the Wallace Puzzle*, 1st American ed. South Brunswick, NJ: Great Albion Books, 1972.
Hynd, Alan. *Murder Mayhem and Mystery: An Album of American Crime.* New York: A. S. Barnes and Company, 1958.
Infamous Murders. London: Verdict Press, 1975. Reprint, London: Treasure Press, 1985.
Irving, H. B. *A Book of Remarkable Criminals.* London: Cassel and Company, 1918.
Irving, H. B., ed. *Trial of Franz Müller.* Edinburgh and London: William Hodge & Company, 1911.
———. *Trial of Mrs. Maybrick.* Philadelphia: Cromarty Law Book Company, 1912.
Jaffe, Jacqueline A. *Arthur Conan Doyle.* Boston: Twayne Publishers, 1987.
Jardine, David, ed. *The Lives and Criminal Trials of Celebrated Men.* Philadelphia: 1835.
Jarvis, D. C. *Folk Medicine: A Vermont Doctor's Guide to Good Health.* New York: Henry Holt and Company, 1960.
Jefferis, B. G., J. L. Nichols, and Mrs. J. L. Nichols. *The Household Guide or Domestic Cyclopedia: A Practical Family Physician, Home Remedies and Home Treatment on All Diseases; An Instructor on Nursing, Housekeeping and Home Adornments; Also a Complete Cook Book.* Naperville, IL: J. L. Nichols & Company, 1905.
Jesse, F. Tennyson. *Murder and Its Motives.* London: George G. Harrap & Co., 1952.
Jesse, F. Tennyson, ed. *Trial of Madeleine Smith.* London: William Hodge & Company, 1927.
Jones, Ann. *Women Who Kill.* New York: Holt, Rinehart and Winston, 1980.
Jones, Richard Glyn, ed. *Poison! The World's Greatest True Murder Stories.* New York: Berkley Books, 1989.
Joyce, Christopher, and Eric Stover. *Witnesses from the Grave: The Stories Bones Tell.* New York: Ballantyne Books, 1992.
Kahn, David. *The Codebreakers: The Story of Secret Writing.* New York: The Macmillan Company, 1968.
Karlen, Delmar. *Anglo-American Criminal Justice.* In collaboration with Geoffrey Sawer and Edward M. Wise. New York: Oxford University Press, 1967.
Keller, Allan. *Scandalous Lady: The Life and Times of Madame Restell, New York's Most Notorious Abortionist.* New York: Atheneum, 1981.
Keylin, Arleen, and Arto DeMirjian Jr., eds. *Crime: As Reported by the New York Times.* New York: Arno Press, 1976.

Kirk, Paul L. *Crime Investigation*. New York: John Wiley & Sons, 1974.

Knapp, Andrew. *The Newgate Calendar or Malefactors' Bloody Register: Containing Genuine and Circumstantial Narrative of the Lives and Transactions, Various Exploits and Dying Speeches of the Most Notorious Criminals of Both Sexes Who Suffered Death Punishment in Gt. Britain and Ireland*. Edited by B. Laurie. New York: G. P. Putnam's Sons, 1932.

———. *The Newgate Calendar: Comprising Interesting Memoirs of the Most Notorious Characters Who Have Been Convicted of Outrages on the Laws of England; With Speeches, Confessions, and Last Exclamations of Sufferers*. Edited by Edwin Valentine Mitchell. Garden City, NY: Garden City Publishing Company, 1926.

Knowles, Leonard. *Court of Drama*. London: John Long, 1966.

Lambert, Samuel W., Willy Wiegand, and William M. Ivins, Jr. *Three Vesalian Essays: To Accompany the Icones Anatomicae of 1934*. New York: The Macmillan Company, 1952.

Laurie, Peter. *Scotland Yard: A Study of the Metropolitan Police*. New York: Holt, Rinehart and Winston, 1970.

Lefebure, Molly. *Murder with a Difference: Studies of Haigh and Christie*. London: William Heinemann, 1958.

Lenotre, G. *The Guillotine and Its Servants*. Translated from the French by Mrs. Rodolph Stawell. London: Hutchinson & Co., 1930.

Lewis, Alfred Allen. *The Evidence Never Lies: The Casebook of a Modern Sherlock Holmes*. With Herbert Leon MacDonell. New York: Holt, Rinehart and Winston, 1984.

Lincoln, Victoria. *A Private Disgrace: Lizzie Borden by Daylight*. New York: G. P. Putnam's Sons, 1967.

Lindsay, Philip. *The Mainspring of Murder*. London: John Long, 1958.

Loftus, Elizabeth, and Katherine Ketcham. *Witness for the Defense: The Accused, the Eyewitness, and the Expert Who Puts Memory on Trial*. New York: St. Martin's Press, 1991.

Lombroso, Cesare. *Crime: Its Causes and Remedies*. Translated from the Italian by Henry P. Horton. Boston: Little, Brown and Company, 1912.

———. "The Savage Origin of Tattooing." *Popular Science Monthly*. April, 1896.

Lopez, Barry Holstun. *Of Wolves and Men*. New York: Charles Scribner's Sons, 1978.

Lowenthal, Max. *The Federal Bureau of Investigation*. New York: William Sloane Associates, 1950.

Lustgarten, Edgar. *Defender's Triumph: Courtroom Drama and Brilliant Legal Strategy in Four Classic Murder Trials*. New York: Charles Scribner's Sons, 1951.

———. *The Murder and the Trial.* Edited by Anthony Boucher. New York: Charles Scribner's Sons, 1958.
———. *Verdict in Dispute.* New York: Charles Scribner's Sons, 1950.
———. *The Woman in the Case.* New York: Charles Scribner's Sons, 1955.
MacCallum, W. G. *A Text-Book of Pathology.* Drawings chiefly from Alfred Feinberg. Philadelphia: W. B. Saunders Company, 1918.
Makris, John N. (ed.), et al. *Boston Murders.* New York: Duell, Sloan and Pearce, 1948.
Maple, Eric. *Magic, Medicine and Quackery.* New York: A. S. Barnes and Company, 1968.
Maples, William R., and Michael Browning. *Dead Men Do Tell Tales: The Strange and Fascinating Cases of a Forensic Anthropologist.* New York: Doubleday, 1994.
Marten, M. Edward. *The Doctor Looks at Murder.* With Norman Cross [pseud.]. Garden City, NY: Doubleday, Doran & Company, 1937.
Masters, Anthony. *Natural History of the Vampire,* 1st American ed. New York: G. P. Putnam's Sons, 1972.
Matossian, Mary Allerton Kilbourne. *Poisons of the Past: Molds, Epidemics, and History.* New Haven: Yale University Press, 1989.
Maybrick, Florence Elizabeth. *Mrs. Maybrick's Own Story: My Fifteen Lost Years.* New York: Funk & Wagnalls Company, 1904.
Mayhew, Henry. *London's Underworld.* Edited by Peter Quennell. Selections from Those That Will Not Work, the fourth volume of London Labour and the London Poor first published in 1862. London: Spring Books/Hamlyn Publishing Group, 1969.
McNeill, William H. *Plagues and Peoples.* Garden City, NY: Anchor Press/Doubleday, 1976.
Mencken, August, ed. *By the Neck: A Book of Hangings.* New York: Hastings House, 1942.
Miller, Jonathan. *The Body in Question.* New York: Random House, 1978.
Moenssens, Andre A. "The Origin of Legal Photography." *Fingerprint and Identification Magazine* (The Institute of Applied Science, Chicago), January 1962.
Moenssens, Andre A., and Fred E. Inbau. *Scientific Evidence in Criminal Cases,* 2nd ed. Mineola, NY: Foundation Press, 1978.
Morland, Nigel. *An Outline of Scientific Criminology.* London: Cassell and Company, 1951.
Morris, Richard B. *Fair Trial: Fourteen Who Stood Accused, from Anne Hutchinson to Alger Hiss—Kidd, Burr, Zenger, Spooner, Webster, etc.* New York: Alfred A. Knopf, 1952.
Mortimer, John, ed. *The Oxford Book of Villains.* Oxford: Oxford University Press, 1992.

Murray, Raymond C. *Evidence from the Earth: Forensic Geology and Criminal Investigation*. Missoula, MT: Mountain Press Publishing Company, 2004.

Myers, Eliab. *The Champion Text-Book on Embalming*, 4th ed. Springfield, OH: The Champion Chemical Company, 1902.

Nash, Jay Robert. *Look for the Woman: A Narrative Encyclopedia of Female Poisoners, Kidnappers, Thieves, Extortionists, Terrorists, Swindlers, and Spies from Elizabethan Times to the Present*. New York: M. Evans and Company, 1981.

———. *Murder, America: Homicide in the United States from the Revolution to the Present*. New York: Simon and Schuster, 1980.

Neil, Arthur Fowler. *Man-Hunters of Scotland Yard: The Recollections of Forty Years of a Detective's Life*. Garden City, NY: The Sun Dial Press, 1938.

Newark, Peter. *The Crimson Book of Highwaymen*. London: Jupiter Books, 1979.

Noguchi, Thomas T. *Coroner*. With Joseph DiMona. New York: Simon and Schuster, 1983.

Nohl, Johannes. *The Black Death: A Chronicle of the Plague*. Translated from the German by C. H. Clarke. New York: Harper and Brothers, 1924.

Nordon, Pierre. *Conan Doyle: A Biography*. Translated from the French by Francis Partridge. New York: Holt, Rinehart and Winston, 1967.

O'Brien, Kevin P., and Robert C. Sullivan. *Criminalistics: Theory and Practice*. Boston: Holbrook Press, 1976.

O'Donnell, Bernard. *The Old Bailey and Its Trials*. New York: The Macmillan Company, 1951.

O'Malley, Charles D., and John B. de C. M. Saunders. *Leonardo da Vinci on the Human Body: The Anatomical, Physiological, and Embryological Drawings of Leonardo da Vinci*. New York: Greenwich House, 1982.

Palmer, Thomas. *The Admirable Secrets of Physick and Chyrurgery*. Edited by Thomas Rogers Forbes. New Haven: Yale University Press, 1984.

Parry, Leonard A. *Some Famous Medical Trials*, 1st American ed. New York: Charles Scribner's Sons, 1928.

Parry, Leonard A., ed. *Trial of Dr. Smethurst*. Edinburgh: William Hodge & Company, 1931.

Paul, Philip. *Murder Under the Microscope: The Story of Scotland Yard's Forensic Science Laboratory*. London: Futura Publications, 1990.

Pearsall, Ronald. *Conan Doyle: A Biographical Solution*. New York: St. Martin's Press, 1977.

Pearson, Edmund. *Five Murders: With a Final Note on the Borden Case*. Garden City, NY: Doubleday, Doran & Company, 1928.

———. *Masterpieces of Murder: Together with an Original Essay on the Borden Case.* Edited by Gerald Gross. New York: Bonanza Books, 1963.

———. *More Studies in Murder.* New York: Harrison Smith & Robert Haas, 1936.

———. *Murder at Smutty Nose and Other Murders.* Garden City, NY: The Sun Dial Press, 1938.

———. *Studies in Murder.* New York: Modern Library, 1938.

Pearson, Edmund, ed. *The Trial of Lizzie Borden: An Abridgement of the Original Proceedings Together with Lizzie Borden's Inquest Testimony.* Amherst, MA: University of Massachusetts, 1974.

Pierce, R. V. *The People's Common Sense Medical Advisor; or Medicine Simplified.* Buffalo, NY: World's Dispensary Printing Office and Bindery, 1889.

Pinkerton, Allan. *Thirty Years a Detective: A Thorough and Comprehensive Exposé of Criminal Practices of All Grades and Classes.* Boston: Russell & Henderson, 1884.

Poe, Edgar Allen. *Tales of Mystery and Imagination.* New York: Tudor Publishing Company, 1933.

Polson, Cyril John, and D. J. Gee. *The Essentials of Forensic Medicine.* Oxford: Pergamon Press, 1973.

Porta, Giambattista della. *Natural Magick.* Edited by Derek J. Price. New York: Basic Books, 1959.

Porter, Edwin H. *The Fall River Tragedy: A History of the Borden Murders.* Amherst, MA: University of Massachusetts, 1973.

Potter, John Deane. *The Art of Hanging: The Fatal Gallows Tree in English History,* 1st American ed. South Brunswick, NJ: A. S. Barnes and Company, 1969.

Prendergast, Alan. *The Poison Tree: A True Story of Family Violence and Revenge.* New York: G. P. Putnam's Sons, 1986.

Quain, Richard, ed. *A Dictionary of Medicine: Including General Pathology, General Therapeutics, Hygiene, and Diseases Peculiar to Women and Children,* 12th ed. New York: D. Appleton and Company, 1890.

Radford, Edwin, and Mona A. Radford. *Encyclopaedia of Superstitions.* New York: The Philosophical Library, 1949.

Radin, Edward D. *Lizzie Borden: The Untold Story.* New York: Simon and Schuster, 1961.

———. *12 Against Crime.* New York: Collier Books, 1961.

Rae, Isobel. *Knox the Anatomist.* Edinburgh and London: Oliver & Boyd, 1964.

Rhodes, Henry T. F. *The Criminals We Deserve: A Survey of Some Aspects of Crime in the Modern World.* New York: Oxford University Press, 1937.

Robbins, Rossell Hope. *The Encyclopedia of Witchcraft and Demonology.* New York: Crown Publishers, 1959.

Ross Williamson, Hugh. *Historical Whodunits*. New York: The Macmillan Company, 1956.
Roughead, William. *Bad Companions*. New York: Duffield & Green, 1931.
———. *Enjoyment of Murder*. New York: Sheridan House, 1938.
———. *The Murderer's Companion*. New York: The Press of the Readers Club, 1941.
———. *Nothing But Murder*. New York: Sheridan House, 1946.
———, ed. *Burke and Hare*, 1st American ed. New York: The John Day Company, 1927.
———, ed. *Trial of Dr. Pritchard*. Glasgow: William Hodge & Company, 1906.
———, ed. *Trial of Jessie M'Lachlan*. Edinburgh and London: William Hodge & Company, 1950.
———, ed. *Trial of Oscar Slater*. Edinburgh: William Hodge & Company, 1915.
Rumbelow, Donald. *The Complete Jack the Ripper*. Boston: New York Graphic Society, 1975.
———. *I Spy Blue: The Police and Crime in the City of London from Elizabeth I to Victoria*. New York: St. Martin's Press, 1971.
St. Leger-Gordon, Ruth E. *Witchcraft and Folklore of Dartmoor*. New York: Bell Publishing Company, 1972.
Sandoe, James, ed. *Murder: Plain and Fanciful, with Some Milder Malefactions*. New York: Sheridan House, 1948.
Saunders, J. B. de C. M., and Charles D. O'Malley. *The Anatomical Drawings of Andreas Vesalius: With Annotations and Translations, a Discussion of the Plates and Their Background, Authorship, and Influence, and a Biographical Sketch of Vesalius*. New York: Bonanza Books, 1982.
Schama, Simon. *Dead Certainties: Unwarranted Speculations*. New York: Alfred A. Knopf, 1991.
Scot, Reginald. *The Discoverie of Witchcraft*. New York: Dover Publications, 1972.
Scott, Harold. *Scotland Yard*. New York: Random House, 1955.
Selzer, Richard. *Mortal Lessons: Notes on the Art of Surgery*. New York: Simon and Schuster, 1976.
Semple, Amand. *Essentials of Forensic Medicine: Toxicology and Hygiene*. Philadelphia: W. B. Saunders, n.d., ca. 1892.
Seymour, Jacqueline. *Mushrooms and Toadstools*. New York: Crescent Books, 1978.
Shakespeare, William. *Works of William Shakespeare Gathered into One Volume*, The Shakespeare Head Press ed. New York: Oxford University Press, 1938.
Shew, E. Spencer. *A Second Companion to Murder: A Dictionary of Death by*

the Knife, the Dagger, the Razor . . . , *1900–1950*, 1st American ed. New York: Alfred A. Knopf, 1962.

Simpson, Keith. *Forty Years of Murder: An Autobiography*. New York: Charles Scribner's Sons, 1979.

———. *Sherlock Holmes on Medicine and Science*. New York: Magico Magazine, 1983.

Singer, Isidore, ed. *The Jewish Encyclopedia*, 12 vols. New York: Funk and Wagnalls Company, 1916.

Singer, Kurt, ed. *My Strangest Case: By Police Chiefs of the World*. Garden City, NY: Doubleday and Company, 1958.

Small, A. E. *Small's Pocket Manual of Homeopathic Practice*, 6th ed. Edited and abridged by Jacob F. Sheek. New York: William Radde, 1864.

Smith, Gene, and Jayne Barry Smith, eds. *The Police Gazette*. New York: Simon and Schuster, 1972.

Smith, Sydney. *Mostly Murder*. New York: David McKay Company, 1959.

Söderman, Harry. *Policeman's Lot: A Criminalist's Gallery of Friends and Felons*. New York: Funk & Wagnalls Company, 1956.

Söderman, Harry, and John J. O'Connell. *Modern Criminal Investigation*. New York: Funk and Wagnalls Company, 1940.

Sparrow, Gerald. *The Great Assassins*. New York: Arco Publishing, 1969.

———. *Vintage Victorian Murder*. New York: Hart Publishing Company, 1972.

Starobinski, Jean. *A History of Medicine*. Translated from the French by Bernard C. Swift. New York: Hawthorn Books, 1964.

Stashower, Daniel. *Teller of Tales: The Life of Arthur Conan Doyle*. New York: Henry Holt and Company, 1999.

Steuart, A. Francis, ed. *Trial of Mary Queen of Scots*. Toronto: Canada Law Book Company, 1923.

Stevens, Serita Deborah. *Deadly Doses: A Writer's Guide to Poison*. With Anne Klarner. Cincinnati: Writer's Digest Books, 1990.

Still, Charles E. *Styles in Crime*. New York: J. B. Lippincott Company, 1938.

Sullivan, Robert. *The Disappearance of Dr. Parkman*. Boston: Little Brown and Company, 1971.

———. *Goodbye Lizzie Borden*. Brattleboro, VT: The Stephen Greene Press, 1974.

Summers, Montague. *The History of Witchcraft and Demonology*. New York: Dorset Press, 1987.

———. *The Vampire in Europe*. New Hyde Park, NY: University Books, 1961.

———. *The Werewolf*. New York: Bell Publishing Company, 1966.

Symons, Julian. *Bloody Murder: From the Detective Story to the Crime Novel*. New York: Mysterious Press, 1992.

———. *Conan Doyle: Portrait of an Artist.* New York: Mysterious Press, 1979.

———. *Crime: A Pictorial History of Crime.* New York: Bonanza Books, 1966.

Taylor, Alfred Swaine. *A Manual of Medical Jurisprudence,* 7th American ed. Philadelphia: Henry C. Lea, 1873.

Thomas, Dylan. *The Doctor and the Devils.* New York: Time Incorporated, 1964.

Thomas, Ronald R. *Detective Fiction and the Rise of Forensic Science.* Cambridge: Cambridge University Press, 1999.

Thompson, C. J. S. *Poison Mysteries in History, Romance and Crime.* London: Scientific Press, 1923.

Thomson, Basil. *The Story of Scotland Yard.* Garden City, NY: Doubleday, Doran, and Company, 1936.

Thomson, Helen. *Murder at Harvard.* Boston: Houghton Mifflin Company, 1971.

Thorwald, Jürgen. *The Century of the Detective.* Translated from the German by Richard Winston and Clara Winston. New York: Harcourt, Brace & World, 1965.

———. *The Century of the Surgeon.* New York: Pantheon Books, 1957.

———. *Crime and Science: The New Frontier in Criminology.* Translated from the German by Richard Winston and Clara Winston. New York: Harcourt, Brace & World, 1967.

———. *Science and Secrets of Early Medicine: Egypt, Mesopotamia, India, China, Mexico, Peru.* Translated from the German by Richard Winston and Clara Winston. New York: Harcourt, Brace & World, 1963.

———. *The Triumph of Surgery.* Translated from the German by Richard Winston and Clara Winston. New York: Pantheon Books, 1960.

Tidy, Charles Meymott. *Legal Medicine,* 2 vols. New York: William Wood & Company, 1882.

Tilton, Eleanor M. *Amiable Autocrat: A Biography of Dr. Oliver Wendell Holmes.* New York: Henry Schuman, 1947.

Toobin, Jeffrey. *The Run of His Life: The People v. O. J. Simpson.* New York: Random House, 1996.

Topinard, Paul. *Anthropology.* Translated from the French by Robert T. H. Bartley. London: Chapman and Hall, 1890.

Tracy, Patricia, ed. "The Borden Family of Fall River: 1638–1900, A Documentary History." Reference material reproduced for History 186. Amherst, MA: University of Massachusetts, 1973.

———. "Fall River Massachusetts: A Documentary History, Part One." Reference material reproduced for History 186. Amherst, MA: University of Massachusetts, 1973.

参考文献

Train, Arthur. *Courts and Criminals.* New York: Charles Scribner's Sons, 1925.
Trall, R. T. *The Hydropathic Encyclopedia: A System of Hydropathy and Hygiene.* New York: Fowler and Wells, 1855.
Tullett, Tom. *Clues to Murder: Famous Forensic Murder Cases of Professor J. M. Cameron.* London: The Bodley Head, 1986.
———. *Murder Squad: Famous Cases of Scotland Yard's Murder Squad.* London: Granada Publishing, 1981.
Turner, E. S. *Call the Doctor: A Social History of Medical Men.* New York: St. Martin's Press, 1959.
———. *May It Please Your Lordship.* London: The Quality Book Club, 1972.
Tussaud, John Theodore. *The Romance of Madame Tussaud's.* New York: George H. Doran Company, 1920.
Ubelaker, Douglas, and Henry Scammell. *Bones: A Forensic Detective's Casebook.* New York: Harper Collins, 1992.
Underwood, Peter. *Jack the Ripper: One Hundred Years of Mystery.* London: Javelin Books, 1988.
van der Meulen, Louis J. "False Fingerprints: A New Aspect." *Journal of Criminal Law, Criminology, and Police Science* 40 (May–June 1955).
Vaughan, Victor C. *A Doctor's Memories.* Indianapolis: The Bobbs-Merrill Company, 1926.
Vidocq, Eugène François. *Memoirs of Vidocq: As a Convict, Spy, and Agent of the French Police.* London: 1859.
Wagner, E. J. "History, Homicide, and the Healing Hand," in "Medicine, Crime, and Punishment." Special Issue, *The Lancet* 364 (2004): 2–3.
Warren, Ira, and A. E. Small. *Warren's Household Physician: For Physicians, Families, Mariners, Miners; Being a Brief Description, in Plain Language of Diseases of Men, Women and Children.* Revised by William Thorndike and J. Heber Smith. Boston: Bradley & Woodruff, 1891.
Webster, John White, ed. *A Manual of Chemistry on the Basis of Professor Brande's: Containing the Principal Facts of the Science, Arranged in the Order in Which They Are Discussed and Illustrated in the Lectures at Harvard University, N.E.,* 2nd ed. Boston: Richardson and Lord, 1829.
Wells, Gary L., and Elizabeth Loftus, eds. *Eyewitness Testimony: Psychological Perspectives.* Cambridge: Cambridge University Press, 1984.
Wells, Samuel R. *How to Read Character: A New Illustrated Hand-Book of Phrenology and Physiognomy for Students and Examiners with a Descriptive Chart.* New York: Samuel R. Wells, 1873.
Wensley, Frederick Porter. *Forty Years of Scotland Yard: The Record of a Lifetime's Service in the Criminal Investigation Department.* Garden City, NY: Garden City Publishing Company, 1931.

Whibley, Charles. *A Book of Scoundrels*. New York: The Macmillan Company, 1897.
Wilbur, C. Keith. *Revolutionary Medicine, 1700–1800*. Chester, CT: The Globe Pequot Press, 1983.
Willemse, Cornelius W. *Behind the Green Lights*. In collaboration with George J. Lemmer and Jack Kofoed. New York: Alfred A. Knopf, 1931.
Williams, John. *Suddenly at the Priory*. London: William Heinemann, 1957.
Wilson, Colin, and Donald Seaman. *The Encyclopedia of Modern Murder, 1962–1982*, 1st American ed. New York: G. P. Putnam's Sons, 1985.
Wilson, Colin, and Patricia Pitman. *Encyclopedia of Murder*, 1st American ed. New York: G. P. Putnam's Sons, 1962.
Wilson, Keith D. *Cause of Death: A Writer's Guide to Death, Murder, and Forensic Medicine*. Cincinnati: Writer's Digest Book, 1992.
Winn, Dilys. *Murder Ink: The Mystery Reader's Companion*. New York: Workman Publishing, 1977.
Winslow, Jacques-Bénigne. *Exposition Anatomique de la Structure du Corps Humain*, vol. 1. Amsterdam: chez Emanuel Tourneisen, 1754.
Wood, George B. *A Treatise on Therapeutics and Pharmacology or Materia Medica*, 2nd ed., 2 vols. Philadelphia: J. B. Lippincott & Co., 1860.
Woodruff, Douglas. *The Tichborne Claimant: A Victorian Mystery*. New York: Farrar, Straus, and Cudahy, 1957.
Zigrosser, Carl. *Medicine and the Artist: 137 Great Prints, Selected with Commentary*. New York: Dover Publications, 1970.
Zilboorg, Gregory. *The Medical Man and the Witch During the Renaissance: The Hideyo Noguchi Lectures*. Baltimore, MD: The Johns Hopkins Press, 1935.

INTERVIEWS

Dal Cortivo, Leo, Ph.D. (head of toxicology, director of laboratories, Suffolk County Office of the Medical Examiner). Interviewed by the author, 1983.
Davis, Joseph, M.D. (chief emeritus, Miami-Dade County Medical Examiner Department). Interviewed by the author, 1993.
Ehrenreich, Theodore, M.D. (late, head of clinical pathology and laboratories, Lutheran Medical Center; consultant to New York City Office of the Medical Examiner). Discussions with the author, 1973–1980.
Helpern, Milton, M.D. (late, chief medical examiner, New York City). Interviewed by the author, 1972 and 1973.
Menchel, Sigmund, M.D. (former chief medical examiner, Suffolk County Office of the Medical Examiner). Interview and discussions with the author, 1983–1990.

参考文献

INTERNET RESOURCES (Web sites listed by site name)
Casebook: Jack the Ripper. Produced by Stephen P. Ryder and Johnno. http://www.casebook.org/
Center for History of Medicine, Harvard University Countway Library of Medicine. http://www.countway.harvard.edu/rarebooks/
Forensic-Evidence.com. Andre A. Moenssens, editor. http://www.forensic-evidence.com/
Forensic Medicine Archives Project. University of Glasgow. http://www.fmap.archives.gla.ac.uk/
Hypertext Scholarship in American Studies. Center for History & New Media (CHNM) at George Mason University. http://chnm.gmu.edu/aq/—including "Hearsay of the Sun: Photography, Identity, and the Law of Evidence in Nineteenth-Century American Courts" by Thomas Thurston (including footnotes with many links to other related online resources) at http://chnm.gmu.edu/aq/photos/
The Old Operating Theatre Museum and Herb Garret (London). Cultural Heritage Resources. http://www.thegarret.org.uk/
The Victorian Dictionary: The Social History of Victorian London. Compiled by Lee Jackson. http://www.victorianlondon.org/
Zeno's Forensic Site. Zeno Geradts. http://forensic.to/